LA PROMETIDA DEL NOBLE

Jillian Hunter

La Prometida del Noble

Titania Editores

ARGENTINA - CHILE - COLOMBIA - ESPAÑA
ESTADOS UNIDOS - MÉXICO - PERÚ - URUGUAY - VENEZUELA

Título original: *A Bride Unveiled*
Editor original: Signet Select, Penguin Group (USA) Inc., New York
Traducción: Victoria Horrillo Ledezma

1.ª edición Marzo 2014

ISBN: 978-84-92916-60-3
E-ISBN: 978-84-9944-692-9
Depósito legal: B-2705-2014

Fotocomposición: Montserrat Gómez Lao
Impreso por: Romanyà-Valls, S.A. - Verdaguer, 1 - 08786 Capellades (Barcelona)

Impreso en España - *Printed in Spain*

Este libro está dedicado a Susan Boyle y a todas las heroínas desconocidas a las que ha servido de inspiración.

Capítulo 1

Monk's Huntley
Inglaterra, 1808

*L*a señorita Violet Knowlton sospechaba desde hacía años que le pasaba algo extraño. No fue, sin embargo, hasta su decimotercer cumpleaños cuando su falla oculta salió por fin a la luz. Hasta ese momento se había considerado una niña obediente y afortunada, a pesar de haber perdido a sus padres tanto tiempo atrás que no guardaba recuerdos de ellos ni podía, por tanto, llorar su pérdida.

Sus tíos, el barón Ashfield y su esposa, lady Ashfield, la habían protegido y criado entre algodones, como si fuera su propia hija. Incluso se habían trasladado desde el bullicioso Falmouth al remoto villorrio de Monk's Huntley para alejarla de la maldad que, según le habían advertido, aguardaba más allá de la puerta, siempre dispuesta a abalanzarse sobre una muchacha inocente.

Al ir haciéndose mayor, Violet adquirió la costumbre de mirar por la ventana de su cuarto y preguntarse qué forma tomaría aquel peligro. ¿Sería un hombre? ¿Una bestia? Tenía desde siempre la impresión de que aquella amenaza desconocida se cernía sobre todas las jovencitas. Si sus tutores le hubieran explicado por qué a veces dejaban de hablar cuando ella entraba en una habitación repentinamente, o le hubieran confesado que lo que pretendían era protegerla de sí misma, tal vez habría sabido que jamás debía bajar la guardia.

En todo caso, era un empeño abocado al fracaso.

Faltaban dos meses para su decimotercer cumpleaños, cuando una tarde, al mirar por su ventana, reparó por primera vez en el chico del cementerio abandonado que se extendía entre la casa solariega de su tío y el bosque. Había caído el crepúsculo y el muchacho parecía haberse enzarzado en un enérgico duelo, aunque Violet no viera por ningún lado a su oponente.

Pasaron tres días antes de que volviera a verlo. Esta vez aún no había oscurecido, y Violet comprobó que estaba peleando él solo. Después de aquello comenzó a vigilar, apoyada en un taburete, con la esperanza de vislumbrar su misteriosa figura.

No podía haber descrito al muchacho con detalle. Desde su puesto de observación parecía alto, esquivo y lleno de energía. No era un fantasma. Una vez lo vio a la luz del día, corriendo entre las criptas mientras blandía una espada por encima de su cabeza. Corría como si hubiera salido de las páginas de una novela de aventuras, como si tuviera dragones que matar o que pretendieran matarlo a él.

A veces aparecía y desaparecía ante sus ojos como un mago. Violet se preguntaba quién era y dónde vivía, y por qué no le daba miedo jugar en el cementerio, un lugar que todos los habitantes de Monk's Huntley preferían evitar. Se pasaba horas pensando en él porque se sentía sola y ansiaba hacerse amiga de otras jovencitas del pueblo. Pero las chicas que se habían criado en la parroquia se negaban a permitir que una forastera como Violet entrara en su círculo. Cuanto más se esforzaba por impresionarlas, más se apartaban de ella, hasta que por último dejó de intentarlo.

Su amiga más íntima, y la única, en realidad, era la señorita Winifred Higgins, la institutriz a la que había contratado su tío en la feria de primavera. La señorita Higgins era una pelirroja bien parecida y dueña de una simpatía seductora que, nada más empezar a estrechar lazos con Violet, le había hecho una confesión sorprendente: había mentido al barón Ashfield acerca de sus credenciales. No tenía veintiún años, ni se había graduado en un colegio de etiqueta, ni tenía experiencia en la instrucción moral de jovencitas.

Resultó que la señorita Higgins jamás había asistido a la escuela, sino que se había fugado de casa. Y mientras Violet dibujaba libélulas sentada en el murete del jardín, su institutriz se dejaba seducir por el hijo del albañil entre los setos. Le juró a Violet que era amor verdadero.

—¿Cuántos años tiene en realidad, señorita Higgins?

La institutriz se quedó mirando a Violet.

—Diecinueve.

—¿De verdad?

—No debería haberte dicho nada —repuso Winifred con mirada rencorosa.

—Yo le conté lo del chico.

—No te acerques a él —le advirtió Winifred—. Por lo menos, estando sola. —Arrugó el entrecejo—. Tengo casi dieciocho. Supongo que vas a decirle a tu tío que he mentido.

—No. —Violet no soportaba la idea de perder a su única amiga—. ¿Va a decirle usted lo del chico?

—Yo todavía no he visto a ningún chico.

—Pero ¿cree que existe?

La señorita Higgins se encogió de hombros.

—Sí, ¿por qué no?

Ese verano, Violet descubrió que tener una institutriz que no sólo era negligente sino que además estaba en deuda con ella, tenía sus ventajas. Muy pronto, Winifred le otorgó pequeñas libertades que hasta entonces le habían estado prohibidas. No se quejaba cuando caminaba descalza por el jardín y le permitía alejarse algo más de la casa para dibujar, hasta que un día llegaron a la ladera que daba a las ruinas de la iglesia.

Se quedaron calladas, mirando las hileras de tumbas cubiertas de musgo que, desde la ventana del cuarto de Violet, parecían tener un aire extrañamente romántico. A la sombra de los altos tejos que, por tradición, custodiaban a los muertos, Winifred musitó:

—¿Por qué querría nadie frecuentar un lugar como éste?

—Para buscar un tesoro enterrado —respondió una voz alegre a su espalda.

Winifred soltó un chillido lo bastante agudo para despertar a un batallón de fantasmas de su sueño eterno y se tambaleó, hundida hasta los tobillos entre los helechos que cubrían la ladera. Violet la agarró del brazo. Ella también habría gritado, de no ser porque reconoció al joven y recio caballero que se hallaba tras ella, con una pala apoyada en el hombro de su chaqueta con botones de latón.

Era solamente su vecino Eldie, Eldbert Tomkinson, el hijo del médico de la parroquia. Hablaba con ella todos los domingos después del oficio en la iglesia e iba a casa a menudo a jugar al ajedrez con su tío. Sabía recitar poemas enteros del revés y había dibujado un plano de Monk's Huntley en la sábana de su cama.

Violet opinaba que era más listo de lo que le convenía, aunque, a decir verdad, afirmaba creerla cuando le decía que había visto a un chico luchando con la espada en el cementerio. Pero Eldie no era ese chico, y Violet no pudo evitar sentirse un tanto decepcionada al comprobar que se trataba únicamente de su nada emocionante vecino.

—¿Qué hace éste aquí? —susurró Winifred, observando con recelo la pala de Eldbert.

—Está convencido de que hay un tesoro escondido en las tumbas, pero le da miedo mirar solo.

—No me da miedo —dijo Eldbert—. Si quieren saber la verdad, necesito a otra persona para que me sostenga el plano y se encargue de mirar la brújula mientras yo cavo.

Ninguno de los tres había llegado nunca tan cerca de las ruinas.

Unos días después, Violet y Eldbert volvieron a encontrarse y, armándose de valor, se deslizaron por el talud, hasta el cementerio. Violet fue a dar contra una tumba, con su cuaderno de dibujo y sus lápices intactos, y Eldbert fue a parar a su lado, con su pala y su pequeño mapa.

Fue sólo cuestión de tiempo que su mutuo vecino y bestia negra, el honorable Ambrose Tilton, se diera cuenta de que últimamente no les veía el pelo y se propusiera descubrir el porqué. Como heredero del vizcondado de su padre, Ambrose sería considerado muy pronto un excelente partido entre las jovencitas casaderas de Monk's Huntley. En opinión de Violet, sin embargo, era un aguafiestas con muy mala intención.

Violet soportó la presencia de Ambrose por deferencia a Eldbert. No se explicaba por qué aguantaba Eldbert las pullas y la altanería condescendiente de Ambrose, hasta que finalmente Eldie dejó caer que Ambrose recibía constantes palizas de los chicos mayores de la escuela y que, por vergüenza, no se lo contaba a su padre ni al maestro.

—Pero si es un grandullón —dijo Violet, incrédula.

—Tiene miedo —repuso Eldbert—. Algunos chicos son así, miedosos. Deberías sentir lástima por él, Violet.

Y Violet comenzó a sentirla, a pesar de que Ambrose se empeñara en ser la persona más odiosa de toda Inglaterra.

—¿Otra vez estás buscando a ese chico de la espada? —le gritaba por la ladera—. ¡No existe, sabes! ¡Y tampoco hay ningún tesoro enterrado! ¡Ojalá vierais lo ridículos que estáis!

El chico existía, y Violet estaba decidida a descubrir quién era, si bien no estaba segura de tener el valor necesario para aventurarse en las ruinas de la iglesia sin que la señorita Higgins montara guardia en la ladera y Eldbert estuviera a su lado. Donde indudablemente jamás se atrevería a entrar era en el mausoleo hundido en el que el conde y sus allegados descansaban desde hacía más de un siglo.

—¿Quieres entrar en las catacumbas? —le preguntó Eldbert.

—No. ¿No es ahí donde están enterrados los que murieron de peste?

—Sí —contestó el muchacho, apartándose de las gafas un mechón de pelo corto y negro—. Los sepultureros los amontonaban unos encima de otros.

—Qué espanto.

Se movían al unísono, deslizándose sigilosamente entre macizos de hierba y lápidas resquebrajadas. Violet sólo leía algunos de los nombres y epitafios de las tumbas por las que pasaba. Se resistía a creer que la muerte acabara así, en la ruina y el abandono, y se alegraba de que la madre de Eldie estuviera enterrada en el camposanto del otro lado del pueblo.

La voz de su amigo la sobresaltó.

—Esto sería la laguna Estigia —dijo Eldie, apuntando con la pala hacia el arroyuelo que se adentraba sinuosamente entre los restos esqueléticos de la capilla sin techumbre y bajaba por los peldaños que llevaban a las cámaras subterráneas. Delante de la entrada había colocado un enorme pilar de piedra.

Violet miró hacia las negras y sofocantes criptas y sintió que un escalofrío recorría su espalda. Pero no era un escalofrío de miedo, sino de emoción.

—Pues si esto es la laguna Estigia, entonces estamos a las puertas del inframundo. Espero que no haya nadie en casa.

Eldie giró la cabeza.

—¿Qué ha sido ese ruido?

Violet escuchó el murmullo cantarín del arroyo y el latido de su propio corazón y a continuación oyó un ligerísimo roce de metal contra piedra.

—Creo que ahí dentro vive algo, Eldbert —susurró.

—Un zorro, seguramente. O almas en pena. O quizás algo peor. Ya lo exploraremos otro día.

—De todos modos, se supone que no debemos estar aquí.

—Exacto —convino él, y tiró de Violet escalera arriba, cogiéndola de la mano.

Habían llegado arriba y salido a trompicones a la explanada del cementerio cuando de lo hondo de la cripta hundida se alzó un eco estruendoso. Eldbert echó a correr hacia la ladera. Algo, sin embargo, impulsó a Violet a volverse.

—Eldbert —susurró—, mira. ¡Es él!

El chico tenía la cabeza agachada cuando salió de la cripta, pero se irguió al subir las escaleras y avanzó hacia ella por entre los penachos de hierba.

Violet estaba tan asombrada que no pudo moverse. El rubio cabello de elfo le caía hasta por debajo del recio mentón. Desde donde estaba ella, sus ojos daban la impresión de reflejar la luz como cristales. Iba extrañamente vestido, con elegantes pantalones de nanquín, camisa a rayas y una andrajosa casaca amarilla que llevaba con tanto garbo como si fuera un manto forrado de armiño.

Eldbert chocó con ella y dijo en voz baja, aterrorizado:

—Es del palacio de los pobres.

—¿De dónde?

—Del asilo —repitió él—. ¡Vámonos, deprisa!

Violet sintió que su cuaderno de dibujo resbalaba hacia un lado cuando Eldbert tiró de nuevo de ella. Su amigo tenía razón. Siempre tenía razón. Aquel chico podía ser misterioso, pero no por ello tenía que ser amable, y en cuanto a que fuera del asilo, en fin, eso no podía esgrimirlo en su contra.

—Lo siento, si te hemos molestado —se apresuró a decir—. Confiábamos en que pudieras ser nuestro amigo. Te he visto practicar con la espada y estaba tan impresionada que... que... Me llamo Violet Knowlton y éste es mi vecino, Eldbert Tomkinson. No deberíamos estar aquí.

El chico no dijo nada. De hecho, permaneció tan impasible que Violet se preguntó si la había entendido. Esperó un momento. Tenía ganas de echar a correr, pero su instinto le advertía que era ya demasiado tarde. Había confiado en hacerse amiga suya, pero saltaba a la vista que a él no le interesaba lo más mínimo.

Luego, sin embargo, sus ojos cambiaron. Detrás de su fría plata brilló un destello de color. Sus labios finos dibujaron una sonrisa.

—Me llamo Kit —dijo en tono bastante cortés, pero antes de que a Violet le diera tiempo a tomar aire, sacó la espada que llevaba oculta bajo la túnica y apuntó con ella hacia su hombro—. Creo que voy a tener que tomarte como rehén.

Eldbert soltó su pala.

—Pero ¿qué te ha hecho?

Kit lo miró un momento.

—Tú no te metas.

—¡Corre, Violet! —la instó Eldbert—. ¡Ve a buscar a mi padre y a los criados mientras yo lo retengo aquí! ¡Trae a la señorita Higgins si la encuentras!

El chico soltó una carcajada burlona con la que dio a entender que Eldbert no le intimidaba en absoluto.

—Bueno, adelante —le dijo a Violet—. ¿Por qué no haces caso a tu hermanita y corres a casa?

—No hace falta que te pongas desagradable —respondió Violet sin pensar en las consecuencias—. He dicho que sólo hemos venido para que seamos amigos.

—Y yo he dicho que iba a tomarte como rehén, en las criptas, y no hay nada que esta basurilla pueda hacer para impedírmelo.

Al oír aquel insulto dirigido a Eldbert, Violet recobró por fin el sentido común y reaccionó sin pararse a pensar en lo que podía suceder. Se quitó violentamente el chal y lo arrojó a la cara de su presunto secuestrador.

—Ojalá no te hubiera visto nunca. No me extraña que estés solo en este horrible lugar. ¿Qué sentido tiene blandir una espada contra enemigos invisibles?

Kit levantó la espada para desembarazarse del chal, pero los flecos se habían enredado en la empuñadura. A pesar de su destreza en el manejo del arma, las hebras de lana se resistieron a desprenderse, hasta que al final la chica, que ignoraba el peligro que corría, las desprendió de un tirón y le lanzó una mirada fulminante.

Volvió a echarse el chal sobre los hombros con una dignidad que le hizo sentirse sucio y avergonzado. La había reconocido, sabía que era la muchacha que lo miraba desde su ventana, y sabía también que ya habría informado al asilo si tuviera intención de hacerlo. Servía, en cierto modo, como público para sus ejercicios de esgrima. Era mejor compañía que los rivales muertos a los que desafiaba a levantarse de sus criptas para medirse con él en un combate de espadas. Los fantasmas no le harían daño. Los supervisores de la parroquia sí, si lo descubrían haraganeando en horas de trabajo.

Les gustaba azotar a los chicos hasta dejar al descubierto el hueso, o colgarlos cabeza abajo toda una noche, o encerrarlos a solas en una celda. Ése era el castigo que más odiaba Kit, sobre todo cuando el guardián metía unas cuantas ratas en la celda para que el preso se sintiera menos solo.

Kit había vivido en el asilo desde que se lo habían llevado del orfanato para niños expósitos, hacía casi doce años, cuando tenía dos. En el registro del orfanato figuraba que una enfermera lo había encontrado berreando en la puerta del edificio, abandonado y envuelto en un manto forrado de piel de zorro.

Ahora le permitían salir tres horas todos los días para ir a recoger piedras y servir como espantapájaros en los campos del viejo granero. Iba al cementerio en busca de paz. No sabía por qué lo atraían las catacumbas y las lápidas torcidas, como no fuera porque ocultaban un túnel de desagüe que llevaba al asilo.

Hacía un siglo y medio, la peste había asolado Monk's Huntley. Sólo un par de familias se habían salvado de la epidemia. Una maldición pesaba sobre el cementerio. Más allá de la sombra de los tejos que lo rodeaban, sólo crecían hierbajos y hongos que él decapitaba con saña en cuanto asomaban la cabeza.

A veces ponía en escena una gran lucha de espadas sólo para la muchacha. Estaba lo bastante lejos como para no poder distinguir que era un pobre de catorce años. O que la espada que escondía en la cripta era en realidad una azada y no una hoja de acero toledano.

Era bastante guapa, con el pelo oscuro, ojos relucientes y una voz clara. Su cara le recordaba a uno de esos broches que lucían las amables y caritativas señoras que visitaban el asilo para pobres.

Pero a los internos jamás se les permitía comer una de las tartas de crema o las empanadas de carne que preparaban para ellos. Los guardianes confiscaban las cestas de comida, y se acabó. Así que, por él, la chica de la ventana podía seguir mirando. Mirar era gratis. Era el contacto lo que no soportaba Kit. Había aprendido a defenderse a edad muy temprana de las ásperas manos que se colaban por debajo de su manta. Pronto llegaría el día en que se rebelaría y lucharía, o se marcharía para siempre. Se había dado de plazo hasta octubre. O escapaba, o lo venderían a un desconocido como aprendiz cuando cumpliera dieciséis años. El asilo no daba a los pobres el lujo de decidir su destino.

Miró ceñudo a la muchacha.

—No decía en serio lo de tomarte como rehén. Al menos no con esto. —Lanzó hacia atrás la azada—. Era un juego. Manejar la espada es un juego. No te habría hecho daño. Vete a casa.

—Lo siento —dijo ella.

—¿El qué?

Violet se mordió el labio.

—Haber estropeado tu secreto.

Kit estaba seguro de que no volvería a verla.

La primera vez que la había visto en la ventana, había pensado que era una inválida. Luego había fantaseado con que era una heredera de Londres a la que mantenían cautiva para pedir un rescate. Nadie en su sano juicio buscaría a una chica perdida en Monk's Huntley.

Pasadas un par de semanas, había llegado a la conclusión de que la tenían encerrada como castigo por desobedecer a sus padres, y había sentido lástima de ella. Había llegado a un sinfín de conclusiones acerca de Violet antes de que se hicieran amigos.

Y ni una sola de ellas había dado en el clavo.

Capítulo 2

Cuatro días más tarde, Ambrose descubrió el secreto de Violet y Eldbert. Sospechaba que se traían algo entre manos y le fastidiaba infinitamente saberse excluido de un entretenimiento en los que, según él, eran sus dominios. Ambrose no aceptaba órdenes de nadie, salvo de su madre, a la que le tenía un miedo tremendo, y de sus compañeros de clase, cuyos abusos lo llenaban de ira y de vergüenza.

Casi le dio un soponcio cuando descubrió que Violet y Eldbert no sólo se habían aventurado a entrar en el cementerio prohibido para hacerse amigos de un chico del asilo para pobres, sino que el chico en cuestión estaba enseñando a manejar la espada al patoso de Eldbert. Violet estaba sentada sobre una lápida, no podía haber encontrado un sitio más repugnante, tejiendo una guirnalda con tréboles de la ladera.

El chico delgado y rubio fue el primero en reparar en él. Al verlo entornó los ojos con expresión hostil, como si supiera quién era, y era lógico que así fuera. Después se irguió, adoptando una postura que parecía desafiar todo cuanto representaba Ambrose.

—¿Qué haces tú aquí? —preguntó Eldbert en un tono imperioso que antes nunca había osado emplear.

Algo había cambiado. No. Todo había cambiado. Violet y Ambrose siempre habían jugado a lo que él quería jugar. Ahora, sin embargo, Violet se levantó de la lápida y unos cuantos tréboles cayeron de la guirnalda que había estado tejiendo para... para un patán, para un pobretón, para un don nadie, para... ¡santo cielo!, para un chico que llevaba puestos los pantalones que a él lo habían acusado de extraviar apenas una semana antes.

—¿Qué hacéis? —balbució, sacudiendo la cabeza con incredulidad—. ¿Por qué os relacionáis con...?

—Con el Caballero de la Espada Invencible —dijo Violet, lanzando una mirada al otro chico—. Tienes prohibido entrar en sus dominios a menos que cumplas sus normas.

—¿Sus normas? ¿Sus normas? ¿Ahora tengo que cumplir las normas de un pordiosero? ¿De un pordiosero que lleva unos pantalones que me ha robado? —Al decir esto, su cara se volvió de color púrpura—. ¡Te los llevaste de la cuerda de tender! —Comenzó a saltar arriba y abajo, chillando indecorosamente—. ¡Marchaos a casa los dos o le diré a mi madre lo que estáis haciendo!

—No —dijeron Violet y Eldbert al unísono.

Eldbert añadió:

—Si se lo dices, nuestro amigo se meterá en un lío.

Ambrose se quedó boquiabierto cuando el otro chico agarró la espada que descansaba sobre una de las tumbas.

—¡Eso es de tu padre, Eldbert! —exclamó—. Es...

—Tendrás que prometer guardar el secreto si quieres unirte a nosotros —terció Violet dulcemente—. ¿Verdad, Kit?

Pero Ambrose y Kit se limitaron a mirarse fijamente, luchando con la mirada hasta que Eldbert dijo:

—Si nos guardas el secreto, Kit te enseñará a pelear, Ambrose, y nadie volverá a hacerte daño.

—No puedo llevar una espada a la escuela.

—Hay otros modos de enfrentarse a los matones.

Ambrose regresó a la tarde siguiente con dos espadas cortas que pertenecían a su padre.

Ese verano se vieron cada vez que se presentaba la ocasión. Divididos en parejas, competían buscando tesoros, sirviéndose de los mapas que dibujaba Eldbert. Su único hallazgo verdadero fue la amistad. Violet inventaba reinos encantados y hacía dibujos, a pesar de que se enfadaba por que los chicos rara vez se estaban quietos. Kit enseñó a Ambrose los rudimentos del manejo de la espada y cómo lanzar y esquivar un puñetazo, habilidades éstas que había perfeccionado en el patio del asilo. Ambrose siguió siendo tan insoportable como siempre, pero le puso un ojo morado a un chico de la escuela y tuvo que reconocer a regañadientes que había sido gracias a Kit.

Cuatro amigos, pensó Violet satisfecha mientras miraba, ceñuda y concentrada, su cuaderno de dibujo. Cinco si contaba a la señorita Higgins, que pasaba cada vez más tiempo con ella desde que había descubierto que su albañil iba a casarse con otra en septiembre.

Una tarde, Kit se descuidó. Estaba luciéndose con la espada delante de sus amigos y, cuando la institutriz de Violet se percató de que era la hora de la cena, ya no le quedó tiempo más que para recoger unas cuantas piedras del campo. Antes de que se diera cuenta, se había hecho de noche.

Los chicos mayores del asilo se apoderaban de los túneles cuando oscurecía. Perdería sus privilegios de paso subterráneo si incumplía las normas. Además, después de estar en compañía de Violet se sentía como un ser humano. Le gustaba mantener esa ilusión de integridad, al menos hasta que regresaba al asilo.

Ahora, sin embargo, por haber estado perdiendo el tiempo donde no debía, tendría que atravesar a pie el bosque, confiando en poder cruzar el patio principal a escondidas, antes de la cena, la cual consistiría en un cuenco de orín rancio. Si nadie le cubría las espaldas, lo azotarían hasta que la sangre le calara la camisa. El dolor sería de por sí espantoso, y además no sabía si podría evitar que sus amigos de fuera descubrieran que vivía como un perro, por más que intentara impresionarlos.

Para colmo de males, se dio cuenta de que no estaba solo en el bosque. Oyó murmullos procedentes de la maleza, más adelante. Aminoró el paso y se encaramó a la horquilla de un roble albar. Si a alguien se le ocurría abalanzarse sobre él, no se lo pondría fácil. Podía bajar de un salto y propinar a uno de sus asaltantes una patada en el hocico y al otro en los cataplines. Esperó. *Mierda*. Contó tres cabezas en la espesura.

Después, pasado un momento, se dio cuenta de que la presunta víctima no era él. Un caballero de mediana edad, cubierto con una capa corta, llegó a lo alto del camino. Llevaba bajo el brazo un bastón largo y parecía estar disfrutando de un relajado paseo, sin percatarse de que tres hombres lo aguardaban escondidos. Kit podría haber silbado para advertirle, de no ser porque tenía sus propias preocupaciones.

No tendría más remedio que quedarse de brazos cruzados mientras aquellos brutos despojaban al caballero de su reloj de bolsillo y de cualquier otra cosa que hubiera tenido la imprudencia de llevar al bosque.

No es asunto mío, se dijo, y cruzó los brazos detrás de la nuca.

Los tres bandidos salieron de sus escondrijos con la sutileza de un jabalí: uno de ellos golpeó al caballero en la tripa; otro, lo asaltó por la espalda y el tercero, que empuñaba un cuchillo de carnicero, se lanzó hacia sus rodillas.

Iba a ser una masacre.

—¡Eh, vosotros, cerditos! ¡Aquí! —gritó Kit antes de que le diera tiempo a refrenar el impulso, y metió la mano en el bolsillo para coger un puñado de piedras.

Apoyado en una rodilla, las lanzó con fuerza, rápidamente. Los tres salteadores se ofrecieron como blancos al levantar la vista para localizar su escondite. Eso mismo hizo la víctima, que, vista más de cerca, no parecía ni tan distraída ni tan indefensa como había pensado Kit.

Sus ojos se clavaron en él un instante, como si supiera quién era. Naturalmente, a esas alturas ya no quedaba otro remedio que meterse en la refriega. Y de todos modos prefería que le dieran una tunda en una pelea decente a que se la dieran en el patio del asilo.

Se incorporó, apoyándose en el árbol con ambas manos para impulsarse al saltar. Casi había llegado al suelo cuando distinguió un destello de plata y el bastón de paseo del caballero se transformó en una espada de aspecto mortífero.

La hoja refulgió en la penumbra y una mancha roja brillante apareció en el brazo del primer asaltante. Kit arrojó con todas sus fuerzas las piedras que aún tenía en los bolsillos y se echó a reír al ver huir a los ladrones fracasados.

—Patético —masculló—. Son unos aficionados.

—En efecto —dijo una voz profunda en la oscuridad.

Alarmado, Kit sintió que el vello de la nuca se le erizaba. Se volvió, lleno de curiosidad a su pesar, y observó el bastón de paseo antes de mirar a los ojos al desconocido.

—Esos cretinos no tenían nada que hacer. Buen trabajo, señor.

—Te he visto en el cementerio —dijo el hombre lentamente—. ¿No te da miedo que te pillen?

Kit tropezó al pisar una piedra.

—¿Cómo te llamas?

Como si importara. Como si algo importara más allá de que, por culpa de aquel hombre, iba a perder a los únicos amigos que había tenido en su mísera vida.

—Yo soy el capitán...

Kit no esperó a oír una palabra más.

Echó a correr.

Violet comprendió que parecía una desagradecida. Era su cumpleaños, y al entrar en el salón, después del desayuno, se había encontrado a un maestro de baile esperándola.

Su tío carraspeó.

—Es nuestro regalo para ti, Violet.

—Gracias —dijo, mirando más allá de él, hacia la ventana. Vio a Eldbert acechando entre los rosales. Le hacía señas para que saliera. Violet hizo una mueca.

—Violet —dijo su tía, azorada—. Has estado pidiéndole a tu tío clases de baile desde que nos mudamos aquí.

—Lo sé, pero... ¿tiene que ser hoy, tía Francesca?

—¿Por qué? ¿Es que no te encuentras bien?

—A lo mejor es eso, creo.

—Entonces retírate enseguida. No queremos que el maestro se ponga enfermo después de haber venido desde tan lejos para darte clases. El doctor Tomkinson dijo en la iglesia que hay...

Violet corrió a la puerta antes de que su tía pudiera cambiar de idea. Le encantaba bailar. Quería recibir clases de baile. Pero se sentía tan desgraciada que no sería capaz de ejecutar como era debido las figuras del cotillón.

Hacía tres semanas que Kit no aparecía por el cementerio. Violet lo buscaba desde su ventana cada mañana y cada noche, como había hecho antes incluso de estar segura de que existía. Eldbert se aventuraba a diario a cruzar el cementerio hasta el lindero del bosque, pertrechado con el telescopio de su padre para escudriñar la parte exterior del asilo.

—¿Lo has visto? —preguntaba Violet una y otra vez.

No podía evitar preguntarlo, aún sabiendo que Eldbert se lo habría dicho enseguida si lo hubiera visto.

—Había demasiada gente pululando por el patio —contestó Eldbert—. Parecía haber una procesión de carruajes delante de las puertas. Como si hubieran ido visitantes a dar una vuelta por el edificio.

Ambrose lo miró con aire burlón.

—Venga ya, Eldie, ¿quién iba a querer visitar un sitio que es prácticamente una prisión?

—¿Una prisión? —preguntó Violet, horrorizada—. Yo creía que era...

—¿El palacio de los pobres? —Ambrose la miró consternado—. ¿Qué creías, que de verdad era como un palacio? Lo próximo será decirme que Kit te ha convencido de que está de vacaciones cuando viene a merodear por el cementerio. Es un mentiroso nato y un fanfarrón.

—Conmigo nunca ha fanfarroneado de nada —replicó Violet, aturdida—. Por lo menos, respecto a dónde vive. No es una prisión.

Eldbert lanzó a Ambrose una mirada de advertencia, pero Ambrose no le hizo caso.

—¿Quién crees que se cría en un orfanato para expósitos? —le preguntó a Violet.

—Pues huérfanos, claro. Niños desgraciados, como yo, que han perdido a sus padres.

—Niños a los que nadie quiere —replicó Ambrose cruzando los brazos como un genio satisfecho—. Maleantes y bastardos.

Un rubor poco favorecedor inundó las mejillas de Eldbert.

—Yo perdí a mi madre. ¿Me estás insultando?

Ambrose miró más allá de él, hacia Violet, que sabía que debía taparse las orejas para no oír lo siguiente y que sin embargo no pudo hacerlo.

—Gachas aguadas para comer —prosiguió Ambrose—, trabajar para desconocidos como un esclavo, latigazos, ésa es la vida del asilo.

—Kit nunca se ha quejado delante de nosotros de que tuviera hambre —balbució Violet—. Ni una sola vez. Nunca me ha pedido nada de comer.

Al menos, no en voz alta. Y, sin embargo, ahora que lo pensaba, tampoco había rehusado nunca los emparedados de jamón de Eldbert. El hecho de que se alejara para comérselos le había parecido una muestra de cortesía por su parte. Pero ¿se había parado alguna vez a considerar la posibilidad de que estuviera hambriento? ¿De que su cara afilada y huesuda fuera consecuencia de unas privaciones que le daba vergüenza reconocer?

—Eres tú quien miente, Ambrose —añadió con convicción—. Tuviste envidia de Kit desde la primera vez que lo viste. Se le da mejor la espada que a ti. Es más guapo, más noble, más...

—No pide nada porque roba lo que quiere —repuso Ambrose—. Santo Dios, me robó los pantalones. Es un pordiosero, un ladrón y un mentiroso.

Eldbert cerró el puño y echó el brazo hacia atrás.

—No mires, Violet —dijo, irguiéndose hasta alcanzar una altura imponente, y Violet se preguntó si había crecido de la noche a la mañana—. Yo me encargo de responder a ese ultraje.

Violet habría protestado de no ser porque una voz que conocía muy bien la llamó desde lo alto de la ladera. Miró distraídamente y vio a Winifred entre los árboles del bosquecillo.

Se recogió de mala gana la falda, dispuesta a acudir a la llamada de su institutriz. Eldbert asestó el puñetazo tan pronto ella se volvió. Oyó que Winifred la llamaba de nuevo con una nota de angustia.

—¡Viene su tío, señorita! ¡Ha estado buscándola por todas partes!

Violet contuvo un gemido de sorpresa y agachó la cabeza instintivamente cuando el puño de Eldbert se estiró para propinar otro golpe y acertó a Ambrose en la barbilla. La torpe batalla que siguió no le interesó lo más mínimo. Estaba demasiado preocupada por la desaparición de Kit.

Llegó junto a Winifred en el instante en que el barón salía resoplando del bosquecillo, en lo alto de la ladera. Miró a su sobrina y a la institutriz unos instantes, como si intuyera que pasaba algo raro pero no acertara a decir qué era.

—¿Se puede saber qué haces tan cerca del cementerio, Violet? —preguntó.

Violet no podía mentirle. La señorita Higgins, en cambio, sí podía... y eso hizo.

—Oyó pelearse a Eldbert y a Ambrose, señor, y ha intentado intervenir.

En cualquier otra ocasión, el barón habría dicho «bobadas», pero al ver que Eldbert subía cojeando por la cuesta con la nariz ensangrentada, se sorprendió.

—Vaya, vaya —dijo—. Espero que le hayas dado una buena tunda, Eldbert.

Violet tocó el brazo de su tío.

—Tío Henry, ¿has estado alguna vez en un asilo?

El barón miró de nuevo hacia el cementerio. Después, permitió que Violet lo llevara hacia el sendero que conducía a la casa.

—Sí, querida, sí que he estado.

—¿Es tan horrible como dice Ambrose?

Su tío titubeó. Violet levantó la mirada hacia él y esperó. Era un hombre honrado y ella sabía que podía confiar en lo que le dijera.

—Hay pocos sitios en el mundo tan espantosos como un asilo, Violet. Compadezco a quienes han de vivir en ellos y depender de nuestra caridad.

—Pero a los niños los tratan bien, ¿verdad?

—A algunos, sí. Pero a la mayoría, no. Duermen veintitrés en una habitación.

—¿Y les pegan?

—Sí, les pegan.

—¿Por qué nadie lo impide?

—La parroquia necesita fondos para construir una escuela decente y un hospital donde cuidar a los enfermos, y para separar a los niños de los delincuentes.

—No imaginaba que pudiera existir algo así —dijo angustiada, mirando hacia el bosque.

Y con aquel conocimiento recién adquirido, su ingenuidad dio paso a una compasión que alteró el curso de su vida.

Uno de los guardianes había pillado a Kit trepando por la verja cerrada y le había dado un manotazo en la cabeza que le había hecho verlo todo rojo.

—Así que Don Cucaracha ha tenido a bien volver a casa, y por la puerta, esta vez. Ahora sí que la has hecho buena, Kit. Pronto estarás en prisión, muchacho, o te venderán al mejor postor. Casi tienes la edad.

Lo azotaron en el patio a primera hora de la mañana siguiente. Se mordió la lengua para no gritar. Los gritos sólo conseguían asustar aún más a los niños más pequeños a los que estaban azotando al mismo tiempo. Por estúpido que pareciera, pensar en Eldbert y en Violet alivió un poco el escozor. Les había engañado, haciéndoles creer que era invulnerable. Ahora le tocaba engañarse a sí mismo.

La vara volvió a bajar violentamente. Kit dio un brinco y una mano lo agarró por la camisa. La costura del hombro se rasgó. *Qué rabia.* Violet y la señorita Higgins se avergonzarían de él. *No pienses en ella. Para. La prisión...*

Un hospiciano. Un pordiosero sucio y esmirriado.

Dadme otra oportunidad. Nací en pecado y no sé por qué, pero juro que por dentro soy bueno. Sé que no se nota. Sé que sólo soy un...

—¡Levanta! —ordenó una voz, y un agua sucia le dio en la barbilla.

Cerró los ojos. Mejor así. Ya no veía ninguna cara. No venía nada en absoluto.

El verano estaba tocando prematuramente a su fin. Kit cumplió quince años. Estaba siempre nervioso y se sentía constantemente vigilado. Todos los días moría o desaparecía alguno de sus compañeros del asilo. Sabía que él sería el siguiente.

Frunció el ceño al ver el retrato suyo que Violet tenía sobre el regazo.

—Deja de hacerlos.

Ella levantó la vista.

—¿Estás bien?

—¿Por qué no iba a estarlo? —preguntó, tapándose la boca con el puño para sofocar la tos.

—Estás muy colorado. Y tienes los ojos rojos.

—Estoy bien. No me dibujes. Siempre tienes que retratarme como un príncipe o un caballero. Píntame como un don nadie.

Al día siguiente, el guardián del asilo le diagnósticó el sarampión. Kit deseó que la enfermedad acabara con él, pero no fue así. Se recuperó antes que sus amigos del asilo, pero todavía se encontraba mal casi dos semanas después, cuando se escapó al cementerio a ver a sus amigos.

—¿Qué te pasa, Kit? —le preguntó Violet mientras miraba a Ambrose y Eldbert batiéndose con la espada entre los árboles.

Kit notó que no había llevado su cuaderno de dibujo y se sintió mal por ello. Pero se sintió aún peor cuando ella se levantó con los ojos vidriosos y le puso la mano sobre la mejilla.

—¿Qué ocurre?

Bajó la mano. Después comenzó a toser y se tambaleó.

—¡Dios mío! —exclamó él—. ¡Eldbert! ¡Ambrose!

Los chicos echaron a correr hacia ellos. Cuando llegaron, Violet estaba temblando y se tapaba los ojos con el brazo.

—¿Por qué hay una luz tan brillante? —musitó—. Aquí abajo nunca hay tanta luz.

—¿Qué le has hecho, pordiosero asqueroso? —preguntó Ambrose, asustado.

Violet se tambaleó y estiró el brazo.

—He cogido la peste —dijo en voz baja—. Me siento como si me fuera a morir.

Eldbert la miró horrorizado. Ambrose se puso de color gris y echó a correr hacia el bosque.

—¡Ayúdame, Eldbert! —ordenó Kit, cogiéndola en brazos.

Incluso pálida y enferma, Violet era preferible a lo que veía en el asilo, y además si estaba así era por su culpa.

—¿Dónde está la señorita Higgins?

—No lo sé —contestó Eldbert, dando trompicones detrás de Kit, que avanzaba a rápidas zancadas—. ¿Adónde la llevas?

—A su casa.

—Pero te...

—Mira, ¿puedes por lo menos cogerla por los pies? Si se muere, pesará sobre mi conciencia.

—¿Morirse? No puede morirse. Yo tuve el sarampión hace unos años y sobreviví. Mi padre dice que se está extendiendo otra vez por la parroquia, pero... Violet no puede morirse.

Kit recordaría toda su vida aquella escena. Subió a toda prisa por la ladera y corrió hacia la casa solariega. El mayordomo, que apareció en la puerta, le lanzó una mirada de gratitud y tomó a Violet en brazos. El barón salió de la casa con una mirada asesina y, detrás de él, una señora, la baronesa, dedujo Kit, dejó escapar un gemido de angustia.

Kit vigiló la ventana de Violet esperando verla, consciente de que si moría sería culpa suya. Eldbert y él velaron fuera de la verja del jardín de la casa, hasta que un día ella apareció en la ventana y les saludó lánguidamente con la mano.

—Atiza —dijo Eldbert, pasándole su telescopio a Kit—. Tiene un aspecto horrible.

Para Kit, no. Estaba guapísima, y viva.

Una semana después, Ambrose cogió el sarampión. Tuvo tos y mucha fiebre y después culpó a Kit de haber puesto en peligro su vida. La señorita Higgins, que se había contagiado hacía años, no cayó enferma.

La pequeña pandilla se encontró por última vez una tarde de principios de agosto. Habían conseguido escaparse únicamente porque la baronesa había acompañado al padre de Eldbert a visitar a familias enfermas de la parroquia. Kit contempló la cara de Violet y pensó que ni siquiera su palidez enfermiza impediría que los hombres se enamoraran de ella. A Eldbert y Ambrose iban a enviarlos al colegio. Pronto a Violet no le quedaría ningún amigo, pensó.

—Yo también voy a marcharme —dijo.

Ella lo miró desde el otro lado del prado, consternada.

—¿Adónde?

—Van a venderme —contestó—. Hay un cartel puesto en la verja del asilo, por si queréis comprarme.

—¿Van a...?

Se odió a sí mismo por haberle dicho la verdad, aunque fuera por su propio bien. Una chica como Violet no debía jugar con chicos peligrosos como él. Era tan inocente que, de haber estado en su poder, Kit se habría quedado en aquella parroquia dejada de la mano de Dios para protegerla.

—Si tienes suerte, serás aprendiz de un herrero o de un deshollinador —comentó Ambrose con cierta compasión—. ¿Alguien ha pujado ya por ti?

Le dieron ganas de estampar su cara arrogante contra una de las lápidas.

—Pues sí. Todavía no es oficial, pero parece que voy a servir a un capitán de caballería.

Ambrose soltó un bufido desdeñoso.

—¿Te refieres a ese viejo borracho que cree que el fantasma de su hijo ronda por este cementerio?

Kit se sacó una piedra del bolsillo.

—Ya no bebe —repuso, desafiando con la mirada a Ambrose a contradecirle—. Y sabe que su hijo está muerto. Murió en la guerra.

Violet se había dado la vuelta. Tenía lágrimas en los ojos.

—¿Cuándo te vas, Kit?

Lanzó la piedra al aire y la cogió. Le dolía la garganta y pensó que otra vez iba a ponerse enfermo.

—No lo sé.

—Podría ser peor —dijo Eldbert, colocándose las gafas—. Podría haberte comprado un dentista. A mí no me importaría servir a un oficial del ejército. No es fácil ser el hijo del cirujano del pueblo.

Metió la mano dentro de su chaqueta y sacó un abrecartas que, dedujo Kit, procedía del escritorio de su padre.

—¿Para qué es eso? —preguntó Ambrose, interesado.

—Es para que sellemos con sangre nuestro pacto de amistad y acordemos encontrarnos todos de nuevo dentro de diez años.

Violet miró a Kit.

—¿Cómo vamos a llamarnos? —preguntó.

Él le sonrió.

—Los Bobos Sangrantes. —Arrugó el ceño mirando a Eldbert—. ¿Vas a hacerle una cicatriz?

—No te preocupes, Kit —dijo ella.

Kit volvió la cabeza. Sentía un inexplicable impulso de besarla y sabía que, por el bien de Violet, era una suerte que tuviera que marcharse.

Celebraron la ceremonia junto al arroyuelo que corría entre las criptas. Ambrose fue quien más gritó cuando se pinchó el dedo, no tanto por el dolor como por la sangre que le goteó en los pantalones. Su grito hizo acudir a la señorita Higgins, que aguardaba en la ladera. La institutriz lavó la mancha en el arroyo con una piedra, como una Lady Macbeth con cofia, mientras refunfuñaba:

—Perderé el trabajo si tengo que explicar que he permitido esto estando bajo mi cuidado. Sois incorregibles los cuatro.

—Los cinco —murmuró Violet.

Los seis, de hecho, contando al hijo que la señorita Higgins ignoraba aún que llevaba en sus entrañas.

Capítulo 3

Baile benéfico del marqués de Sedgecroft
Londres, 1818

Kit cruzó el escenario de la mansión de Park Lane. Llevaba en una mano el florete que estaba utilizando para dar las últimas indicaciones y en la otra sostenía el programa de la actuación de esa noche:

DUELOS MEMORABLES
DE LA HISTORIA
Y LA LITERATURA
Presentados por
el maestro Christopher Fenton
y los doce alumnos
de su Academia de Armas,
cuyos nombres se enumeran
por orden de aparición.

Escudriñó las sombras de la parte de atrás del escenario. Contó once alumnos, dos ayudantes y un lacayo que pertenecía a la casa. Pierce Carroll, el más joven, osado e indudablemente el mejor de sus pupilos, no había llegado aún. Faltaba una hora para la representación. Kit comenzó a pasearse de un lado a otro, una costumbre que sabía que ponía nerviosos a sus ayudantes. Pero paseaba o clavaba a la pared lo primero que viera moverse.

Nunca antes había actuado ante un público tan selecto. Tenía los nervios tan tensos como las cuerdas del violín que alguien estaba afinando en el salón de baile. Había enseñado esgrima a duques y a muchos otros aristócratas, y también a una o dos actrices estrafalarias. Había improvisado multitud de combates de esgrima en la calle o en fiestas íntimas. Pero era la primera vez que exhibía su destreza como *maître d'armes* ante la sociedad elegante.

Esa noche, el desafío era conseguir que sus alumnos parecieran maestros de esgrima por derecho propio. Se ganaba la vida enseñando a verdaderos caballeros a parecer héroes, un oficio muy decente para un antiguo hospiciano. Con un poco de suerte, lord Bidley no saltaría del escenario para caer sobre el regazo de la voluptuosa vizcondesa que llevaba tres meses persiguiendo a Kit.

Tal vez llevar florete no estuviera ya en boga, y tal vez la pistola se hubiera impuesto a la espada como arma predilecta. Pero jactarse de poseer una hoja bien afilada y de saber cómo usarla nunca pasaba de moda.

Miró otra vez por entre las cortinas. Los invitados habían empezado a tomar asiento, y la luz de las velas iluminaba el escenario. ¿Quién demonios había encendido tantas velas? ¿Y si a uno de sus discípulos le daba por emular el truco que él había exhibido una vez imprudentemente en una taberna, apagando las llamas con una sola pasada de su florete?

La mansión podía arder como una caja de fósforos. Y la mayor actuación de Kit sería la última. El dinero que recaudaría esa noche para obras de caridad no sería nada comparado con lo que costarían las reparaciones de una mansión palaciega en Park Lane.

—¡Señor! ¡Señor! —lo llamó una voz frenética desde el fondo del escenario.

Kit dio media vuelta y bajó el florete al reconocer al enjuto lacayo, ya entrado en años, que parecía ser el tercero al mando de la espaciosa mansión, por detrás del patrón de Kit, el marqués de Sedgecroft, y su esposa. Se llamaba Weed.

—¿Alguien ha visto al amito? ¿Ha escapado por aquí, por casualidad?

Kit se quedó mirando a Weed, completamente atónito. Era cierto que tenía alumnos de edad diversa, pero ninguno de ellos...

—Ah, ese amo —dijo, riendo—. ¿El señorito Rowan?

Rowan Boscastle era el hijo y heredero del marqués de Sedgecroft, un niño revoltoso que era, además, el alumno que le daba más problemas. Como la mayoría de los niños pequeños, Rowan era muy aficionado a las espadas y a desaparecer en el momento más inoportuno.

—Aquí no está —contestó Kit rotundamente mientras hacía una seña a Kenneth y Sydney, sus ayudantes, para que se acercaran.

—¿Qué ocurre, señor? —preguntó Kenneth, un joven escocés de anchas espaldas.

—Un niño se ha perdido.

—El heredero —añadió el lacayo con énfasis.

—Yo lo encontraré —dijo Kit, y entregó a Sydney su florete y su programa.

—¿Cómo? —preguntó el lacayo.

—En mis tiempos, se me daba muy bien esconderme. —Se quitó la capa que había pertenecido a su padre, el capitán Charles Fenton. Se la ponía únicamente en ocasiones especiales, para que le diera suerte—. Ya sabéis el orden de los números, si llego tarde.

Kenneth dobló la capa sobre su brazo.

—¿Seguro que no quiere ponerse la máscara y la chaqueta acolchada para esta aventura? Recuerde su última clase con el señorito Rowan.

Kit vaciló al recordar el incidente. Había sido la primera vez que lo había herido un florete.

—Buena idea.

La señorita Violet Knowlton había pasado dos horas charlando con los clientes y conocidos de su futuro marido, y apenas dos minutos con el novio en cuestión. Habría pensado que Godfrey faltaba a sus deberes de no ser porque sabía lo importante que era para él aquella velada. Su prometido estaba tan ansioso por mostrarse como un caballero digno de vender mercancías a la aristocracia, que a veces era un alivio perderlo de vista.

Violet no siempre estaba de humor para encandilar y halagar a los clientes de Godfrey, y, a decir verdad, para un comerciante todo el mundo en Inglaterra era un posible cliente. Le daba vergüenza reconocer que ser amable por fuerza le resultaba agotador.

De hecho, se avergonzaba de sí misma porque, en lugar de agradecer la proposición matrimonial que su tía le había conseguido mediante furtivos tejemanejes, había empezado a desear que nunca se hubiera producido. Su tía había hecho muchos sacrificios para que pudieran venir ambas a Londres, convencida de que allí ella encontraría un marido mejor que en una aldea remota. La boda tendría lugar dos meses después. Godfrey quería que fuera una ceremonia poco concurrida, a la que sólo invitarían a personas importantes.

Violet había aceptado la proposición de Godfrey más por complacer a tía Francesca que a sí misma. Hacía dos años que había muerto el tío Henry, y la pena había convertido a su tía en un culo de mal asiento. Se habían pasado catorce meses seguidos viajando, las dos juntas.

—Por mí no hace falta que nos mudemos —había insistido Violet.

—¿Qué nos queda ya en Monk's Huntley? —había respondido, quejosa, su tía—. En el pueblo no quedan jóvenes decentes. Se ha convertido en... en una tumba.

Violet sabía que la muerte de su tío había empañado la perspectiva de su tía. Aun así, no podía quitarle del todo la razón. En Monk's Huntley se sentía cada año más sola, y pese a todo se había resistido a abandonar el pueblo.

—Tal vez algún día volvamos a ser felices allí —decía—. Eldbert y Ambrose regresarán en algún momento, cuando hereden.

—Pero tú no querrías casarte con ninguno de los dos, ¿verdad? —le preguntaba ingenuamente su tía cada vez que mencionaba a los dos jóvenes caballeros.

—No, no querría —contestaba Violet, y su tía y ella acababan riéndose sólo de pensarlo.

—¡Qué bien sienta volver a reír, Violet! —dijo su tía en una ocasión—. Apenas nos hemos reído desde que estamos en Londres.

Era cierto. La baronesa había estado atareada reencontrándose con antiguas amistades que podían sugerirle un marido conveniente para Violet. Pero la joven, por su parte, sólo se había tomado algún interés por su posible matrimonio al conocer a sir Godfrey Maitland mientras compraban paraguas en una de las tiendas de sus grandes almacenes.

Debería haber imaginado que un idilio que empezaba durante un aguacero estaba abocado a apagarse antes de que prendiera la llama. A su tía le agradaban los buenos modales de Godfrey y su sentido común. Era todo menos un crápula, y Violet y su tía no podían vivir para siempre de la herencia del barón.

—¿Seguro que te encuentras con ánimos de asistir a la exhibición de esgrima, tía Francesca? —preguntó, preocupada cuando su tía se levantó del sofá de la sala de descanso.

Francesca estaba delicada de salud desde hacía unos meses, y Violet se preocupaba constantemente por ella. Era la única familia que le quedaba.

—Estoy bien. Anda, ve a decirle a un lacayo que nos busque unos asientos que no estén muy cerca del escenario.

—Claro —dijo Violet, y al llegar a la puerta miró hacia atrás. Godfrey llevaba meses tomando clases de esgrima y estaba a punto de actuar en la función benéfica.

—¡Vamos, vete! —insistió su tía.

Así que Violet se marchó y preguntó a un joven lacayo que le enseñara el camino, lo cual hizo el muchacho, hasta que un lacayo de más edad lo llamó para que se ocupara de una misteriosa emergencia.

—Espere aquí, señorita —dijo—. Enseguida vuelvo.

Pero pasados unos minutos Violet entró en una antecámara en penumbra que llevaba a una escalera cubierta con una alfombra en tonos de rosa y dorado. Antes de que pudiera cambiar de dirección, un niño pequeño armado con dos espadas cruzó velozmente la puerta y corrió escaleras arriba, dejó caer una de sus armas y se perdió de vista.

—¡Disculpa! —lo llamó Violet, agachándose para recoger la desvencijada espada de madera—. ¡Creo que te dejas algo!

El niño no regresó.

Violet se irguió y apuntó a la pared con la espada desgastada. Debía de haber sido uno de los primeros juguetes del niño. El uso había alisado la empuñadura, y ni una sola astilla enganchó su guante cuando pasó la mano por la corta hoja.

Por probar, lanzó otra estocada.

—¡Atrás todos! —ordenó a las plumas de pavo real que temblaban en su jarrón rosa, sobre el velador que había en un rincón—. ¡Dejadme pasar y prometo que no revelaré vuestro paradero! ¡Pero si...!

Ahogó un grito cuando un hombre cubierto con una máscara de esgrima y una chaqueta almohadillada se lanzó hacia ella a través de las cortinas que cubrían un entrante del pasillo, junto a las plumas.

—No diga más —dijo el desconocido, levantando la mano en señal de advertencia—. Entre nosotros, las plumas no son de fiar.

Violet dio un paso atrás, aferrando la espada de madera.

—¿Quién...?

¿Había interrumpido parte de la actuación de esa noche? ¿Era un ensayo o una actuación? Se quedó mirando el florete que el desconocido sostenía en la mano derecha. No había ningún otro actor por allí cerca.

Claro que estaba vagando por una mansión que pertenecía a un miembro de la célebre familia Boscastle. Su doncella le había advertido que la sangre que corría por las venas de aquella familia debía de estar mezclada con una poción amorosa, y que su influencia era contagiosa.

Dudó un momento. Después, su instinto la impulsó a retirarse a un rincón en penumbra del pasillo. El espadachín se detuvo y, girándose, la observó con tal intensidad que Violet se alegró de no poder verle la cara a través de la máscara.

—Me he puesto en evidencia, ¿verdad? —preguntó en voz baja.

El espadachín negó con la cabeza galantemente.

—Son esas plumas traicioneras. Siempre que paso por aquí intentan cortarme el paso.

Violet suspiró, escondiendo la espada entre sus faldas. Era absurdo confiar en que no la hubiera visto.

—Me siento ridícula.

—En absoluto —contestó él despacio, bajando su florete—. Tenemos un problema: el heredero ha huido. Situaciones así hacen aflorar el instinto protector.

Violet sintió un hormigueo que la sobresaltó, una agradable sensación de familiaridad. El timbre de su voz, cálido y aterciopelado, caló en su conciencia. No sabía si estaba actuando o no, pero su aire travieso y malévolo resultaba contagioso. De hecho, si no hubiera bromeado con ella con tanta facilidad, incluso podría haber parecido peligroso.

—En ese caso, va mal. El heredero ha subido por la escalera. Supongo que ésta es su espada.

Él se quedó mirando la espada de madera que Violet había levantado a la luz.

—Una de ellas. Espero que no la haya atacado con ella.

Violet sonrió.

—Tenía tanta prisa que no creo que me haya visto siquiera.

—Los niños pequeños pueden ser peligrosos.

—Sí, lo sé. —Le dio la espada—. Buena suerte en su empresa.

El desconocido se rió, hizo una elegante reverencia y dio media vuelta.

—*Merci, mademoiselle*. Perdóneme si la he asustado. Y, por favor, disculpe cualquier risita estridente o chillido de horror que pueda oír cuando encuentre al culpable.

—Por supuesto —murmuró ella, y siguió con la mirada su esbelta y ágil figura mientras el desconocido subía al descansillo.

Había algo en su actitud juguetona que la atraía. Su buena educación le decía que no debía hacerle ningún caso. Pero un extraño impulso se imponía a aquella voz cautelosa. Hacía siglos que no tomaba parte en una travesura. Y más tiempo aún que no se sentía libre, aunque fuera sólo una pizca. No podía imaginarse a Godfrey persiguiendo a un hijo desobediente durante una fiesta, como no fuera para castigarlo.

Pensándolo bien, no podía imaginarse en absoluto a los hijos de Godfrey, lo cual era una idea desconcertante, pues deseaba tener familia, con toda la alegría, el ruido y el esfuerzo que conllevaban los hijos. Siempre había querido ser madre, pero le desconcertó pensar en ello en aquel momento, en presencia de un extraño.

El espadachín se paró en medio de la escalera y se giró hacia ella. Violet sintió que la miraba a través de la máscara. Naturalmente, ella también había estado mirándolo. No todos los días se encontraba una con un fornido espadachín persiguiendo al heredero de un marquesado por una mansión del West End. Aunque quizá tales acontecimientos eran el pan de cada día en los hogares de la aristocracia.

—¿Se ha perdido? —inquirió amablemente el hombre desde el descansillo—. No se me ha ocurrido preguntárselo cuando he irrumpido en escena como Polichinela.

Violet se retiró hacia las sombras protectoras del entrante del pasillo. Sabía que debía inventar una excusa y marcharse, pero el encanto y la galantería de aquel hombre la fascinaban. Aunque fuera parte de una representación, era muy agradable. Allí, en lo alto de la escalera, su altura y la anchura de sus hombros destacaban más aún, al igual que su torso fibroso y sus largas y musculosas piernas. La máscara le confería un atractivo misterioso, y quizá prestaba también a su voz aquel timbre seductor cuya gravedad la embelesaba.

—Creo que he debido equivocarme al doblar alguna esquina —confesó.

—¿Adónde quería ir? No es que yo sea un experto en esta casa.

Violet se azoró un instante al darse cuenta de que no lo recordaba.

—Se suponía que tenía que encontrar asientos para la actuación —respondió después de un silencio sobre el que el espadachín tuvo la amabilidad de no hacer comentario alguno.

Él bajó un peldaño. A distancia tan corta, irradiaba una sensación de peligro tal que un flechazo de alarma le atravesó el corazón. Se estremeció involuntariamente mientras él dejaba que el silencio se prolongara. Después, volvió a hablarle:

—En ese caso —dijo—, la buscaré desde el escenario. Y cuando pida ayuda entre el público, confío en que se ofrezca voluntaria. Hay un asiento en la segunda fila, el primero desde el pasillo central, que estará reservado para usted. ¿Quiere que le enseñe el camino?

Violet negó con la cabeza e intentó reponerse. ¿Qué le ocurría? Había caído bajo el hechizo de un desconocido.

—Yo no soy actriz.

—Ni se me había pasado por la cabeza que lo fuera.

—Se me da fatal aprenderme textos de memoria y...

El espadachín bajó otros tres peldaños con una agilidad que parecía instintiva.

—No tiene que decir nada.

—Pero ¿subirme al escenario delante de todo el mundo? ¿Con todos mirándome a...? —Se interrumpió. Nadie se fijaría en una chica corriente como ella. El espadachín, en cambio, era una de las atracciones de la velada, y al mirarlo no le extrañó en absoluto—. No tengo aplomo suficiente —reconoció—. No podría ni repetir mi propio nombre.

—No tiene que hacer nada de eso. —Se encogió de hombros con indiferencia—. Lo único que tiene que hacer es levantarse cuando yo aparezca en el pasillo y dejar que la salve.

—¿De qué? —preguntó con aquella curiosidad divertida que, según había predicho a menudo su tía, algún día la metería en un lío.

—De casarse con un villano.

—Ah —dijo ella en voz baja, como si le creyera—. ¿Y cómo lo hará?

—La montaré en mi caballo mientras está delante del altar. —Se recostó en la barandilla de palisandro de la escalera—. Luego, lo único que tiene que hacer es acordarse de rodearme con los brazos y agarrarse fuerte.

—¿Rodearlo con los brazos? —preguntó con una risa incrédula—. ¿Delante de todo Mayfair?

—Bueno, es por una buena causa.

—Y supongo que va a pedirme que ensayemos en privado.

Esta vez fue él quien se rió.

—No, pero si tuviéramos tiempo lo haría encantado.

—Eso es extremadamente generoso por su parte.

—No es ninguna molestia.

—Quizá para usted no —replicó, meneando la cabeza.

Él se quedó callado un momento.

—Creo que se ha hecho una idea equivocada. No le pido a cualquier dama que conozco que tome parte en mi actuación.

—Bien, entonces, gracias por concederme ese honor.

—Sigue sin creerme.

—¿Acaso importa?

—Yo diría que sí. Creo que acaba de ultrajarme.

—Algunas señoras podrían considerar ultrajante su proposición.

—Sólo si fuera la clase de proposición que creía usted. Pero no lo es.

Violet entornó los párpados.

—¿Y eso cómo lo sé?

—Le pagaré cincuenta libras si encuentra a otra señora en esta casa que pueda decir sinceramente que le he ofrecido esa butaca.

—¡Como si pudiera ir preguntando por ahí! Además, ¿no tenía que ir en busca del heredero desaparecido?

—Sé dónde está: esperando a que finja que estoy al borde del pánico.

Violet soltó un suspiro y luchó contra el impulso inexplicable de prolongar la conversación. A pesar de sus respuestas ingeniosas, aquel hombre parecía indomable y proclive a causar problemas. Dentro de ella, desde luego, había hecho agitarse algo a lo que debía resistirse.

Se obligó a dar media vuelta. No estaba en situación de medir su ingenio con aquel desconocido, por muy atrayente que pudiera parecerle.

—Si me disculpa...

—¿Puedo buscarla más tarde, esta noche?

¡Qué crápula tan persistente!

—Seguramente no es buena idea —contestó mirando hacia atrás.

—Voy a buscarla de todos modos —dijo él mientras Violet se recogía las faldas, dispuesta a alejarse—. Recuerde: es por una buena causa.

Violet agitó una mano. Había algo en su actitud que le daba ganas de echar otra mirada.

¿Tan vulnerable era que podía caer presa del primer donjuán que la abordaba en una fiesta? Ni siquiera podía verle la cara, y sin embargo tenía la sensación de conocerlo. Bien, iba a actuar con su prometido. Quizá Godfrey hubiera trabado amistad con aquel calavera en la academia de esgrima, aunque lo cierto era que hacía poca vida social fuera de sus negocios.

—¡Señorita Knowlton! —gritó una voz femenina desde el fondo del pasillo—. La he estado buscando por todas partes.

Violet se giró bruscamente. Jane, su anfitriona, la marquesa de Sedgecroft, una mujer de cabello de color miel, le hizo señas para que se acercara desde una puerta de paneles dorados.

—Su tía no se encuentra bien.

Violet se acercó a toda prisa, aliviada por que el atractivo desconocido de la escalera hubiera aprovechado aquel instante para desaparecer, antes de que Jane lo viera.

—¿Qué ha pasado? —preguntó preocupada a la marquesa.

—Estaba hablando con ella y de pronto se ha quejado de que estaba mareada. —La marquesa la cogió de la mano y miró más allá de ella un momento antes de reanudar su explicación—. Nuestro médico la ha examinado ya y le ha dado un sedante suave. No ha encontrado ningún mal, pero con su permiso irá a visitarla más adelante, dentro de una semana, quizá.

—Quizá debería llevarla a casa.

—Se lo he sugerido y se ha disgustado muchísimo. ¿Por qué no la deja descansar un par de horas? Esta noche tengo en casa al mejor médico de Londres. No quería alarmarla, pero he pensado que debía saberlo.

Siguió a la marquesa por otro tramo de escaleras privadas, hasta un saloncito interior cuya puerta flanqueaban dos lacayos. Su tía descansaba en un diván. Estaba tan pálida y parecía tan frágil que a ella se le paró un momento el corazón.

—Tía Francesca...

Francesca abrió los ojos, parpadeando. La miró con el ceño fruncido.

—Ay, querida. Creo que he armado todo un revuelo. No te habrás perdido la actuación de Godfrey, ¿verdad? Se ha esforzado tanto por impresionar a todo el mundo...

—Ya habrá otras ocasiones en las que Godfrey pueda impresionarnos —contestó Violet con firmeza, sentándose en la silla que le había acercado uno de los criados de la marquesa.

—Su sobrina tiene razón —dijo la anfitriona—. La exhibición de esgrima es una maravilla, pero no surte un efecto sedante sobre el ánimo.

Mi hijo no ha parado de atacar al servicio desde que la semana pasada vio ensayar a su maestro de esgrima.

—La esgrima, cuando se hace bien, es muy romántica —comentó tía Francesca con una sonrisa melancólica—. El tío de Violet llevaba espada cuando lo conocí. ¿Te lo he dicho alguna vez, Violet?

—Creo que no —respondió ella.

—Hay muchas cosas que no te he contado, Violet. Pero sólo porque quería protegerte.

—Me has protegido. ¿A qué viene eso ahora?

Tía Francesca asintió cansinamente.

—No deberías estar aquí, conmigo. Ahora tienes un nuevo guardián. Te estará buscando entre el público. Anda, ve a aplaudirle. Y usted, Jane, vaya a atender sus obligaciones. Tiene que dar una fiesta. No quiero estropearle la diversión a todo el mundo.

Jane se rió.

—Me he divertido más en mi vida de lo que tiene permitido divertirse una dama. De todos modos, su sobrina y usted vendrán a otras fiestas. No conocí a su marido, señora, pero fue muy bondadoso con mi padre cuando estaba enfermo y solo en Falmouth.

—Henry tenía buen corazón —convino Francesca—. Ahora, disfrute de la velada, por favor. Me contrariaría mucho que no lo hiciera.

—Me agrada su sobrina —repuso Jane con una sonrisa—. Puede que se la pida prestada para llevarla de compras mientras está en Londres.

—Hágalo, por favor —dijo Francesca—. Necesita estar con alguien joven y lleno de vida.

—Pero he de advertirle de una cosa —añadió Jane mientras acompañaba a Violet a la puerta—. Se me considera un poco traviesa a veces, aunque me he apaciguado un poco desde que me casé con el marqués.

Violet se quedó atónita al oír la respuesta de su tía:

—La he hecho quizá demasiado apacible. Más de lo que le conviene.

Jane se rió otra vez.

—Eso puedo remediarlo.

Capítulo 4

*K*enneth, el ayudante de Kit, vio a su señor en cuanto subió las escaleras de la parte de atrás del escenario.

—¡Ahí está! —Se abrió pasó a punta de espada entre el barullo de alumnos de esgrima, sirvientes y actores, antes de que otra distracción saliera al paso de su señor—. ¡Qué bien que haya venido, señor! Quedan doce minutos para la primera actuación. A lord Montplace le ha dado un ataque de pánico escénico y se ha escondido entre las cortinas. Al señor Dawson se le ha olvidado su diálogo, y no encuentro la daga para *Hamlet...* —dijo y se detuvo para tomar aliento.

Kit se agachó cuando otro ayudante le quitó la máscara y le echó una capa de seda negra sobre los hombros.

—Entonces habrá que cambiar el último número. —Hizo señas a los dos caballeros con sombrero adornado con escarapela que aguardaban al director de escena al otro lado del escenario—. Señor Jenner, practique otra vez el pase con su pie izquierdo. No, no. Con el otro pie izquierdo. No exponga así su hombro. ¡Por el amor de...!

—¿El último número, señor? —insistió Kenneth—. ¿Se refiere a la actuación de Pierce o a ésa en la que saca a Tilly de entre el público y la salva del barón que mató a su familia?

Kit arrugó el ceño.

—Dejad vacío ese asiento. Lo más justo es que elija al azar a una dama del público para que suba al escenario.

—¿Esa damisela elegida al azar tiene nombre, señor?

—Supongo que sí.

¿Por qué no se lo había preguntado? ¿Por qué prácticamente la había arrinconado contra la pared y le había advertido de que no se fiara de las plumas? Había sido tan fácil bromear con ella...

—¿Qué le digo a Tilly, señor?

—Prométele los pendientes de perlas que vio en Ludgate Hill.

—¡Señor Fenton! ¡Señor Fenton! ¡Pierce va a salir y no tenemos la daga!

—Maldita sea —dijo en voz baja—. La he visto hace un momento, cuando...

—¡Aquí está, señor! —lo interrumpió su ayuda de cámara, saltando entre las poleas del escenario.

Alguien pasó rápidamente entre las cortinas del escenario, dejando entrever el decorado, que representaba un templo romano. Para ser un decorado, a Kit le pareció bastante convincente, de no ser por el carrito de vendedor ambulante que había entre dos falsas columnas.

—¿Vendían bollitos de crema en la antigua Roma? —preguntó, arrugando el ceño.

—No veo por qué no —repuso Kenneth, y añadió—: ¡Ah, aquí viene ya el señor Carroll! Y disfrazado. Un desastre menos.

Kit miró hacia el público. Los asientos estaban ya ocupados en su mayoría, a excepción de unos pocos del fondo... y el primero de la segunda fila, junto al pasillo central. Los lacayos iban de acá para allá, ofreciendo vino y champán a los invitados. Eso estaba bien. Resultaba más fácil entretener a un público ligeramente achispado. En cambio si había demasiado alcohol, sería inevitable que algún necio saltara al escenario en medio de un combate de esgrima.

Kit retrocedió. No había ni rastro de la dama misteriosa a la que había conocido en el pasillo. Debería haberse quitado la máscara para verla mejor. Lo único que recordaba era que tenía el pelo oscuro y una sonrisa de reproche, y que llevaba un vestido entre gris y lila que envolvía como el crepúsculo sus curvas irresistibles.

No era que coqueteara con cada mujer bonita con la que se encontraba. Había estado a punto de llegar tarde, bien lo sabía Dios, y todavía no se explicaba por qué se había entretenido bromeando con ella. Tenía algo que lo había pillado por sorpresa. No todas las noches se encontraba uno con una dama blandiendo una espada de madera contra la pared. Y menos aún si esa dama tenía una silueta tentadora, unos ojos oscuros que brillaban llenos de secretos y una boca que le había dado ganas de hacerla sonreír y de besarla al mismo tiempo.

Le recordaba a... ¿a quién? Rebuscó en su memoria.

Maldita sea. No era una de las sirvientas que revoloteaban a su alrededor cada vez que visitaba la casa para dar una clase de esgrima. Tampoco creía que fuera una de las jóvenes señoritas que tomaban el té con la marquesa de vez en cuando, mientras le observaban batirse en duelo con el señorito Rowan.

Pero tenía la impresión de conocerla.

Lo cual era imposible, claro.

Si ella tenía deseos de volver a verlo, sólo tenía que coger un programa para averiguar su nombre. A fin de cuentas, no iba a pasarse toda la noche escondido entre bambalinas.

El público aplaudió y se puso en pie cuando se cerraron las cortinas tras una escena de *Hamlet.* El maestro de ceremonias salió a escena y, alzando la voz para hacerse oír entre el tumulto, prometió nuevos números asombrosos después de un breve intermedio y recordó que el importe de todas las suscripciones a la academia del señor Fenton que se pagaran esa noche iría a parar a obras de caridad.

Pierce Carroll, el alumno más reciente de la academia, seguía haciendo reverencias cuando Kit desapareció entre bambalinas y entró rápidamente en la sala de descanso. Por un momento casi esperó ver al capitán Charles Fenton, su mentor y padre adoptivo, inclinado sobre un taburete, dedicándole alternativamente críticas y alabanzas. El capitán llevaba cuatro meses muerto, y sin embargo parecía que había sido ayer cuando pagó por la escritura que lo convertiría a él en su sirviente de por vida. Por aquel entonces, había pensado que aquello sería su fin. Pero, por el contrario, había sido sólo el principio.

No cabía duda de que Fenton y él se habían encontrado en un mal momento de sus vidas. Fenton se convertía en un canalla cuando bebía, y Kit se las hacía pasar moradas. Aun así, pensaba en él constantemente.

Esa noche habría jurado que sentía su presencia. Que oía la voz de su padre. *Vive apasionadamente. Lucha con honor. Y, de vez en cuando, guárdate las espaldas.*

¿Guardarse las espaldas?

¿Era eso una advertencia?

Su padre no respondió.

Otra voz interrumpió sus cavilaciones.

—Están locos por usted, señor. —Pierce entró en la sala, el rostro enjuto y perfectamente afeitado—. ¿Lo he hecho bien?

Kit cogió una de las toallas húmedas que había en la mesa del tocador y se la pasó por la mandíbula.

—Ya sabes que sí.

Kenneth asomó la cabeza por la puerta.

—¡El próximo es sir Godfrey!

Kit se ajustó el cinturón que le había lanzado su ayuda de cámara.

—Recuérdale que la luz del farol de Pierce está encendida. Que no lance su capa cerca del telón. Y animad al público a chistar cuando Pierce aparezca a hurtadillas en el escenario y a aplaudir cuando sir Godfrey gane el duelo.

—Sí, señor.

—Y... ¿Me han mandado algún recado esta última hora?

—¿Algún recado? Ah, sí, señor. El lacayo mayor de la casa ha dicho que la marquesa le está muy agradecida por haber encontrado a su hijo.

—Ah. Bien.

—Y algunos invitados están preguntando si podría darles clases privadas en julio. Un miembro del Parlamento desea volver a ejercitarse con la espada a instancias de su mujer. Por lo visto su esgrima ha avivado una llama mortecina, señor.

—Espléndido.

No le hacía ascos a ganar algún dinero extra, ni a realzar el aura de romanticismo del arte de la espada. Pero habría agradecido tener tiempo libre para encender una chispa de pasión en su propia vida.

—La verdad es, Kenneth —reconoció, apartándose del cepillo que su ayuda de cámara pretendía acercar a su cabeza—, que estaba pensando, ¡ay!, en un recado más personal de...

El cepillo se paró, prendido entre su pelo.

—Ah. ¿Un romance? —preguntó Martin, mirando a Kit por encima del cepillo—. Caramba, ¿por qué no lo ha dicho antes? Había montones de ellos. Le dije al lacayo que recogiera todas las notas y las rompiera. No queremos rondando por aquí a todas esas pesadas.

Agachó la cabeza para esquivar al ayuda de cámara y se giró, atónito.

—¿Que has hecho qué?

—Dijo usted que no debíamos permitir que un flirteo lo distrajera de una lección, un duelo o una actuación. He pensado que le haría un favor, así no se distraería. Pero espere. Había un mensaje que prometí darle.

—Y bien.

El ayuda de cámara bajó la voz, avergonzado.

—La vizcondesa ha dicho...

—Ya es suficiente, Martin. No es ésa la distracción que esperaba yo.

Cuando por fin se convenció de que su tía se encontraba mejor, Violet se había perdido todas las actuaciones, menos las últimas. Como no quería molestar a nadie, tomó asiento al fondo de la sala. El público parecía entusiasmado y especulaba entre murmullos acerca de cuál sería el número final. El maestro de ceremonias estaba aceptando pujas para un duelo a medianoche con el maestro de esgrima, cuyos beneficios irían a parar a un orfanato u hospital de su elección. Parecía divertido, pensó Violet, y de haber tenido un bolsillo bien nutrido, tal vez también ella habría pujado.

No habría sido la única dama del público en hacerlo. El maestro de esgrima parecía tener gran número de seguidoras.

Violet observó el escenario y lamentó no haber encontrado un asiento más cercano. A juzgar por el decorado, que representaba el interior de una iglesia con un altar iluminado con velas, la siguiente escena tendría un carácter romántico. ¿Qué papel desempeñaría el truhán enmascarado al que había conocido esa noche? ¿Se habría perdido su actuación? Godfrey sólo le había hablado de su papel. De hecho, le había hablado tanto de ello que tenía la impresión de haberlo visto ya. Al menos, podría convencerlo de que así había sido.

—¡Señoras y señores! ¿Podrían guardar un poco de silencio?

Las luces de la sala se atenuaron. El público guardó silencio.

—Gracias —dijo el maestro de ceremonias, y se detuvo para mirar al marqués y a su familia, sentados en la galería superior—. Y ahora, como acto final, pedimos que una valerosa joven de entre el público...

Un revuelo estalló en la sala. Un sinfín de manos cubiertas con guantes blancos se alzaron en el aire, agitándose como olas. Detrás de Violet, un lacayo le dijo a otro:

—Si el ejército consiguiera voluntarios tan fácilmente...

¿Voluntarios para qué?

El maestro de ceremonias eligió a una joven rubia con un vestido amarillo claro, sentada en la segunda fila. Las demás señoritas suspiraron desilusionadas. Violet miró el asiento vacío con una sonrisa irónica. La primera butaca de la derecha, desde el pasillo central. En fin, aquel sinvergüenza no había tardado mucho en encontrarle una sustituta.

Se inclinó hacia delante, interesada por saber qué travesura se había perdido. ¿Lamentaría su decisión de mantenerse al margen? Seguramente no. En los últimos años se había vuelto muy formal. Como la mayoría de las jóvenes de la nobleza, había aprendido que una dama debía obedecer las normas, o quebrantarlas para su infortunio.

El número resultó ser una escena de aventuras que entusiasmó al público, ejecutada con desbordante energía. Un espadachín vestido de negro cruzó la sala y subió al escenario montado en un corcel blanco, dispuesto a rescatar a la novia remisa junto al altar donde iba a casarse. Siguió un duelo vertiginoso entre el salvador y el enfurecido novio y su séquito.

Violet reparó en que dos ayudantes aguardaban al final de cada pasillo para hacerse cargo del caballo y de la novia rescatada, que desmontó con agilidad propia de un oficial de la caballería. Naturalmente, estaba todo preparado. La damisela salvada trabajaba para el bribón que hacía danzar al villano por el escenario a punta de florete.

Para exasperación de Violet, el espadachín se movía tan deprisa que no conseguía verlo con claridad. Mentón recio. Miembros tan flexibles como los de un bailarín. Cabello sedoso y oscuro, con destellos dorados. Sintió un hormigueo en la piel, como si ya lo conociera.

Pero ¿sólo porque había coqueteado con ella en un pasillo? ¿Y qué parte esperaba él que tomara en aquella actuación? No sólo un papel sobre el escenario, claro, sino también uno de índole más privada. Una aventura entre bambalinas. Godfrey tendría una o dos cosas que decir al respecto si se enteraba. Además, se habría muerto de la impresión si la hubiera visto cruzar el teatro montada a lomos de un caballo, con los tobillos a la vista del público.

Lo único que tiene que hacer es rodearme con los brazos y agarrarse bien fuerte.

En ese momento, si hubiera podido alcanzar al espadachín, tal vez hubiera hecho eso mismo.

La acción que se desarrollaba en el escenario atrajo su atención. Pero en menos de un minuto la atmósfera juguetona de la escena se oscureció, volviéndose amenazadora. De detrás de los bancos de la capilla aparecieron de pronto innumerables soldados enemigos, como dientes de dragón, dispuestos a desafiar al rescatador de la novia. Violet olvidó muy pronto que se trataba de una actuación.

Apenas se dio cuenta de que un lacayo hacía sentarse a un invitado que llegaba tarde en el asiento contiguo al suyo. El espadachín saltó sobre los bancos, de espaldas al altar, obligado a retroceder por sus enemigos. Fue rechazándolos uno a uno, hasta que finalmente se halló arrinconado contra una vidriera, sobrepasado por el número de sus enemigos.

Violet arrugó el entrecejo, concentrada en el desenlace. La figura que ocupaba el centro del escenario representaba la caballerosidad, la vulnerabilidad y el poder inquebrantable de la justicia. Encarnaba al caballero que se negaba a plegarse ante el poder y trataba bondadosamente a sus súbditos. ¿Cómo podía salir victorioso aquel bravo caballero? Daba la impresión de estar acorralado.

Violet se encogió al ver que un espadachín rival lo desarmaba y, de un tajo, abría una herida sangrante desde el hombro de su túnica a la cadera. Sabía muy bien que no era sangre auténtica, pero tanto ella como otras damas dejaron escapar un gemido de todos modos. Su espada cayó al suelo de piedra de la capilla con estrépito.

¿Cómo podía vencer en el último instante un héroe desarmado?

Todo parecía estar perdido.

El caballero cayó de rodillas, el cabello sedoso le cubrió la cara y la sangre siguió manando de sus heridas.

¿Iba a quedarse el público en vilo, impotente y privado de aquel último triunfo teatral? El héroe al que habían animado no podía morir en el altar después de que le arrebataran de las manos el triunfo y la gloria.

La luz que atravesaba la vidriera de cristal emplomado, detrás del caballero caído, comenzó a apagarse. La escena quedó a oscuras. Violet percibió la inquietud que atenazaba al público.

El caballero no podía fracasar. No debía vencer la maldad.

El telón se cerró sobre su figura inmóvil. ¿Había terminado?

—Por el amor de Dios —masculló un señor—, levántate. No puede acabar así.

—¡Levántate!

—¡Levántate!

El público comenzó a corear aquella palabra con justa ira, apasionadamente. Las voces retumbaban en los medallones pintados del altísimo techo de escayola del salón. El arrebato de emoción que recorrió el pequeño teatro creció hasta el punto de que Violet sintió latir aquella cantinela en el pulso de sus venas.

Levántate. Levántate. Sabía que no era real. Y, sin embargo, creía en el dolor del héroe con todo su corazón. *Levántate. Levántate.*

Demuéstranos que es posible. Danos valor. Ayúdanos. Levántate para defender lo que es justo.

No es más que una actuación, se dijo. *El espadachín caído ha intentado engatusarme hace un rato para que tenga una aventura con él. No va a morir, claro que no.*

El muy caradura tenía el vigor de una docena de hombres.

—Levántate —musitó, sumando su voz a las otras. Y mientras hablaba, una imagen de hacía mucho tiempo se agitó en su mente—. Levántate

—repitió, sacudiendo la cabeza, frustrada, cuando aquella imagen se disipó antes de cobrar del todo forma.

El espadachín le recordaba a...

El telón volvió a abrirse. Volutas de niebla giraban en torno al guerrero, que se levantó lentamente para acercarse al enorme yunque en el que había incrustada una espada.

Por ambos extremos del escenario aparecieron una docena de caballeros con grilletes en los pies. Uno osó lanzarle un par de guanteletes. Otro le limpió la sangre del hombro con un paño. Otros dos desafiaron a sus captores y forcejearon hasta liberarse. Después, lo ayudaron a ponerse una túnica. Un quinto caballero, santo cielo, pensó Violet sofocando una risilla, ¡pero si era Godfrey!, se arrodilló a su lado.

Cuando el caballero se irguió, el público contuvo el aliento en masa. Acto seguido, sacó la espada del yunque y venció al infortunio para defender a aquellos que no podían defenderse por sí solos. La espada centelleó sobre su cabeza. Brilló cuando la levantó apuntando hacia el público entusiasmado, como un joven Arturo ataviado con túnica de raso. Chirrió cuando rompió las cadenas que apresaban a sus caballeros.

Violet se puso rígida. El espadachín, supuso, le recordaba al héroe con el que soñaban todas las chicas: un hombre capaz de perseguir a un niño por toda la casa cuando estaba a punto de poner en escena el espectáculo de la temporada y no perder la paciencia. Capaz incluso de organizar una cita amorosa para después de la representación.

¿Un héroe legendario o un artista consumado? Quizá diera igual. Esa noche, había escenificado una llamada a las armas para socorrer a los humillados, sirviéndose del aura mítica de la espada como inspiración. Poco importaba que hubiera inspirado pensamientos románticos en las mujeres que lo contemplaban, incluso hasta en ella.

Soltó un suspiro.

No era de extrañar que Godfrey se jactara de ser uno de los doce alumnos escogidos para actuar en el espectáculo. Y qué mala pata que ella se hubiera perdido su actuación estelar. Godfrey se quejaría sin fin. Sin fin...

Violet parpadeó.

El marqués de Sedgecroft había salido a escena para poner punto final al espectáculo con unas palabras de despedida.

El público rugía enfervorizado. Grayson Boscastle, quinto marqués de Sedgecroft, era un hombre enérgico e imponente como un león al que la alta sociedad londinense adoraba a pesar de sus pecados pretéritos, o quizá debido a ellos.

—Los que estamos aquí esta noche formamos una clase privilegiada —dijo, dirigiéndose al público—. Hemos tomado comida preparada por los mejores chefs de Inglaterra. Nos hemos divertido. Y sin duda pasamos más horas pensando en qué ropa vamos a ponernos que en los mendigos junto a los que pasamos cuando vamos al sastre o a la modista. Con todo, os doy las gracias por vuestra generosidad en nombre de los desposeídos, de los humillados y en el mío propio. Y doy las gracias también al señor Fenton y a los entregados alumnos de su academia por los emocionantes duelos a los que mi hijo arde en deseos de desafiarme.

El señor Fenton...

El espadachín, la encarnación misma de la elegancia sensual, apareció junto a Sedgecroft. Violet no pudo apartar los ojos de él.

Deseó no haber ido esa noche.

Un dolor espantoso atravesó su corazón. Tardó un momento en comprender lo que estaba sintiendo, pero pronto lo supo. Era el dolor de anhelar lo que no podía tenerse.

¡Y pensar que se había sentido atraída al instante por aquel hombre ágil y bellísimo! ¡Qué impropio de ella! La virtuosa señorita Violet Knowlton ni siquiera debería haber contemplado la posibilidad de un idilio semejante.

Era mejor considerarlo un caso de enamoramiento a primera vista. ¿Creía acaso que tal cosa era posible? Pero ¿cómo, si no, podía explicar el extraño vínculo que había sentido, como si conociera al irresistible Fenton de toda la vida?

Había una explicación muy sencilla: se había enamorado de un héroe romántico, al igual que tantas damas de entre el público.

Christopher Fenton.

El nombre no le resultaba familiar.

El maestro de esgrima hizo tres reverencias entre estruendosos aplausos.

Y luego desapareció rápidamente del escenario.

Capítulo 5

Violet advirtió que no era la única persona entre el público que parecía hipnotizada por la actuación. Varios invitados permanecieron en sus asientos, con la vista fija en el escenario desierto. Hasta los caballeros se deshacían en elogios hablando del espectáculo teatral.

—Sí, sí —decía uno—. Sé que no era más que una ilusión. Bueno, ilusión, habilidad y mucha práctica. Pero estando el mundo tan falto de ilusiones como está, ¿qué tiene de malo olvidar por una noche lo que tal vez tengamos que afrontar mañana? Para seguir adelante, hay que levantar el ánimo.

Violet le dio la razón para sus adentros. Una ilusión... Sí, las historias de caballeros y de señores que luchaban contra rufianes callejeros eran un buen ingrediente para el drama.

—Es magnífico —susurró una señora entre las sombras, detrás de ella—. Yo diría que ha embelesado a toda la concurrencia. No es justo. Yo lo vi primero. Y ahora todas las damas de la ciudad saben quién es.

—Calla —le dijo su acompañante con una risa avergonzada—. Puede que aún esté detrás del telón, escuchando.

—Mejor. Así podré hacerle una oferta. Dicen que su espada puede comprarse.

Violet se puso en pie, indignada. ¿Cómo se atrevía aquella mujer vulgar a arruinar los sentimientos deliciosos que había despertado la actuación del maestro de esgrima?

Se volvió. Sabía que no debía dar una opinión que nadie le había pedido, pero balbució sin poder refrenarse:

—¿Es que no se le conoce por su caballerosidad?

Las dos señoras la miraron con fastidio. La primera, impecable con su costoso vestido de seda color crema, sonrió.

—¿Quiere que le informe cuando lo averigüe?

La otra suspiró.

—No hace falta ponerse sarcástica. Parece tan inocente como una reina de mayo.

Violet bajó la mirada, sorprendida por su estallido. *Se equivoca*, pensó cuando las señoras salieron riendo de la sala. *No se le puede comprar. Así, no.* Al menos, eso esperaba.

—Y tampoco soy tan inocente —masculló, volviéndose de nuevo sin mirar adónde iba.

—Disculpe, señorita.

Se sonrojó. No sólo había chocado con un lacayo, sino que era el mismo al que había perdido por los pasillos un rato antes.

—Cuánto lo siento.

—No tiene importancia, señorita.

En realidad, estaba tan alterada que se sobresaltó al sentir que una mano la agarraba con firmeza del codo y la dirigía hacia la puerta. No estaba preparada aún para reunirse con los demás invitados. Necesitaba un momento más para que la neblina de sus emociones se aposentara. Quería permanecer un poco más en un mundo donde los finales felices estaban asegurados.

La magia se disiparía por la mañana. Tal vez se esfumara antes de que llegara al carruaje y regresara a casa. Pero... aún quedaba el baile, y bailar siempre la animaba.

Lanzó una mirada melancólica a la butaca vacía de la segunda fila y luego alzó la vista hacia el semblante satisfecho de sir Godfrey Maitland.

—Bueno, ¿qué te ha parecido?

—Ha sido un entretenimiento maravilloso.

Godfrey llevaba aún su espada y su disfraz, y cada pocos segundos miraba a su alrededor para agradecer un cumplido de los invitados que lo reconocían como uno de los actores.

—¿Y mi actuación?

—Me la he perdido —contestó ella rápidamente—. Pero te he visto al final.

—¿Qué?

—Tía Francesca no se encontraba bien y yo no sabía... Me equivoqué de camino y...

—¿Te has perdido mi actuación?

Violet asintió despacio con la cabeza. No estaba dispuesta a hablarle de su encuentro en el pasillo con su maestro de esgrima. Pensándolo bien, era una suerte que no le hubiera dicho su nombre, ni se hubiera permitido un solo gesto de coquetería que pudiera llegar a oídos de Godfrey.

—Bueno, supongo que no habrías querido que le pasara nada a mi tía por culpa de un combate de esgrima, y la marquesa ha sido tan amable...

—¿La marquesa? —Godfrey la alejó del gentío de bulliciosos invitados que salían a uno de los tres vestíbulos—. ¿Has hablado con ella en persona?

—Sí, Godfrey. Llevó a tía Francesca arriba, a... —Un grupito de señoras y caballeros pasó entre ellos, disculpándose a deshora—. Ya te dije que mi tío ayudó al padre de lady Sedgecroft en Falmouth, hace años.

—Sí, pero no imaginaba que fuera a tomarse tantas molestias para devolverte el favor —dijo Godfrey—. Puede que esto acabe siendo lo mejor que nos ha pasado nunca. —La agarró del brazo y tiró nuevamente de ella hacia el flujo del tráfico—. No me refiero a que tía Francesca se encuentre mal, desde luego, sino a que hayas trabado relación con la esposa de Sedgecroft y a mí me hayan invitado a una fiesta privada que...

Violet miró más allá de él, distraída. Al fondo del vestíbulo se había armado un pequeño alboroto, una oleada de energía recorrió el aire y ella se sintió atrapada en su corriente. El revuelo había atraído a todas las jóvenes hacia las imponentes figuras que aguardaban en diversos escalones de la escalera de mármol.

—Son Fenton y sus alumnos —dijo Godfrey, sorprendido—. Les están entrevistando, y se supone que tengo que estar con ellos. ¿Verdad que no te importa que te deje sola con Francesca una hora, Violet? Me han invitado a subir.

—Qué agradable para ti, Godfrey.

—Es una fiesta exclusiva para los señores que han actuado o contribuido significativamente a la recaudación benéfica.

Ella abrió los ojos de par en par.

—Entonces, ¿no habrá actrices, ni esposas?

—Como si una mujer de tu belleza y virtud tuviera motivos para estar celosa.

—Recuerda solamente que son contactos de negocios —dijo ella por debajo de su abanico.

—Haré lo que pueda —contestó él en voz baja junto a su mejilla—. Y tú recuerda que pasado mañana vamos a una competición de esgrima en Hyde Park. Y esta vez sí verás mi actuación. Nos vemos dentro de un rato, en el baile. No olvides ser amable con todas las personas a las que te presenten. Y si alguien te pregunta dónde estoy cuando salgas —añadió—, diles que estoy en una fiesta privada con Sedgecroft y Fenton.

Violet miró a su pesar por encima del gentío, hacia la figura que se había girado para subir por la ancha escalera. Vestía sencillamente, con una camisa blanca de hilo y ceñidos pantalones negros. No vio si llevaba espada, pero como los demás actores la llevaban, dedujo que sí. Era, en todo caso, muy atractivo.

Fenton... Negó con la cabeza cuando un caballero le ofreció una copa de champán. Parecía estar escudriñando la multitud en busca de alguien. Violet supuso que esta vez no se trataba de un niño.

Quizá, cuando lo había conocido un rato antes, se hallaba de un humor algo voluble. Ahora no parecía ni tan juguetón, ni tan accesible. Claro que estaba atrapado entre la multitud, y todo el mundo parecía rivalizar por captar su atención. Cualquier otro hombre habría estado agotado tras una actuación tan vigorosa. Él, en cambio, irradiaba una vitalidad capaz de cargar de energía todo el salón.

¿Era posible que estuviera buscando un modo de escapar, o buscándola a ella? No. Era una boba por permitir siquiera que aquella idea se le pasara por la cabeza. ¿Cuántas veces le había dicho su tía que un crápula nunca se conformaba con una sola dama?

—¿Quieres conocerlo? —preguntó Godfrey inesperadamente.

Debía de haber reparado en la dirección de su mirada. Luego, antes de que pudiera responder, levantó los brazos por encima de su cabeza.

—¡Fenton! ¡Aquí, junto a la puerta!

Fenton se volvió hacia Violet.

Y Violet vislumbró la seductora cara del maestro de esgrima antes de advertir que Godfrey agitaba los brazos como un molino de viento. Entonces apartó la mirada.

Ay, Dios.

Fuera quien fuese quien buscaba Fenton, no era a Godfrey. Violet se avergonzó de su prometido. A veces, Godfrey actuaba con tanta fanfarronería que le daba ganas de fingir que no lo conocía.

Durante su breve cortejo, le había parecido bastante agradable. Un caballero bien educado que sería un marido fiel. Poco a poco, sin embargo, había ido atisbando un corazón insensible detrás de lo que temía que sólo fuera un encanto superficial.

El maestro de esgrima la miró un instante a los ojos al girarse hacia ellos. Cuando sus ojos la rozaron, Violet sintió que un extraño pálpito recorría su sangre, como si la hubieran puesto del revés y depositado de nuevo sobre sus pies.

—¿Quién dices que es? —preguntó con voz vacilante, sabiendo cuál sería la respuesta.

—¿Qué? —Godfrey se giró y bajó los brazos, mirándola con fijeza—. Fenton. Christopher Fenton. Te he hablado de él un sinfín de veces. Ha actuado en privado para el príncipe regente.

—¿De veras? —preguntó Violet, confiando en parecer debidamente impresionada, y no como una mujer a la que habían invitado a tomar parte en uno de los números de Fenton.

—Ahora deja que me vaya, querida. Los otros caballeros ya han subido a la galería. Es como un club privado, ¿sabes?

—Para calaveras.

—Por favor, Violet. ¡Qué cosas dices! Confío en que te refrenes y no hagas esos comentarios delante de nadie más. No es propio de ti en absoluto. Te aconsejo que te mantengas alejada del champán. Debe de ser más fuerte de lo que parecía por su sabor.

Kit observó el reloj del rincón, en la galería iluminada por las velas. Aquella estancia privada era conocida por los aristocráticos escarceos amorosos cuya chispa había prendido entre sus paredes. Sabía que debía considerar un honor haber sido invitado a codearse con los pocos elegidos a los que su anfitrión y benefactor había tenido a bien reunir para un breve paréntesis antes del baile, pero no había una sola mujer en la sala que atrajera su interés. Evitaba mirar a la vizcondesa que, vestida de color crema, permanecía medio reclinada, ofreciéndose impúdicamente, en el sofá de brocado. Saltaba a la vista lo que quería. Había estado toda la noche desvistiéndolo con la mirada.

Le dieron ganas de quitarse la camisa y ponerse a posar contra la pared, junto a las estatuas romanas. Se preguntaba si aquella mujer seguiría encontrándolo atractivo si averiguaba la verdad sobre su vida.

La vergüenza que le producía su pasado lo había disuadido de entablar una relación duradera con alguna de las mujeres nobles a las que había conocido.

—Resulta un tanto obvia —comentó una voz divertida más allá de su hombro—. ¿Por qué no pone fin a su sufrimiento y se cita con ella más tarde?

Se volvió hacia sir Godfrey con una sonrisa cansina.

—Da la casualidad de que está casada.

—¿Y no le apetece poner a prueba su destreza como duelista?

—No, como no sea por un motivo mejor. Además, señor, lleva usted tomando clases el tiempo suficiente para saber que yo siempre aconsejo dominarse.

—En eso le doy la razón.

Desde la época en que había solicitado su diploma como *maître d'armes* en Francia, sirviéndose de la influencia de su padre adoptivo, Kit no se había permitido enzarzarse en una auténtica pelea. Hacía falta una afrenta impensable para que un maestro de esgrima profiriera un desafío irreflexivo. Sería una deshonra matar a alguien con menos destreza en el arte de la espada, y Kit había resuelto hacía años que prefería vender ilusiones a estudiantes con ansias de aventura que asesinar a otro hombre para demostrar su superioridad.

En ocasiones, no obstante, surgía un reto imposible de ignorar. Algún necio temerario que necesitaba probar ante el mundo que era un ser excepcional.

Se topaba con esa clase de desaprensivos una o dos veces al año. El desafío solía llevar aparejados alcohol en cantidades prodigiosas y una mujer que era más guapa vista con los ojos de la borrachera que a la mañana siguiente. Él, sin embargo, había visto tantos pecados a lo largo de su vida que el adulterio no lo atraía lo más mínimo.

Naturalmente, siendo maestro de esgrima, no desdeñaba un combate amistoso cuando surgía la ocasión, para ganar unas cuantas libras extras. Nunca venía mal rellenar un poco el bolsillo.

Sir Godfrey bebió un largo trago de su copa.

—Esta noche se ha ganado al público. Opino que, después de una exhibición tan emocionante, podría haber elegido usted casi a cualquier mujer de Londres para llevársela a la cama.

—Bueno, eso me parece una exageración —repuso Kit, riendo. Aunque fuera cierto, sólo le venía a la cabeza una mujer. Ignoraba su nombre. No se le había ocurrido preguntárselo, pero sabía que no estaba en aquella sala y que no era de las que caían seducidas por los coqueteos de un libertino en medio de un pasillo desierto. Y tampoco había aceptado el dudoso honor de aceptar determinado asiento entre el público.

No alcanzaba a explicarse por qué se había sentido tan atraído por ella, como si pudiera hablarle como a una amiga.

Dulzura, atractivo sensual y una sensación instantánea de complicidad, todo ello en la misma mujer. Kit no conocía a muchas mujeres como ella. Sus amantes y amigas solían pertenecer a grupos claramente separados. Se preguntaba qué hacía ella en una fiesta así. Parecía fuera de lugar.

Claro que él también. Daba clases a caballeros, pero no era uno de ellos. Esa noche había entretenido a la aristocracia a gran escala. Y a pesar de sus elogios, seguía siendo un plebeyo que dependía de hombres como sir Godfrey para ganarse la vida.

—Ha hecho impecablemente la escena del manto y el farol —comentó, resistiéndose al impulso de mirar de nuevo el reloj—. Ni un gesto indeciso. Yo diría que un ladrón se lo pensaría dos veces antes de asaltarlo.

—Es una lástima que la dama a la que quería impresionar se haya perdido mi actuación. Y todo por culpa de su tía, una anciana que ya chochea.

Kit fingió compadecerlo. Lo cierto era que sir Godfrey le gustaba un poco menos cada vez que hablaba con él. Tenía una doblez que se manifestaba tanto en el desprecio hacia los aristócratas, a los que de hecho envidiaba, como a las clases más bajas, a las que empleaba en sus negocios como comerciante. Veía la esgrima no como un arte, sino como un medio para impresionar a los demás. Era un hombre inteligente, pero no especialmente bondadoso.

Godfrey señaló con su copa hacia la pared del fondo.

—¿Tiene idea de cuánto cuestan esas estatuas romanas?

A Kit le gustaba comprar piezas de arte cuando podía permitírselo, pero no era un aristócrata. No podía pasarse el día de brazos cruzados, contemplando ruinas. Tenía que trabajar para ganarse el pan.

—Ni siquiera sé si son auténticas —contestó con franqueza.

—A los simples mortales como nosotros nos importaría poco que fueran falsas —repuso Godfrey—. Las réplicas cuestan una fortuna en el comercio al por menor. El pasado hace furor. ¿Sabe a qué quiere mi novia que nos dediquemos estos próximos días?

—¿A visitar el museo? —preguntó Kit.

—Eso sería comprensible —dijo Godfrey—. Pero no. Se muere de ganas por ver una exposición de tumbas antiguas. ¿Se imagina? Una bella señorita dispuesta a pagar para meter la nariz en la tumba de un desconocido.

—Como usted dice, es lo que hace furor. —Lo que de verdad se preguntaba Kit, aunque fuera sólo por un instante, era qué clase de mujer estaría a la altura del ideal de sir Godfrey—. ¿Por qué transige, si me permite preguntárselo?

—Claro que sí, dado que yo mismo he sacado el tema. Estoy loco por ella. Me llevé una sorpresa cuando aceptó casarse conmigo, y me consta que aceptó con cierta reticencia. Había otros hombres compitiendo por su mano. Pero me eligió a mí. —Apuró su copa—. O más bien me eligió su tía. Tuve que convencer a la vieja para que me escogiera.

—¿Porque era usted el...?

—Porque tenía los mejores modales y no era un crápula. Cuando conozca a mi prometida, tal vez entienda por qué estaba tan ansioso por conseguirla.

—¿Tan bella es?

—Sí. Y además es una heredera, lo cual tampoco viene mal, usted ya me entiende.

A la muerte del barón Ashfield, Francesca había perdido a su mejor amigo. Su padre había escogido al joven Henry para que fuera su marido cuando ella tenía apenas diecisiete años y Ashfield estaba sirviendo en el ejército. Una boda sensata, insistía su padre, y Francesca se pasó semanas llorando porque estaba enamorada del sobrino del vicario y, si ésa no era una elección sensata, no sabía cuál podía serlo.

Se había horrorizado al conocer al barón, un hombre poco atractivo, el doble de grande que ella, que rara vez hablaba y que, cuando lo hacía, expresaba sus opiniones de manera tan entrecortada y vacilante que Francesca llegó a dudar de sus facultades mentales. Sólo pasados tres años de matrimonio se atrevió el barón a confesarle cuánto la amaba.

Ella languidecía en la cama, abatida después del último de sus cuatro abortos, convencida ya de que jamás podría tener un hijo. Nunca había sospechado que un hombre fuera capaz de una emoción o una tristeza tan intensas.

—Por favor, Henry, uno de nosotros ha de mantener la calma.

—Bien, entonces tendrás que ser tú Francesca —contestó él con voz ahogada—, porque estoy rendido a tus pies. Te he querido desde el momento en que te vi. He querido a los hijos que hemos perdido desde que los concebimos y...

—¿Por qué no me lo has dicho antes?

Él había agachado la cabeza.

—Temía que tomaras el cariño que te tengo por una señal de debilidad.

Francesca había puesto una mano sobre su hombro.

—¿Tan ogro soy que no puedes decirme la verdad?

Nunca hasta entonces había reparado en que a él le brillaban los ojos cada vez que le prestaba atención. Había estado tan empeñada en imitar el matrimonio distante de sus padres que no se le había ocurrido que fuera posible edificar un amor imperecedero sobre los cimientos del afecto. Sobre una amistad elemental.

Henry había levantado rápidamente los ojos.

—Sí —había contestado—, lo eres. Y con todos tus miedos acabarás por impedir que Violet encuentre la verdadera felicidad.

Francesca se hallaba ahora sentada con las otras señoras en un rincón apacible del salón de baile, brillantemente iluminado.

¿Qué he hecho? Me preocupaba tanto que un golfo se aprovechara del carácter de Violet que la he empujado en brazos de Godfrey. ¿Por qué me dejaste tomar esa decisión, Henry? ¿Por qué tuviste que morirte antes de que llegara el momento de decidir? ¿Por qué tuviste que morirte?

Sir Godfrey le había parecido el pretendiente ideal, un enlace que no apuntaba ni demasiado alto ni demasiado bajo. Era un comerciante hecho a sí mismo que llevaba una vida circunspecta. Francesca había querido que Violet tuviera un matrimonio estable y que la rodeara de nietos antes de que llegara su hora. No se había percatado, sin embargo, de que sir Godfrey contaba con que muriera antes de que llegara ese día.

Esa noche, estando todavía indispuesta, había oído la verdad de labios del propio Godfrey, cuando éste había interrogado al médico al otro lado de la puerta. La marquesa había mandado que fueran a buscarlo entre bambalinas, contra la voluntad de Francesca.

—¿Cuánto tiempo le queda?

—Eso no puede decidirlo usted, señor.

—Pero no puede vivir eternamente, ¿verdad?

—¿Eternamente? No, señor. Pero goza de buena salud, hasta donde yo sé. En mi opinión es la pena lo que la ha debilitado.

Francesca sabía que no viviría para siempre. Su único propósito era ayudar a Violet a encontrar la felicidad que su madre había desperdiciado durante su corta vida. El fantasma de Anne Marie la perseguiría eternamente si rompía su promesa de proteger a Violet.

Había escogido a sir Godfrey por las razones adecuadas.

¿Era absurdo confiar en que de sus buenas intenciones saliera un matrimonio feliz?

¿Se había equivocado al valorar la reputación más que el amor? Era natural que un hombre se hiciera ilusiones de heredar, ¿verdad? No era posible que Godfrey fuera a casarse con Violet solamente por el dinero que tendría en un futuro cercano.

En el salón de baile se hizo el silencio repentinamente. Francesca se giró, distraída, y vio en la puerta a la pareja a la que acababan de anunciar.

Un caballero de anchos hombros, vestido de negro, cruzó el salón con una señora ataviada de vaporosa seda rosa cogida del brazo. Todos los presentes parecieron enmudecer de asombro ante la entrada formal del anfitrión de la fiesta y su elegante esposa, el marqués y la marquesa de Sedgecroft.

Según decían las habladurías, de las que Francesca se enteraba principalmente por su doncella, el marqués había sido considerado en tiempos el más notorio calavera de todo Londres. Quizá todavía lo fuera. Se rumoreaba que se había enamorado de la novia a la que su primo había dejado plantada ante el altar. Pero no era cierto. Era la marquesa quien había saboteado su propia boda.

¡Bah! Londres y sus escándalos... A ella, Jane le parecía una mujer encantadora. Y aquélla, se recordó, era una fiesta benéfica. La mirada de pura devoción que Sedgecroft dedicó a su esposa parecía sincera, a su modo de ver.

Una nueva oleada de susurros emocionados cundió por el salón.

Francesca se irguió un poco en su asiento para localizar su origen.

Otro hombre había entrado en el salón de baile detrás del marqués.

Era un caballero cuya presencia hacía que se corrieran las sillas hacia atrás, chirriando, que los lacayos se pusieran firmes, que las damas y los caballeros, tanto jóvenes como viejos, profirieran suspiros de admiración.

Francesca lamentó no tener unos impertinentes. ¿Era el hijo del marqués? Comparó en silencio las dos atractivas figuras. No, estaban demasiado próximos en edad, incluso aunque ambos hubieran nacido de padres muy jóvenes.

Quizá fueran primos. El marqués indicó al joven que se acercara a su círculo más íntimo.

Tal vez, de no ser por la señora sentada a su lado, Francesca habría vuelto a enfrascarse en sus pensamientos. Pero la dama, que a todas luces quería mostrarse amable, se inclinó hacia ella y comentó:

—Casi añoro el peligro de los duelos del siglo pasado. Al menos entonces podía un hombre enfrentarse a sus enemigos con destreza y dignidad.

Francesca observó al joven que había causado tanto revuelo.

No poseía la arrogancia de un aristócrata. Parecía, de hecho, bastante humilde, divertido, quizá, por verse de pronto convertido en el centro de atención.

Era ligero y ágil de pies. Vestía la ropa más sencilla que ella había visto en un caballero esa noche. Una vaporosa camisa de hilo fino. Calzas negras de un tejido indeterminado. Y, sin embargo, su persona irradiaba una elegancia irresistible.

Era, en efecto, un joven que llamaba la atención. Y, para su sorpresa, también parecía haber despertado el interés de su sobrina. Francesca se levantó a medias de la silla, como si pudiera interponerse como una barrera antes de que se estableciera aquel peligroso vínculo.

Demasiado tarde.

El apuesto recién llegado también parecía haber reparado en ella.

Había dado la espalda al marqués y avanzaba hacia Violet con la precisión de las tijeras de un sastre cortando seda. Y era sir Godfrey, el hombre destinado a proteger a Violet, quien parecía estar llamándolo a su lado.

Capítulo 6

*L*os músicos comenzaron a afinar sus instrumentos tan pronto como Kit entró en el salón de baile detrás de su anfitrión. El marqués de Sedgecroft había insistido en que asistiera al baile. Kit no podía negarse. Como decía Sedgecroft:

—Es usted el héroe del momento, Fenton. Mis invitados han pagado para verlo actuar. Y el espectáculo no ha acabado aún.

Estaba de acuerdo.

La orquesta de cámara comenzó a tocar y las notas melodiosas de los violines, las flautas y las trompas rivalizó con la cháchara de los invitados que llenaban el salón de baile. El clamor se hizo más intenso cuando sir Godfrey se acercó a Kit llevando del brazo a una joven morena, vestida de seda de color gris violáceo. Godfrey dijo algo, alzando la voz para hacerse oír entre la música.

Kit no entendió nada. La sangre se le había subido de pronto a la cabeza.

Miró fijamente a Violet y sólo tardó un momento en reconocerla. La habría reconocido en el pasillo de no ser porque llevaba puesta la máscara, por las espesas sombras y por los cambios que había obrado en ella el paso de los diez últimos años. La miró fijamente y se sintió tan impresionado por su presencia como aquel primer día, cuando ella lo abordó en el cementerio. Sabía que se esperaba de él que hiciera algún comentario galante. Pero Violet era preciosa, y estaba embelesado mirándola después de tantos años.

Sir Godfrey se había jactado de su belleza. Sin duda no era la primera vez que un hombre se quedaba pasmado al verla. Era mejor no decir nada y parecer azorado que delatarla. Se sentiría avergonzada si Kit revelaba que habían sido amigos tiempo atrás, cuando él era un patán y ella una muchacha encantadora.

Ahora era un patán aún mayor y ella una mujer aún más encantadora. Algunas cosas no cambiaban. ¿Podría convencerla aún de que era digno de su amistad?

—¿Señor Fenton? —preguntó una voz, pero Kit hizo oídos sordos.

¿Lo habría reconocido Violet? Con razón se había sentido atraído por ella en el pasillo. Con razón habían podido hablar como si fueran viejos amigos.

—¿Fenton? —repitió aquella voz.

Había tantas cosas que decir... Y, sin embargo, la discreción le impedía abrir la boca. Violet era el premio que uno de sus alumnos había perseguido y ganado. Godfrey, nada menos. Un hombre ruin que sólo se apiadaba de sí mismo. ¿Cómo demonios era posible? Sin duda iba a casarse con él por su dinero. Pero eso parecía impropio de la Violet a la que había conocido antaño.

Kit reconoció el pacto secreto de su infancia en el afecto y el brillo travieso del recuerdo que distinguió en sus ojos oscuros. Se volvió, molesto con aquella voz que por fin había logrado abrirse paso entre sus pensamientos. Sir Godfrey le estaba atacando los nervios.

—Señor Fenton —dijo—, permítame presentarle *otra vez* a mi encantadora prometida, la señorita Violet Knowlton. El señor Fenton es mi instructor, Violet. De hecho, va a bailar contigo mientras yo acompaño a lady Heyville. Es una de nuestras mejores clientas, acuérdate.

Kit se volvió hacia Violet e inclinó la cabeza.

—Será un placer —dijo con intención.

—No —repuso ella con voz firme—, el placer es mío.

—Un honor, entonces.

Se miraron a los ojos, y la sangre que se había agolpado entre las sienes de Kit afluyó de pronto al centro de su corazón. Se alegró de que hubiera otras personas a su alrededor. De no ser así, tal vez hubiera dicho o hecho algo imperdonable.

—Ándese con ojo, señor Fenton —dijo sir Godfrey con una sonrisa afable mientras se alejaba—. Baila de ensueño.

Kit la miró como hechizado.

De ensueño, claro que sí. Porque Violet era como un sueño. Había soñado con ella tan a menudo, que no era de extrañar que hubiera sentido que la conocía al verla en el pasillo con la espada de juguete. Violet ya había sido antes su debilidad, el resquicio en su armadura. Quizá todavía lo fuera. Siempre le había parecido un poco perdida, como una princesa depuesta y necesitada de un defensor. Pero ¿quién era él para defenderla?

Tal vez se hubiera aventurado en el cementerio en un rasgo de valentía, o impulsada, más probablemente, por el deseo de tener amigos. En todo caso, ahora que él era lo bastante mayor para juzgar el pasado, se daba cuenta de que Violet se había colocado en una posición vulnerable.

Demonios. Seguía siendo vulnerable. ¿Quién había cuidado de ella todos esos años? Era una suerte que, una década atrás, no hubiera sido tan peligroso como aparentaba ser. Ahora era otro cantar.

Sonrió, consciente de que se sentiría ofendida si pudiera escuchar sus pensamientos. Esa noche había conseguido ofenderla aun sin intentarlo. Su niña solitaria... ¿Por qué, si no, iba a hacerse amiga de un hospiciano? Solitaria o no, era con ella con quien soñaba cuando se sentía realmente solo.

Violet había sido su lucero del alba, y había vuelto a encontrarla en medio de la oscuridad.

Ella sacudió la cabeza y bajó los ojos cuando Godfrey se alejó.

—Debí imaginar que eras tú —dijo con un suspiro cansino—. Nunca he podido resistirme a tu arte con la espada.

—Santo cielo, Violet —dijo en voz baja—. ¿Cómo es posible que no me haya dado cuenta de que eras tú en el pasillo? Apenas has cambiado, pero estás tan guapa...

—¿Quieres decir que antes no lo estaba? —preguntó, divertida.

—No como ahora —repuso Kit, apartando los ojos de su cara para deslizarlos por las curvas de su cuerpo—. Y nunca había pensado en ti de esa manera.

Esa noche sí, en cambio, que Dios se apiadara de él. El recuerdo de Violet iba a alimentar sus sueños durante otra década.

—Tú también estás bastante guapo —le dijo con una rápida sonrisa.

Kit meneó la cabeza.

—Quizá haya sido una suerte que no te haya reconocido enseguida. Seguramente no habría sido capaz de actuar. Si hubiera sabido que me estabas mirando, habría ensartado a alguien con la espada.

Ella se echó a reír.

—Lo dudo. Manejabas esa espada como si formara parte de tu brazo. No sabes cuánto te admiro. Has recorrido un largo camino, Kit. Desde un asilo en Monk's Huntley a una mansión en Mayfair.

—Ahora mismo no me lo parece. —Quería aún, como antaño, ser el centro de toda su atención—. ¿Qué haces en Londres?

Se puso seria.

—Casarme.

Kit miró hacia el otro lado del salón de baile con expresión de censura. No podía ser.

—¿No será con ese tendero?

Violet arrugó el ceño.

—Eso no es muy amable.

Tampoco lo era el tendero. Y ahora tenía otra razón para aborrecerle.

—¿No es eso lo que es?

—Empezó siendo tendero —repuso ella—. Pero ahora es el dueño de unos grandes almacenes y piensa comprar otra galería comercial.

—Qué maravilla —comentó Kit—. Es lo que necesita este mundo.

Violet enarcó una ceja.

—Veo que todavía conservas tu vena malévola.

—Puede que sí —reconoció él—. Pero bien sabe Dios que ahora soy mejor que antes.

—Después de lo que he visto esta noche, debo darte la razón. ¿Cómo ha sido? —preguntó en un susurro—. La última vez que te vi, no estaba segura de cómo ibas a acabar.

—Es un modo muy bondadoso de expresarlo. Lo que quieres decir es que no estabas segura de que fuera a sobrevivir.

—No, nada de eso.

—Todos pensábamos que estaba acabado, Violet.

—Estaba medio convencida de que tu marcha sería también mi fin —confesó ella.

—Pues menos mal que no ha sido así —contestó él con vehemencia.

—Las cosas te han ido mucho mejor de lo que podía imaginar.

Kit deseó que su corazón dejara de latir atropelladamente. Nunca había habido nadie como ella en su vida.

—Si me das la oportunidad, te lo contaré todo cuando acabe el baile. Si es que alguna vez...

Antes de que pudiera acabar, la música de cámara se henchió majestuosamente y rompió como una ola sobre el salón de baile. Los lacayos bajaron las llamas de las arañas y acompañaron a los espectadores a sus sillas. Los caballeros se quitaron sus espadas de gala en el último instante y las dejaron en manos de otras personas para seguridad de los demás bailarines.

Kit sacudió la cabeza y se acercó a ella, advirtiendo que los otros danzantes se estaban poniendo en fila para que fuera él quien condujera el baile. Encontrarse con Violet la noche de su función benéfica más importante casi le hacía creer en el destino. Ignoraba, sin embargo, si ella lo consideraría un golpe de buena o de mala suerte, o si querría volver a tener algo que ver con él después de aquella velada.

Ten cuidado.

Vigila a tu oponente.

Detén sus estocadas.

Reserva tu mejor golpe para el último momento.

Pero Violet lo había salvado hacía una década. No era su oponente, en absoluto. Todas las peleas que había ganado desde entonces, se las había dedicado a ella. No quería enzarzarse con ella en un duelo, sino en una batalla de índole muy distinta, una batalla que no tenía que acabar mal. Ni siquiera tenía que acabar. Aquella era una noche dedicada a la caridad. ¿Podría suplicarle, hacerle entender que la necesitaba otra vez?

—¿Te acuerdas de los Bobos Sangrantes? —preguntó ella.

Kit se fingió sorprendido.

—¿Es una división de infantería?

—Disculpa —dijo ella en voz tan baja que tuvo que inclinarse para oírla, y rozó con el mentón su exuberante cabello, que el peine de madreperla apenas había logrado domeñar—. Debo de haberte confundido con otro bribonzuelo.

Kit levantó los ojos y paseó la mirada por el salón de baile, como si estuviera vagamente aburrido o desencantado, cuando en realidad la necesidad de refrenarse tensaba cada fibra de su ser.

—No hay ningún error —contestó por fin—. Soy, en efecto, el bribonzuelo con el que hiciste un pacto. Pero creo que vamos a tener que remontarnos un poco más atrás en nuestra historia, hasta antes del último día que estuvimos juntos.

—¿Ah, sí? —preguntó intrigada.

Kit asintió con un gesto.

—Creo que deberíamos revivir nuestro primer encuentro, cuando te tomé como rehén.

Entonces dio comienzo el baile.

Aunque nunca antes hubiera agradecido todas las clases de baile que le había dado su tía, ahora las agradecía. Necesitaba recurrir a su destreza, o Kit la descentraría. Era un hombre de vitalidad desbordante, impasible y de arrolladora presencia. Su virilidad la habría dejado pasmada aunque no fuera el amigo al que nunca había olvidado. Su amistad, sin embargo, añadía una secreta intimidad, una pizca de picante a su reencuentro. Sentía el deseo perverso de tocarlo. De mirarlo a los ojos.

¿Cómo era posible que hubiera intimidad en medio de un salón de baile atestado de gente?

Se dieron las manos y pasaron girando a lo largo de la fila. Violet vislumbró las caras de sorpresa de los invitados al pasar. Sintió lástima por ellos. A ella misma le costaba seguir el ritmo de su pareja de baile.

—Tengo la sensación de que no estamos haciendo este baile como es debido —dijo, jadeante—. ¿En qué se basa? ¿Cuál es su modelo?

Kit dio unos pasos atrás, hizo una reverencia y se volvió hacia el otro lado.

—El último duelo que tuve en París.

—No puede ser.

La miró, levantándole la mano para hacer el arco.

—No. —Sonrió—. Fue en España. Acababa de conseguir mi primera espada y pensé que podía enfrentarme a cualquiera. Ni que decir tiene que perdí el duelo y que, como parte del trato, tuve que aprender un baile gitano.

Violet se rió mientras intentaba recuperar el aliento.

—¿Sabes qué es lo más asombroso de esta noche?

—¿Que no nos hayamos reconocido al instante en el pasillo?

—No. Que tu destreza de espadachín atraiga multitudes y que empezaras practicando con una azada.

—Se me da bien improvisar —dijo Kit con una sonrisa remolona.

—Creo que debes de tener un metrónomo escondido en alguna parte.

—Pues no parece que tengas problemas en seguirme el ritmo —observó él.

—Puedo controlar mis movimientos —repuso Violet—, casi siempre. Una cosa es anticiparse cuando la música anuncia un cambio de dirección en un baile fijado, y otra bien distinta seguir tus pasos. ¿En qué dirección intentas llevarme, si no te importa que te lo pregunte?

—Fuera del salón de baile, si puedo.

—¿Con todo el mundo haciendo cola detrás?

Kit rompió a reír.

—No lo había pensado.

—Tú has abierto el baile.

—¿Significa eso que puedo decidir cuándo ponerle fin?

—No —se apresuró a contestar, temiendo que fuera capaz de cualquier cosa—. No hagas eso.

Kit la miró con dureza.

—¿Ni siquiera si empiezo otro enseguida?

Violet se quedó mirándolo. Los prismas de las arañas de cristal se reflejaban en el rostro de Kit. Ella sintió la tentación de decirle que sí.

—¿Y qué pasaría entonces?

—¿Que seguiríamos bailando?

—¿Hasta que se nos gastaran las suelas de los zapatos?

—¿No se para el tiempo en una noche como ésta?

—No, a menos que tú le obligues.

Y si alguien podía detener el tiempo, pensó Violet, era él.

Kit agitaba sus sentidos hasta hacerlos tempestuosos. Un estremecimiento de emoción, de esperanza y de tristeza la recorrió por entero. Él la hacía olvidar quién se suponía que era, la señorita en la que se había convertido. Le había dejado su marca en el corazón, y la herida nunca había sanado.

Era Kit y, sin embargo, no lo era.

Años atrás, lo había mirado con ojos de niña y había visto al paladín al que necesitaba ver. No había sabido hasta que era ya demasiado tarde que él también la necesitaba.

Había estado solo, abandonado, había sufrido palizas y abusos y había acabado convirtiéndose en alguien valioso para la sociedad mundana. Violet escrutó su cara y le pareció distinguir algunos vestigios de ilusión juvenil bajo su atractiva pátina de descreimiento.

De pronto, al mirarlo, se sintió anonadada. Le dolía pensar en lo mal que lo había pasado, en cómo había sobrevivido y en lo bien que lo ocultaba. La década transcurrida había oscurecido su cabello, volviéndolo ceniciento. La madurez había otorgado a su rostro una cincelada fortaleza y rellenado los ángulos y las concavidades de sus facciones. También por dentro se había fortalecido. Claro que él siempre había sido fuerte.

Y se había ganado el derecho al descreimiento.

—Y bien —dijo con un destello malicioso en la mirada—, ¿todavía soy lo bastante amenazador como para espantar cuervos?

Violet sintió que una especie de calorcillo hormigueaba en sus venas.

—Es una impertinencia preguntar eso, después de lo que he visto esta noche de tu espectáculo. Las señoras han acudido a ti en bandada.

—Tú, en cambio, no has acudido a la silla que te tenía reservada —contestó él, mirándola a los ojos—. La mantuve vacía para ti hasta el último momento.

Su voz la enervaba. Le habría encantado apoyarse en su sólido pecho y tenerlo para ella sola durante aquellos escasos instantes. Pero el mundo había descubierto que era un tesoro maravilloso. Su apuesto amigo. Nunca había habido nadie como él en su vida. Y si seguía mirándola fijamente, no podría dar ni un paso más. Al mismo tiempo, sin embargo, sabía que todos los ojos estaban fijos en ellos y que debía preservar su respetabilidad.

Miró por encima del hombro de Kit, ansiosa por romper la tensión que había entre ellos.

—¿Dónde está tu novia, por cierto? ¿Ya ha huido con otro?

Kit negó con la cabeza.

—Llevo siglos esperando volver a verte. No quiero malgastar lo que nos queda de este baile hablando de otras personas.

—Londres se ha enamorado de ti esta noche...

—¿Cuánto tiempo vas a estar aquí? Ahora mismo, no me interesa el resto de Londres.

Violet necesitaba aminorar el ritmo, aplacar la intensidad de aquel instante, beber una limonada. El corazón le latía demasiado deprisa contra las ballenas del corsé.

—Todo este tiempo —dijo—, he temido que el hombre que te compró te hubiera maltratado, o que te hubiera ocurrido algo peor. Confiaba en que te tratara bien, pero...

—¿Quién te dijo que antes no me habían tratado bien? Vivía en un palacio, ¿no?

—Yo entonces no lo entendía, Kit.

—¿Por qué ibas a entenderlo?

—Ahora sí lo entiendo.

—No fue culpa tuya. Tú fuiste buena conmigo.

—Eras un demonio, y me rompiste el corazón cuando te marchaste.

Su sonrisa deshizo la compostura de Violet.

—No me quedó otro remedio. Era un mendigo de tres al cuarto. Podría haberme ido mucho peor. Me adoptaron. Y me dieron una educación. ¿No se me nota?

Ella le sonrió con repentino afecto.

—Por eso no te reconocí. Por tus buenos modales.

Sus labios se curvaron en una sonrisa provocativa.

—Entonces, ¿no te sorprendería que de verdad te sacara de aquí para tenerte para mí solo?

—No me sorprendería, pero seguramente a Godfrey le daría un síncope. Y a mi tía también.

Kit parpadeó.

—¿Tu tía está aquí?

—Sí, ella también nos está mirando.

—Entonces tendré que cambiar de plan.

Una pareja giró a su alrededor, riendo a carcajadas, desacompasadamente. Kit y Violet se rieron también mientras seguían ejecutando la danza, las señoras a un lado, los caballeros al otro, hasta que Kit llegó al extremo de la fila.

—Bailas bien —le dijo a Violet, soltando su mano para cambiar de pareja.

Ella tomó aire. Bailaba bastante bien, pero la esgrima había vuelto a Kit tan flexible como un bailarín de ballet. Hacía falta vigor para ejecutar las complicadas figuras y los pasos tan bien como lo hacía él.

Violet conocía el nombre de todos los pasos: *glissade*, *chassé*, *jeté* y *assemblé*. Pero poco importaba. La energía de Kit era muy superior a la suya. Él se ganaba la vida gracias a sus proezas físicas. Vio que Godfrey la saludaba con la mano una vez y luego se alejaba al trote en dirección contraria. Su tía estaba sentada al borde de la silla, mirándolos atentamente. Sabía Dios lo que estaría pensando.

Violet estaba con Kit, y una prodigiosa sensación de incredulidad se imponía a todo lo demás.

Kit rebosaba salud, vitalidad, confianza en sí mismo. ¡Y pensar que durante semanas se había quedado dormida llorando, angustiada por él!

¿Recordaba él todas sus aventuras? Al mirar su apuesta figura, no lograba imaginar que alguna vez lo hubieran azotado. Era un maestro de esgrima. ¿Cómo había ocurrido? Se había convertido en el señor Christopher Fenton.

—Mi tío murió hace dos años —dijo, y pensó que él no podía oírla.

Kit erró un paso, se recuperó y volvió a la fila sin que nadie se percatara de su traspié.

—Lo siento. Me lo imaginaba, pero no me atrevía a preguntártelo. Volví a Monk's Huntley por primera vez hace sólo dos meses. Había un guarda en tu casa, pero no parecía muy dispuesto a hablar conmigo.

—Nos marchamos después del entierro de tío Henry —repuso ella, y no le dio más explicaciones.

No quería arruinar aquel instante revelándole que su amistad había hecho montar en cólera a sus tíos. ¿Cómo iba a decirle que sus tutores habían considerado tan espantosa su amistad secreta que desde aquel instante habían temido perderla de vista? ¿O que Ambrose se lo había confesado todo a su madre? Se había sentido avergonzada por decepcionarles, y culpable por el despido de la señorita Higgins. Y, sin embargo, allí estaba, bailando con el chico prohibido, convertido en maestro de esgrima, en presencia no sólo de su tía, sino también de su futuro marido.

Ni siquiera ahora podía revelar que había sido amiga del apuesto Fenton en su adolescencia. Y, sin embargo, de haber podido, lo habría seguido de nuevo en otra de sus travesuras, sin importarle si volvía a casa a tiempo de tomar el té del día siguiente.

Pero no lo haría. Ahora se plegaba a las normas. Su tía se había asegurado de que no cayera en las perversas manos de un libertino. Y ella era lo único que Francesca tenía en el mundo. Su tía había logrado domeñar las intrépidas inclinaciones de Violet, poco propias de una dama. Hasta esa noche.

Capítulo 7

*K*it no había conseguido su diploma en París sin antes aprender a dominar sus emociones. No había impresionado a sus maestros por desenvainar al primer insulto. Nadie en el salón habría adivinado al verlos que su pareja de baile había mantenido viva en él la llama de la humanidad tras los años pasados en el asilo.

A pesar de su destreza con las armas, Violet había logrado burlar su guardia. Ningún duelista podría haberle asestado un golpe tan certero.

Era un cuento de hadas al revés.

Tenerla en sus brazos aunque fuera brevemente, con la imposibilidad de hablar abiertamente de su pasado, puso a prueba todo cuanto había aprendido. Habían estado diez años separados.

Tiempo suficiente para darse cuenta de lo mucho que había significado para él. Gracias a Violet, había sentido que era capaz de todo en el momento más bajo de su vida.

Tenía tantas preguntas que hacerle, tantas cosas que explicarle... Pero un baile no duraba eternamente, por más que complicara los pasos. Violet bailaba con viveza. Sus brazos flotaban con la gracilidad de las alas de un ángel. El pliegue de su codo adquirió un erotismo que lo mantendría despierto el resto de la noche.

Violet imitaba cada uno de sus movimientos. Sus cuerpos se tocaron, espalda contra espalda. Aquel breve contacto agitó la sangre de Kit.

Tocar. Amagar. Retirarse.

El rápido roce del hombro de Violet contra el suyo parecía sugerir que no se había vuelto tan pudorosa como parecía. Kit tuvo que hacer acopio de toda su concentración para anticiparse a ella.

Violet dobló los brazos formando un arco y levantó los ojos para mirar su cara. Pasaba de un paso a otro fluidamente, flexible pero erguida. Tiesa de la cintura al hombro.

Una peligrosa agitación recorrió sus venas. Si se movían así de bien durante un baile, pensó, prenderían fuego a cualquier cama que compartieran. Era una lástima que nunca fuera a comprobarlo.

Los ojos de Violet brillaron a la luz de las velas. Deseó estrecharla entre sus brazos y pedir a todos los ocupantes del salón que desaparecieran un par de horas. Quería preguntarle qué había sido de Eldbert y Ambrose, y ¿sabía ella que la señorita Higgins se había instalado allí, en Londres, como costurera y que ambos solían hablar de sus recuerdos de Monk's Huntley?

Advirtió, sin embargo, que la pieza estaba tocando a su fin y que otro hombre esperaba para formar pareja con Violet en la fila de danzantes. Se arrimó a ella, confiando en poder tenerla para él solo un rato más.

Alargó la mano hacia su hombro y se detuvo.

Ella levantó los ojos. ¿Qué podía decirle? No podía sacarla del salón de baile y llevársela a su mundo informe.

—Confiaba en que al hacerte mayor no te hubieras convertido en un sinvergüenza —dijo Violet con voz queda.

—De lo que se deduce que antes no lo era. Pero en eso te equivocas: sí lo era.

—No, no lo eras. No debería haberte dicho nada.

—Pero es la verdad —repuso él con una sonrisa—. Cuando estaba contigo me portaba bien. Pero lo que hacía en el asilo... En fin, esas historias no son para tus oídos.

—No creo que fueras tan malo.

—Le robé los pantalones a Ambrose. Mentí cuando dije que me los había encontrado tirados en la hierba. Te engañé el día que nos conocimos. Defendiste a un mentiroso. Y yo lo permití.

El semblante de Violet no se alteró. De hecho, Kit se preguntó si había oído su confesión, hasta que ella sacudió la cabeza y sonrió.

—De todos modos, te sentaban mucho mejor que a él —dijo, y un momento después comenzó otro baile a su alrededor y las parejas comenzaron a ocupar sus puestos en la fila. Se digirieron al borde de la pista de baile—. Está bien, entonces siempre fuiste un sinvergüenza. Supe desde el principio que habías robado los pantalones.

—Pero ¿te gustaba de todos modos?

—Sí, me gustabas.

—¿Por qué?

—Estabas solo, como yo, y eras aventurero, y aunque no querías que se te notara, tenías buen corazón.

Se quedó mirándola con una sonrisa impúdica.

—¿Por eso coqueteaste conmigo en el pasillo, antes de reconocerme? ¿Por mi buen corazón?

Violet se sonrojó.

—No exactamente. Si no recuerdo mal, fuiste tú quien coqueteó conmigo primero.

—Pero tú me respondiste —contestó—. Y podría haber sido cualquier otro. Llevaba puesta una máscara. Tú no.

Ella negó con la cabeza.

—No. Tenías algo distinto, aunque no sabía qué era. No se me ocurrió que podías ser tú.

—Tú me conoces bien.

—No, nada de eso.

—Bueno, podríamos retomar nuestra amistad en privado, si estás dispuesta.

Sonrió con reticencia.

—Creo que no.

—Te sientes tentada, lo noto.

—Puede que sí, pero eso no significa que sea buena idea, o que vaya a llevarla a la práctica. Mi tía siente verdadera fobia por los sinvergüenzas.

—Prometo no propasarme con ella. Ni robarle los pantalones.

—No te burles de ella, Kit.

Sus ojos se ensombrecieron.

—No me burlo. No me atrevería, pero... ¿todavía se acuerda de mí?

—No estoy segura de qué recuerda, pero, teniendo en cuenta que no nos hemos reconocido al primer vistazo, dudo mucho que se dé cuenta de quién eres.

—Está bien. —Sacudió la cabeza, dejándola pensar que se daba por vencido—. Entiendo. Hay demasiada gente aquí esta noche.

—Lo siento, Kit, es...

—¿Cuándo puedo volver a verte? —le preguntó en voz baja.

Pensaba que, si disponía de más tiempo, tal vez tuviera alguna oportunidad, aunque no sabía de qué. Violet ya le había dado una. Tal vez pudiera darle otra. Sabía, sin embargo, que no podía volver a perder su sueño sin que al menos mediara un beso entre ellos.

—No me pidas eso —susurró ella.

Si Kit le pedía que volvieran a verse, no sería capaz de negarse.

—Ahora no —añadió.

—Sólo cinco minutos —dijo él, haciendo caso omiso de su reticencia—. En la sala que había junto al pasillo donde nos vimos antes.

—Creo que ni siquiera me acuerdo de dónde era.

—Pídele a un lacayo que te lleve al saloncito rosa. Sólo cinco minutos. Te lo ruego.

—No puedo pedirle a un lacayo...

Se imaginó yendo derecha hacia allí. De cabeza hacia el desastre, diría su tía.

Kit se irguió, imponente.

—Quiero saber muchas más cosas de ti.

Esperó y llegó a la conclusión de que ella no vendría.

Quiero saber muchas más cosas de ti.

Y también pedirte un beso.

Pero no se trataba sólo de eso. Había muchas otras cosas que no podía explicar en una sola noche, y sin embargo era un comienzo.

No quería que ella pensara que era un crápula, aunque lo pareciera. Sencillamente, quería verla a solas. Un beso sellaría el pasado, o abriría una infinita avenida de puertas que daban al futuro. Violet no lo permitiría, desde luego. Y él no la obligaría a darle un beso.

Sabía ya, no obstante, que no podía permitir que se casara con el tendero. ¿Acaso no le había confesado el propio Godfrey que deseaba su herencia tanto como a ella?

Al diablo con el pasado, pensó mientras la esperaba en el saloncito rosa, donde ardía suavemente una única lámpara. Y al diablo también con el futuro.

Dame un beso, Violet, y deja que el presente nos lleve donde quiera. Si me rechazas, no volveré a pedírtelo. Pero no te compadezcas de mí. No me beses porque una vez te di lástima. Ahora, su compasión era lo último que quería.

Tan pronto como ella apareció en la puerta, la tomó de la mano, cerró y la apretó contra la pared. El frufrú de sus faldas se oyó en medio del silencio hasta que se quedó quieta. Durante unos instantes, ninguno de los dos pronunció palabra. Violet lo miró mientras él seguía el contorno de su mejilla y su mentón con la yema de los dedos.

Apoyó la cabeza contra la pared, como si le ofreciera el hueco de su garganta. Kit se inclinó y pegó la boca a la vena que palpitaba en su cuello. La tocó con la punta de la lengua y sintió que ella se estremecía.

—Debo de estar aturdida por la impresión —musitó ella con voz entrecortada—. Si no, no permitiría que esto pasara. Encontrarnos aquí, esta noche, ha sido una... sorpresa tan grande...

Él rió roncamente, en voz baja.

—Eso es como decir que el Gran Fuego de Londres fue una sorpresa.

Los ojos de Violet danzaron, llenos de ironía.

—Has reaccionado de manera muy distinta a aquella vez, cuando te ofrecí mi amistad.

—Enterré a aquel chico en las criptas hace diez años, cuando me marché. Está muerto.

—Para mí no —repuso ella con voz cargada de emoción—. Ni para Londres, según parece. Y tú lo sabes.

Kit sonrió. Seguía siendo su defensora apasionada.

—El problema es que Londres no me conoce. No como tú.

—¿Nadie sabe de tu pasado? —preguntó Violet después de un silencio.

—Algunas personas sí. La familia Boscastle, por ejemplo. Mi conciencia no me permitía trabajar con lord Rowan sin ser sincero sobre mi pasado. A la mayoría de la gente le basta con saber que soy el hijo del capitán Charles Fenton, y que éramos dos espadachines obstinados que respetaban el acero y el vínculo que nos unía.

—No es un pecado haber nacido en la pobreza.

—¿No te has enterado? Los necesitados se merecen su sufrimiento. Hay algo que sí debes saber: si te dejé, no fue por decisión propia.

—Eso lo comprendí después —repuso ella—. Ojalá pudiera haber hecho algo para que te quedaras.

Él sacudió la cabeza.

—Me habría convertido en un salvaje. Tal vez te hubiera hecho daño. Quizá me habría mezclado con muy mala gente.

—¿Qué pasó después de que te marcharas? —preguntó, mirándolo con una sonrisa que le hizo olvidar que le estaba vedada.

Aquella sonrisa solía calmar su furia cuando eran más jóvenes. Seguía afectándole, pero ya no había nada en ella que lo calmara. Era voluptuosa y hechicera. Estaba despertando todos los demonios que tanto se había esforzado por acallar.

—Lo único que recuerdo es que ibas a servir a un capitán de caballería y que Ambrose dijo que bebía porque su único hijo había muerto en la guerra.

—Era cierto —reconoció Kit—. Después de la muerte de su hijo, se convirtió en una especie de recluso. Bebía y sólo salía cuando no había nadie cerca. A veces me veía entre los árboles, cuando estaba bebido, y pensaba que era el fantasma de su hijo. Después, un día, lo conocí en el bosque, y se dio cuenta de que yo era real y de que vivía en el asilo.

Violet arrugó el entrecejo.

—¿Te delató?

—No. Me pillaron porque me descuidé. El capitán fue a hablar con la junta de la parroquia y preguntó si estaba en venta. Ya habían puesto el cartel en la verja. Lo vio y me compró.

—¡Ah, Kit! Por favor, dime que fue bueno contigo.

Sacudió la cabeza, sin mirarla.

—Esperaba de él el mismo trato que había recibido en el asilo. Planeé robarle su dinero y huir en cuanto se presentara la ocasión. Pero antes de que llegara, Fenton me adoptó. De la noche a la mañana, no sólo era el aprendiz de un espadachín, sino también su hijo.

—Entonces era bueno —dijo ella, aliviada.

Los ojos de Kit centellearon.

—Lo primero que me dijo el día que me llevó a casa fue que, si podía entrenar a un regimiento, también podía entrenar a una rata.

—¿Una rata? Supongo que os peleasteis.

—Claro que sí. Me escapé esa misma noche.

Ella abrió los ojos de par en par.

—¿En Monk's Huntley? ¿Adónde fuiste?

—A casa de Eldbert, pero estaba dormido. El mozo de su padre me llevó a casa del capitán en medio de un chaparrón.

—Ojalá se lo hubiera dicho a Eldbert.

—Le hice jurar que no lo haría. No quería parecer desesperado. Tenía mi orgullo.

Violet exhaló un suspiro.

—¿Y después de eso todo fue bien?

Kit se rió.

—Dios mío, no. Yo desconfiaba de todo aquello. Él era un oficial, un maestro de armas, y un hombre solitario y obsesionado con la felicidad que había conocido antaño en Monk's Huntley. Yo, como sabes, era un poco bruto. Cuando zarpamos de Inglaterra, pensé que me había comprado barato para revenderme a unos piratas extranjeros.

Violet levantó los ojos hacia él.

—Eso fue lo que dijo Ambrose que pasaría. Y que los piratas te venderían al mejor postor.

—No vi un solo pirata. Si los hubiera visto, seguramente les habría pedido que me dejaran unirme a ellos.

—Ambrose también predijo que acabarías convertido en un eunuco.

Él levantó una ceja.

—Puedo demostrarte que esa predicción no dio en el clavo si tienes curiosidad, pero sería poco caballeroso por mi parte.

Violet pestañeó.

—Me conformo con tu palabra al respecto, creo. ¿Adónde te llevó el barco?

—A Mallorca. —Sonrió—. Cuando arribamos a puerto, vi a un hombre con barba y una capa roja en el muelle. Dije: «Yo no me bajo. Por mí puede ahogarme como a un gato, que lo mismo me da. Pero primero tendrá que atraparme».

—En aquella época era difícil atraparte —comentó Violet sacudiendo la cabeza.

Él sonrió agriamente.

—Pues me atrapó, pero tardó tres horas. Esa noche fuimos montados en burro por calles empedradas y subimos por cerros sinuosos hasta llegar a una choza donde vi cómo se fabricaba una espada. Poco después fuimos a Francia para que pudiera estudiar y obtener mi diploma.

—Un maestro de esgrima —musitó—. Debería haberlo imaginado. ¿Cuántas veces te has batido en duelo?

—¿A muerte?

—Uf. Quizá no debería haberlo preguntado. Es mejor que no lo sepa, ¿verdad?

—La respuesta es ninguna. No digo que no haya estado a punto, a veces, pero le prometí a mi padre que no sacaría la espada a la primera provocación. Tuvo una riña con un amigo de Francia cuando los dos eran estudiantes de esgrima con muchos humos, y la cosa acabó en duelo.

—¿Mató a su amigo?

—No, pero le cortó la mano por la muñeca para que no pudiera volver a ser lo que era, un espadachín. Mi padre estaba borracho y lo lamentó toda su vida. Su amigo nunca se lo perdonó y lo tachó de cobarde por no haberlo matado.

—Pero a ti te trató bien.

—Igual que tú —repuso él.

Contempló su cara y luchó por dominar el anhelo que sentía. Si al menos no lo mirara así... Como si creyera en él. Como si quizás, íntimamente, estuviera convencida de que su antigua amistad podía convertirse en... ¿en una pasión duradera? ¿En amor?

Su vulnerabilidad debía de haber atraído a muchos pretendientes. Tenía el don irresistible de ser una buena amiga. Sabía escuchar, y ni siquiera ahora lo juzgaba. ¡Ah, qué delicioso era sentirse de nuevo él mismo!

Sonrió.

—¿Y que has hecho tú estos últimos diez años, más o menos?

—Nada tan emocionante como tú.

—¿No? Lo dudo.

Violet se rió.

—Bueno, para empezar nunca he salido de Inglaterra. Mi tía y yo llevamos un año viajando. Me he dedicado a obras de caridad, y tengo que darte las gracias por que me abrieras los ojos a un mundo que no había visto nunca, antes de que nos conociéramos. Y... aprendí a bailar y a usar un abanico para espantar a los moscones.

Él le sostuvo la mirada.

—Mi enhorabuena a tus maestros de baile. Supongo que tuviste un batallón de ellos. Me has dejado sin aliento en el salón, aunque tal vez no se debiera del todo al baile.

—Yo sí que estaba sin aliento.

—¿Dónde está tu abanico para espantar a este moscón? —preguntó despacio.

Violet miró más allá de él, hacia el suelo.

—Cuesta ver nada estando pegada a la pared. Tengo la sensación de que lo dejé caer cuando me tomaste en tus brazos.

—Te pido disculpas.

—Y yo te felicito por haberme desarmado sin ningún daño.

Le sorprendió la intensidad del deseo que despertó su respuesta espontánea.

—Desde mi punto de vista, no es indoloro.

—Tu debilidad no se nota —susurró ella cándidamente.

Kit se echó a reír.

—El entrenamiento lo es todo. Disimulo muy bien. Un maestro de esgrima aprende a manipular a los que le rodean.

—He oído decir que algunas señoras practican una técnica parecida.

—¿Cuál?

—La provocación, creo.

—Sí. —La miró a los ojos—. Una estrategia de combate antigua y refinada que cuenta con mi admiración. No todas las mujeres saben emplearla a su favor.

—Estoy tan orgullosa de ti, Kit —dijo con voz queda.

Él soltó un suspiro de fastidio.

—Vas a casarte con uno de mis pupilos. No es precisamente un éxito por mi parte.

Ella asintió distraídamente.

—Sí, acepté su proposición el mes pasado.

—¿El mes pasado, tan poco hace?

Violet vaciló.

—Sí.

Sin vacilar, Kit tomó su cara entre las manos y se inclinó para besarla muy suavemente en la boca. Podría haberla devorado, pero posó los labios sobre los suyos. Ella exhaló un suspiro suave y bajó la mirada. Kit fijó la mirada en sus pechos voluptuosos, que se apretaban contra las delicadas costuras del corpiño de seda. Violet lo había aceptado en sus peores momentos. Temía mostrarle que en ciertos sentidos seguía sin tener remedio y que en otras facetas de su vida, en cambio, se había convertido en un auténtico maestro.

—¿Por qué lo elegiste? —susurró, deslizando las manos por su cintura.

Lo miró con los ojos entrecerrados.

—Tienes el pelo más oscuro de lo que recordaba, y fue mi tía quien lo eligió para mí. ¿Es eso lo que querías saber?

—¿Cómo...?

La besó tan profundamente que Violet se sobresaltó. Kit la sujetó y la apretó contra su cuerpo en un instante de puro deleite antes de rodearla de nuevo con los brazos. Ella lo miró con una sonrisa de asombro y musitó:

—¿Qué vas a hacer si viene alguien?

—Juro —masculló, apretándola más fuerte— que mataré al primero que entre en esta habitación.

Ella levantó la cabeza, alarmada.

—¿Y si es el marqués o su hijo?

—Bueno, a un niño no voy a hacerle daño, desde luego.

—¿Y si es uno de tus alumnos?

—¿Godfrey, por ejemplo? —preguntó, entornando los ojos.

—¿Y si es mi tía?

Se puso pálido al pensarlo.

—En ese caso, tendré que dejar que me mate. Siéntate conmigo un momento.

La condujo al otro lado de la habitación, hasta un largo diván oculto en un rincón discretamente tapado por una cortina.

Nadie podría acusar al marqués de no ofrecer sitios de sobra para entregarse al pecado en su casa.

—Necesitamos más tiempo. Necesitamos estar solos. Necesitamos...

—Respirar —dijo Violet, y se llevó la mano al corpiño—. Esta noche me aprieta demasiado el corsé.

—Te presto mi aliento —susurró él, acercando la cara a la suya.

—Eso no ayuda. Cada vez que me besas, siento que me voy a desmayar. Cuando estoy cerca de ti me fallan las fuerzas, Kit.

—No vas a desmayarte.

Frotó sus muñecas a través de los guantes y miró hacia la puerta. Notó movimiento bajo las escaleras, un tintineo de vasos, un lacayo que se acercaba. Por suerte, en una casa como aquélla los sirvientes estaban acostumbrados a hacer la vista gorda cuando se tropezaban con una indiscreción.

Pero él ni siquiera podía pensar en el nombre de Violet junto a palabras como «indiscreción» o «desliz». No podía pensar con claridad, en absoluto.

Curiosamente, en lo que sí pensaba era en todo lo que habían pasado juntos. En el sarampión de Violet, en cómo se había convencido él de que iba a morir por su culpa cuando la llevó desmañadamente, en brazos, a casa del barón. Todavía le parecía oír los gemidos de pánico de lady

Ashfield. ¿Y cómo iba a olvidarse de ella enfrentándose a Ambrose, diciéndole que le tratara con respeto o se marchara?

La responsable de su redención era ella. Su amistad y la fe que había demostrado en su bondad le habían dado fuerzas para sobrevivir al asilo. ¿Iba a pagarle aquel favor deshonrándola? Violet deslizó la mano por su cuello y acercó su cara a la de ella. Kit podría haberse tendido a su lado y haber pasado la noche hablando de cualquier cosa que se les pasara por la cabeza. O quizá sólo besándola.

¿Por qué tenía que ser de otro?

¿Y por qué ese alguien tenía que ser uno de sus alumnos más rentables? No el que tenía más talento, ojo, ni siquiera uno por el que sintiera especial simpatía. Pero había un contrato implícito entre pupilo y maestro, un contrato que, estaba seguro de ello, no incluía una cláusula que le permitiera propasarse con la futura esposa del alumno a cambio de un descuento.

—Kit, deja de cavilar un momento y mírame.

Sonrió lentamente. Era agradable escuchar cómo le regañaba.

—Godfrey no sabe nada de tu pasado, ¿verdad? —preguntó ella con urgencia.

—No. Sólo unos cuantos amigos... —La miró a los ojos. En lo hondo de su ser comenzó a palpitar de nuevo un anhelo doloroso—. No le diré a nadie que te conocía de antes. Jamás se me pasaría por la cabeza.

—No estaba pensando sólo en mí, Kit. Te has labrado un nombre. Eso no debe estropearlo nada. Soy tan feliz por ti que reboso de alegría.

—Entonces deja a Godfrey —dijo él tajantemente.

—¿Dejar a Godfrey? —susurró, y esquivó su mirada—. Acabo de aceptar casarme con él. No podemos hacer esto. Tengo que irme.

Kit sabía que no podía retenerla. Sus besos habían agitado no sólo su deseo sexual, sino también su conciencia. Despojarla de su virtud sólo demostraría que el guardián del asilo no se equivocaba al profetizar, el día en que salió por la puerta, que no tenía redención posible, que acabaría arrastrando al infierno a todo aquél que creyera en él.

Se llevó su mano a la mejilla. Fue un gesto ambiguo, al mismo tiempo melancólico y seductor.

—Kit... Bésame otra vez. Luego he de marcharme.

Bajó la cabeza y deslizó la boca sobre la suya, de soslayo. Sintió que sus labios se esponjaban y por una vez deseó no haberse convertido en un hombre que escuchaba la voz de su conciencia. Sintió que abría los labios y se olvidó de todo, excepto de la dulzura de su boca. El anhelo que había intentado negar palpitaba en sus dedos cuando los deslizó desde su hombro hasta sus pechos. Violet caldeaba su sangre como el fuego de invierno y el buen vino.

Se sintió languidecer, ebrio con sólo probarla un instante. Besaba con una dulce pasión capaz de subyugarlo.

—Kit... —dijo con voz ronca.

—¿Éste es nuestro primer beso o es otra despedida?

Ella negó con la cabeza y pasó los dedos por su boca, Kit no supo si para acallar sus preguntas o para poner fin a sus besos. Estaba tan deseoso de prolongar su encuentro que no pudo pararse a pensar en ello.

—He pensado mucho en ti, Kit.

—No te vayas todavía.

Se incorporó, recurriendo a su dominio de sí mismo y a su disciplina, a cualquier arma que tuviera a su disposición.

Oyó que ella contenía la respiración y sintió que el remordimiento le corría como un escalofrío desde la nuca al fondo del alma. Muriéndose por dentro, se llevó su mano a la boca, besó sus nudillos enguantados y la hizo levantarse del diván y cruzar las cortinas. Ella levantó lentamente la mirada y la fijó en sus ojos.

Kit la observó como si fuera un rival en un duelo y su vida dependiera de qué movimiento hiciera a continuación. Estudió su rostro en busca de alguna pista. Escuchó la cadencia de su respiración buscando en ella una clave. Un rival mortífero como ningún otro al que se hubiera enfrentado. ¿Qué veía en sus ojos?

¿Inocencia herida? No. Violet estaba por encima de eso. Nunca había perdido el tiempo buscando la compasión de nadie. ¿Una invitación? En ese aspecto, él no la ofendería ni se llamaría a engaño.

Lo que veía en la expresión de Violet calaba más hondo. Quizá no hubiera imaginado que por un instante respondería con tanta pasión a su abrazo, pero, fuera lo que fuese lo que sentía, más allá de una acendrada resignación, ella no daría pábulo a sus emociones.

Le había protegido cuando no era más que un muchacho vil y resentido. Ahora le tocaba a él protegerla. Tal vez no fuese un caballero, pero se había abierto paso en la vida.

La acompañó hasta la puerta y comprobó que el pasillo estaba desierto antes de dejarla salir.

En el pasado, escondido en el cementerio, la había mirado correr por el bosque hasta llegar a lo alto de la cuesta, donde sabía que estaría a salvo.

Ahora se quedó entre las sombras y esperó a que llegara a la esquina bien iluminada, donde cambiaría de dirección y desaparecería de su vista. Tragó saliva con esfuerzo cuando ella dudó y miró hacia atrás, como si todavía le costara creer lo que había sucedido esa noche.

Respiró hondo, deseoso de que su cuerpo se apaciguara.

Había dejado una fea impresión en el ánimo de Violet la última vez que estuvieron juntos en Monk's Huntley. Detestaba pensar en lo que debía de haberle parecido, indefenso, humillado, menos valioso que un animal en venta.

Una parte de su ser había deseado no volver a verla nunca. La otra parte ansiaba desesperadamente ver en qué se había convertido.

Esa noche, cuando se quedara dormido, no sería encerrado en una celda solitaria, tras haber recibido un fuerte golpe en la cabeza. No atravesaría a gatas un túnel para llegar a su habitación. Era dueño de su vida. Era libre. Y si quería quedarse en vela hasta que rompiera el día, pensando en la mujer a la que había besado, podía hacerlo.

Pero pese a todos sus logros, seguía siendo un ladrón. Si quería a Violet, tendría que arrebatársela a otro hombre.

Capítulo 8

*L*a tía Francesca, aquella vieja bruja, siempre tan terca, se había empeñado en quedarse a tomar unas pastas con las otras señoras alegando que se encontraba mejor, y pensaba irse a casa con Godfrey y Violet.

Sir Godfrey había observado a su prometida y a su maestro de esgrima en la pista de baile y apenas podía creer los elogios que escuchaba a su alrededor. Los invitados parecían comparar aquella danza campestre improvisada con toda clase de cosas, desde un ritual de cortejo húngaro a una danza pagana de las Tierras Altas. Casi esperaba que alguien colocara las espadas de Fenton por el suelo para aquella... En fin, no sabía cómo describir aquel baile.

Qué falta de decoro, hacer caso omiso de la música e inventarse los pasos de baile en una fiesta de tanta importancia. Sólo las clases bajas bailarían así... Godfrey miró pasmado a Violet: la cabeza echada hacia atrás, la risa espontánea, esos rizos oscuros escapando de la peineta de madreperla para acariciar su piel blanca. *Sugerente...*

Su conducta le sugería muchas cosas, pero no quería detenerse a pensar en ninguna de ellas. Violet era la virtud personificada.

¿Y Fenton? Por lo que sabía de él, llevaba una vida decente.

Insistía en que sus alumnos estudiaran con ahínco y evitaran meterse en líos. Quienes no se ceñían a su código de conducta no podían ingresar en la academia. Era el héroe al que Godfrey reverenciaba en secreto. Era el hermano fuerte pero amable que siempre había deseado tener, en lugar de los dos brutos descerebrados que lo habían vapuleado durante toda su infancia por simple diversión.

Pero eso pertenecía al pasado. Aquellos brutos podían besarle el trasero. Godfrey confiaba en que sus beneficios se redoblaran durante las semanas siguientes, antes de que la aristocracia abandonara Londres para marcharse a sus casas de campo. Tras el éxito del espectáculo de esgrima de Fenton, las ventas de faroles y bastones de paseo, de los que tenía una buena provisión en sus grandes almacenes, se dispararían. Había repartido todas sus tarjetas entre los filántropos bienintencionados que le habían preguntado por su oficio. Incluso se le había acercado un periodista que había prometido hacer una mención elogiosa de su tienda en el diario.

El baile casi había acabado. Godfrey se sentía envejecer por momentos. Su forma de bailar... Eso no se hacía, sencillamente. La manera en que se movían Violet y Fenton... Santo cielo. Era más que descocada. Rayaba en lo peligroso.

¿Y si uno de los dos tropezaba con el otro y se caía? Él prácticamente se había deslomado actuando con el farol esa noche. ¿De dónde sacaba Fenton las energías para bailar así?

Dentro de media hora, más o menos, estaría tranquilizando a Violet acerca de la mala salud de su tía y haciendo planes para hacerse cargo de la casa solariega de Monk's Huntley. No se imaginaba viviendo en una vieja casona que daba a un cementerio, pero serviría para que Violet y sus hijos pasaran allí las vacaciones de vez en cuando. La casa estaba libre de cargos. Y Violet parecía tenerle un extraño apego a aquel sitio.

—No podemos vender la casa, Godfrey —le había dicho repetidas veces—. No hasta que la veas.

Sentía por Violet un cariño vergonzante. Otras personas también la admiraban. Notó miradas inquisitivas clavadas en ella y en Fenton.

Bendita sea, pensó. *Sólo está sirviéndose de su encanto para que prosperemos. Es demasiado refinada para verse arrastrada a una cita amorosa con un vulgar espadachín.*

Era, en cambio, capaz de bailar en su beneficio.

Y Fenton podía ser un plebeyo, pero no le habría sorprendido que con el tiempo le concedieran algún nombramiento honorífico o alguna otra prebenda. El marqués quería emplearlo como maestro de esgrima de la familia. No le sorprendería que aceptara. Tal vez incluso intentara estrechar su amistad con Fenton, si podía sacarle algún provecho.

Más animado, decidió esperar a que terminara el baile para reprender a Violet. Sería absurdo arruinar aquel instante. A fin de cuentas, no quería que la flor y nata de Londres tuviera la impresión de que Fenton y ella estaban de veras perpetrando un... Ignoraba cómo calificar lo que estaban haciendo su novia y su maestro de esgrima. ¿De indigno, quizá? No, habiendo tantos dignatarios que imitaban sus imaginativos pasos de baile, poniéndose en ridículo.

¿Habría bebido Violet? No, a menos que lo hubiera hecho a hurtadillas. Además, nadie más que Violet podía aspirar a hacer aquellas piruetas en el aire como una mariposa.

Bendita sea, pensó de nuevo.

Sólo estaba bailando con Fenton porque él se lo había pedido. Jamás se comportaría como las atolondradas debutantes del salón de baile, que seguían pasmadas por el excesivo alarde de gallardía de Fenton.

Los modales de Violet lo habían dejado al borde del desmayo desde el momento mismo en que se la habían presentado.

—Sir Godfrey, creo —dijo una voz grave por encima de él, y al levantar los ojos vio el semblante cordial de su excelencia, el quinto marqués de Sedgecroft, su influyente y acaudalado anfitrión—. ¿Es mal momento para hablarle de un asuntillo de negocios?

Godfrey hizo una reverencia tan profunda que se tocó la rodilla con la nariz.

—¿Seguro que no quieres que me quede contigo el resto de la noche, tía Francesca? Estamos en una casa extraña, y no ves bien en la oscuridad.

—Veo más de lo que crees, pero no, no quiero que te quedes. —Su tía hablaba quedamente desde la cama, donde descansaba apoyada en un montón de almohadas—. Y menos aún si no puedes estarte quieta para que me duerma. ¿Por qué tienes las mejillas mojadas? ¿Has estado llorando?

—He salido al jardín mientras te estabas desvistiendo. Está empezando a llover.

—¿Has salido a estas horas? Deja que te toque la frente. ¿Cuántas veces te he dicho que no es saludable exponerse al aire húmedo después de hacer ejercicio?

Violet rodeó el poste de la cama y se sentó junto a su tía. Los dedos de Francesca tocaron un momento su frente antes de deslizarse por su nuca para comprobar si tenía fiebre.

—¿Cómo estoy? —preguntó Violet, refrenando una sonrisa.

—Demasiado llena de energía para haber bailado hasta gastar las suelas de tus zapatos. Pídele a Delphine que te prepare una taza de leche sin nata para calmarte.

—Sí, tía Francesca —dijo.

Volvió bailando a la puerta y casi logró escapar antes de que su tía añadiera:

—¿Eso es lo único que hace falta para hacerte feliz? ¿Que un calavera te haga caso en un baile?

Violet logró sonreír.

—No sé de qué estás hablando.

—¿Me he perdido algo más, aparte de la actuación de esta noche? —inquirió su tía con suave reproche.

—Teniendo en cuenta la historia de escarceos amorosos de los Boscastle, es posible que las dos nos hayamos perdido algo.

Tía Francesca arrugó el entrecejo y cruzó las manos sobre su biblia.

—Vete a la cama, o al menos a tu cuarto. Y no vuelvas a poner un pie fuera a estas horas. Pensaba que habrías tenido emociones de sobra para una noche.

—Sí, señora.

—Cierra la puerta, Violet.

—Sí, señora.

Y estuvo a punto de hacerlo, pero tras la reverencia dio media vuelta y chocó con Delphine, la doncella que compartía con su tía.

—¿Va todo bien, señorita?

—Sí. —Miró hacia atrás, avergonzada—. Mi tía quiere dormir.

—¿Quiere que la ayude a quitarse el vestido? —preguntó la doncella.

—Puedo arreglármelas sola. Pero estate atenta a mi tía esta noche. Quizás una de nosotras debería dormir aquí.

—Ni pensarlo —murmuró Francesca con los ojos cerrados.

Violet bajó la voz.

—Se ha mareado en el baile, pero el médico que la ha atendido dice que está bien. Seguramente sólo ha sido un exceso de emociones.

Delphine hizo un gesto afirmativo.

—Yo no habría podido dormir durante días ni antes ni después de un acontecimiento social de tanta importancia. Es demasiado, a su edad.

Lo era también a la edad de Violet, sobre todo desde el instante en que Kit había convertido un acontecimiento emocionante en un reencuentro furtivo. Dudaba de que pudiera pegar ojo esa noche. Quizá ni siquiera pudiera quedarse sentada un minuto seguido.

Se espabiló y corrió a su cuarto para ponerse el camisón. La pequeña habitación estaba bien caldeada, y ella sentía aún el sofoco del baile y los besos de Kit. Tras quitarse los zapatos, se acercó a la ventana y la abrió para respirar el aire de la noche.

Una ligera llovizna refrescó sus mejillas sofocadas y prendió gotas como diamantes en su pelo suelto. ¿Dónde vivía Kit? Contempló los chapiteles de la iglesia y los tejados relucientes que se alzaban sobre la plaza iluminada por las farolas de gas. ¿Estaba cerca de ella, en el elegante barrio de Mayfair, o en el peligroso East End? ¿Por qué seguía sintiendo la tentación de echar a correr, de buscarlo en la oscuridad? ¿Por qué seguía siendo Kit la persona más fascinante del mundo?

Quería saber todo lo que le había pasado desde la última vez que lo había visto en el cementerio. Si pudieran verse abiertamente, sin tener que compartir en secreto melancólicos pasajes de su vida...

Le encantaría escuchar con detalle cómo había convertido en oficio su pasión por la espada.

Estaba segura de que su vida parecía anodina comparada con la de él, como debía serlo la vida de una señorita de buena familia. ¡Qué alivio había sentido al descubrir que Kit había sido compensado por sus sufrimientos! Y que Ambrose se había equivocado al vaticinar que se metería en líos allá donde fuera.

Por el contrario, se había labrado una profesión digna. El capitán, al que llamaba su padre, le había dejado como legado la posición que merecía.

Tenía admiradores a mansalva.

Y la había besado. *¡Ah, Dios!* ¡Cómo la había besado! Jamás se recobraría de la emoción de sentir su boca sobre la suya.

Una algarabía de irreverentes voces masculinas interrumpió sus ensoñaciones. Escuchó un momento y luchó por cerrar la ventana cuando un carruaje pasó traqueteando por la tranquila plaza.

No quería que le silbara un grupo de caballeros que volvían borrachos a casa a aquellas horas. Y sin duda estaban borrachos, a juzgar por los cánticos desafinados que anunciaban su llegada.

Cerró los postigos y se desvistió lentamente para irse a la cama. Se puso la bata antes de colgar el vestido y guardar en un cajón sus guantes de seda gris, cuidadosamente doblados. Sólo entonces notó que había un papelito metido en la costura de su guante izquierdo. Era una tarjeta de visita grabada.

La acercó a la luz para leer lo que decía.

Christopher Fenton
Mâitre d'armes

Y en la parte de abajo, bajo su dirección en Bolton Street, había escrito apresuradamente: «Mi espada te pertenece».

Un calavera, en efecto. No le habría extrañado que hubiera repartido varias de aquellas tarjetas durante la fiesta.

¿Y si la hubiera encontrado primero Delphine? Sonrió sin darse cuenta.

¿Y si se hubiera quitado los guantes en la fiesta y la tarjeta hubiera caído en el plato de otra persona? ¿Y si se hubiera dejado los guantes en el carruaje de Godfrey?

Jamás podría admitir en público lo que había significado Kit para ella.

No habían vuelto a verse hasta esa noche. Así debía ser. Había recorrido un camino muy largo para comportarse ahora de manera indecorosa, seducida por el objeto de su fascinación juvenil.

Era una dama y estaba dispuesta a cumplir lo que sus tíos habían soñado para ella. Sería la esposa de un comerciante rico y respetado que tomaba clases de esgrima porque era un arte aristocrático, y sir Godfrey Maitland valoraba la nobleza tanto como el oro.

Y aunque tal vez anhelara mucho más, jamás podría tenerlo.

Capítulo 9

*L*lovía suavemente cuando el señor Fenton y sus acompañantes recogieron sus cosas y partieron de la mansión de Park Lane en el atiborrado carruaje de Kit, camino de la academia de esgrima.

Parte del decorado que había usado en el espectáculo era un préstamo del teatro de Drury Lane. Kit recogió en primer lugar sus espadas. El atrezo podía reemplazarlo si era preciso, pero una espada llevaba grabada la historia de sus dueños. Guardaba memoria de cada gota de sangre que había derramado.

Se creía que algunas, si no habían sido usadas en un combate honorable, encerraban una maldición.

Esa noche había usado la espada que su padre y él habían visto fabricar en España, y le había traído suerte. Le había devuelto a Violet.

Vivía a escasos minutos de su pequeña academia, lo cual era muy cómodo, pero tenía el inconveniente de que le permitía tener muy poca intimidad. Cuando acabaran de descargar el coche, sólo dispondría de una o dos horas antes de que empezaran a llegar sus otros alumnos para comenzar las clases.

Cuando estaba a medio camino de casa, resolvió que prefería ir andando a viajar en el atestado carruaje, en el que no sólo iban sus dos ayudantes, sino también Tilly, la esposa de Kenneth, y otro estudiante que le había pedido permiso para volver con ellos.

—¿Quién es la afortunada? —preguntó Tilly en voz baja desde la ventana del carruaje cuando Kit saltó a la acera.

La miró con sorpresa.

—Sirvienta impertinente, ¿he dicho yo que fuera a encontrarme con una mujer?

—Esquivo señor, os he visto bailando con una.

—Se suponía que no debías estar en el salón de baile después del rescate.

Tilly sonrió, apoyando la barbilla en la muñeca.

—Nadie se ha fijado en mí. Sólo me asomé un momentito desde detrás de la puerta de la orquesta. Creo que nunca había visto unos pasos tan bonitos en un cotillón francés, y la mitad de las parejas se hicieron un lío intentando seguiros. Ella parecía muy bonita desde lejos. Hacíais muy buena pareja. Eso fue lo que pensé.

—Para ser una criada, piensas demasiado.

Pero Violet era aún más bonita de cerca, y si Tilly había notado su embeleso por una mujer que era, presuntamente, una desconocida, estaba claro que no había tenido tanto cuidado como debía. Quizás alguien más lo hubiera notado. Claro que los pequeños coqueteos que se producían en una fiesta tan espectacular como aquélla caían pronto en el olvido.

Lo que habría suscitado escandalizadas muecas de asombro no sería lo ocurrido en el saloncito, cuando se había quedado a solas con Violet.

Sino su antigua amistad.

—Marchaos —dijo, haciendo una seña al cochero con el bastón para que siguiera adelante—. Se acabó lo de espiarme por esta noche, Tilly.

—¿La amas?

—¿Cómo voy a amar a una mujer a la que no había visto nunca antes de esta noche?

—Eso me preguntaba yo. ¿Puedo daros un consejo, señor?

—No, rotundamente no.

—Tú también estabas guapísimo en el baile. No hay nadie más que pueda hacerme llorar con una simple reverencia. Te aseguro que tienes la elegancia del diablo.

—Unas palabras enternecedoras. Las guardaré para siempre en mi pecho. Ahora, buenas noches.

—Pero deberías aprender a bailar de verdad si quieres impresionar a una dama como ésa.

—¿Cómo dices? —preguntó sin un atisbo de emoción.

—¿Cómo se llama? —gritó Tilly cuando el carruaje se alejó.

—No es...

Asunto suyo.

Ni de él, en realidad. A todos los efectos, debía pensar en Violet como lady Maitland, el título que asumiría al casarse con sir Godfrey.

Exhaló un profundo suspiro de disgusto. Violet podría haber elegido mejor. Comprendía el porqué del enlace. Sir Godfrey podía ser un asno y un pedante. Quizá no tuviera el mejor pedigrí de Londres. Pero era superior por nacimiento a un hospiciano como él.

Arrugó el ceño al oír una estruendosa carcajada procedente de su coche.

¿Se habría sentido menos contrariado si Violet estuviera prometida con un hombre al que no conociera? Ella no necesitaba su aprobación para casarse con nadie.

Si se hubieran encontrado antes de que aceptara la proposición de sir Godfrey, tal vez hubiera podido influir en su decisión.

Pero difícilmente podía presentarse en casa de su tía, explicarle que era el muchacho que había hecho enfermar a su sobrina, que había vivido antaño en el asilo que había junto a su finca, y preguntarle si tendría la amabilidad de escuchar su opinión respecto al futuro matrimonio de Violet.

La sociedad elegante no lo consideraba presentable ni siquiera ahora.

Miró a su alrededor, distraído por el ruido de unos pasos calle abajo. Un hombre con abrigo negro dobló la esquina y avanzó hacia él con paso apresurado.

Kit cerró la mano sobre el bastón que ocultaba su espada, pero no hizo intento de pasar desapercibido pegándose a la pared. Se compadecía del pobre cretino al que se le ocurriera asaltar a un maestro de esgrima.

Entornó los ojos. El transeúnte se parecía a Pierce Carroll, uno de los alumnos que habían actuado en la función de esa noche.

Entonces maldijo para sus adentros cuando acortaron la distancia que los separaba. Aquel hombre no se parecía a Pierce.

Era Pierce, y avanzaba derecho hacia él con una sonrisa espontánea que le hizo sentirse como una mamá oca a la que sus polluelos seguían a todas partes.

Balanceó su bastón, enojado. Lo último que le apetecía era llevar a uno de sus pupilos colgado del brazo.

—Señor —dijo Pierce, echándose hacia atrás el sombrero adornado con piel de castor, en señal de respeto—, ¿le importa si le acompaño?

Kit se encogió de hombros.

—Como quieras. No voy a ningún sitio en particular.

Siguió caminando, sin animarlo a trabar conversación.

—¿Lo he hecho bien esta noche, señor Fenton?

—Ya te he dicho que sí. Seguramente ha sido el mejor número del duelo a florete y puñal de Hamlet que he visto nunca.

Pierce apretó el paso, a su lado.

—Pensaba que esta noche no estaría solo. Podría haber elegido a cualquier dama de la fiesta para hacerle compañía.

Kit se rió secamente.

—Yo no diría tanto.

—Todo el mundo estaba encantado con cómo ha bailado con la prometida de sir Godfrey. Es preciosa, ¿no cree?

Kit vaciló. Se le pasó por la cabeza que, o bien Pierce era el mayor papanatas que había conocido nunca, o bien intentaba inducirle a confesar algo de lo que luego se arrepentiría. Por suerte, hacía falta mucho más para que él perdiera los estribos.

—Se aloja con su tía en Cavendish Square —añadió Pierce con un pie en la calle y otro en la acera.

Kit lo miró detenidamente. Parecía rondar los veinte años.

—¿Cómo lo sabes?

—Sir Godfrey me llevó a la casa una vez en su carruaje y dio un rodeo para enseñármela.

—¿Y tú? ¿Por qué no te compras un vehículo propio?

Pierce sonrió.

—Porque entonces no tendría dinero para pagar sus carísimas pero necesarias lecciones de esgrima.

Kit se mordió la lengua para no hacer un comentario grosero acerca de las caras costumbres del joven. Pierce vestía bien, pero Kit sabía muy poco de sus asuntos privados. Por norma, procuraba no meterse en cuestiones ajenas, ni fisgar en la vida de sus alumnos. Por desgracia, ellos no siempre le devolvían el favor.

—No sabía que sir Godfrey y tú os movíais en los mismos círculos —comentó.

Pierce miró más allá de él.

—Yo no diría que somos amigos íntimos, pero de vez en cuando salimos a tomar una pinta después de clase. No me explico cómo una mujer tan... —Se volvió hacia Kit, y él lo apartó de un empujón sin pensárselo dos veces—. Perdone. Sé que no debemos hablar mal de nuestros compañeros.

—Chismorreas como una chica.

—Pero no lucho como una chica —replicó Pierce, quedándose un momento rezagado.

Kit no respondió. La maestría con la espada solía engendrar respeto entre los alumnos, aunque muy de vez en cuando se dieran casos de celos profesionales que acababan en un duelo a muerte. La mayoría de las veces, los hombres que estudiaban con ahínco y conseguían su diploma tenían el suficiente sentido común como para no desafiar a un igual.

Pero no siempre era así.

Kit reconoció con alivio los lugares familiares que señalaban el camino a su casa. El cochero del simón aparcado dos puertas más abajo lo saludó con una inclinación de cabeza al pasar. La tienda de empeño estaba cerrada, pero la taberna de la esquina había atraído al gentío de siempre.

Contó cinco vehículos alineados en la calle. Mientras subía las empinadas escaleras que llevaban a sus habitaciones, notó un olor a queso tostado y a champán. Luces y risas. Quizá la pensión donde vivía no fuera tan elegante como una mansión de Park Lane, pero tampoco era un sótano en Seven Dials. Abrió la puerta del salón atestado de gente.

Sintió que, a su espalda, Pierce se asomaba a la cálida habitación llena de humo.

—Y yo que pensaba que vivía como un monje.

Kit sacudió la cabeza.

—Después de una buena actuación, esto se convierte en un manicomio. Champán, criticar la actuación de los otros y...

—Mujeres —dijo Pierce, deteniéndose en la puerta antes de seguir a Kit al interior del salón—. ¿Puedo pasar? —preguntó tras vacilar un instante.

Kit se giró cuando una voz lo llamó amistosamente:

—¡Maestro!

Varias copas de oporto se alzaron en señal de saludo. Otros siete invitados se habían congregado alrededor de la chimenea, y el resto de la pandilla ni siquiera había llegado aún.

—Limpia tu espada antes de irte —le dijo a Pierce—. Y nada de esgrima en las escaleras o a la patrona le dará un soponcio.

—¿No va a brindar, aunque sea una vez?

—Ya he brindado suficiente por esta noche. Me voy a la cama.

Salió del salón y entró en su dormitorio sin armar ningún alboroto, y quienes le conocían comprendieron que era mejor no rogarle que se quedara.

A veces no podía soportar el ruido y el desorden.

Pero sería peor estar solo. Al menos nadie irrumpía nunca en su dormitorio sin llamar, como no fuera alguna que otra actriz cariñosa en exceso, o alguna señora ligera de cascos que se tomaba como un reto su desinterés por los escarceos amorosos.

Era sumamente puntilloso respecto a dónde envainaba su espada.

Se lavó, se desvistió y se tumbó en la cama. Oyó pasos y ronquidos, así como el golpeteo de una espada en la habitación contigua hasta justo antes del amanecer, cuando se hizo un profundo silencio. Media hora después, el primero que se levantara pondría al fuego el agua para el té. Los alumnos que entraban en la academia no tardaban en descubrir que el maestro llevaba una vida muy poco aventurera.

Ni que fuera a guardar una amante en cada habitación, pensó distraídamente, y el dolor del hombro se extendió a todo su cuerpo, un cuerpo acostumbrado a ver rechazados sus deseos.

Pero cuando rompió el día, no le apetecía negarse nada. Le sorprendió darse cuenta de que podía caer víctima del deseo. Solía mofarse de los hombres que no lograban dominar su sexualidad. No era tan fuerte como creía.

Sencillamente, hasta entonces no había encontrado a una mujer a la que no pudiera resistirse. Cerró los ojos y vio la cara de Violet sofocada por la pasión.

Sintió que sus labios se abrían bajo los suyos y que sus senos, pesados y suaves, se apretaban contra su pecho.

Un temblor de deseo recorrió su espina dorsal y caló en la médula de sus huesos. ¿Se retorcía ella en la oscuridad ansiando que la tocara, que la saboreara y la acariciara de todas las formas que pudiera inventar?

¿Por qué tenía que casarse con un alumno inepto cuando podía tener al maestro?

Se adormeció. ¿Estaría soñando Violet con él?

Un bramido procedente de la escalera lo hizo incorporarse bruscamente.

Se levantó de un salto, cruzó la habitación y abrió la puerta.

—¿Qué demonios...?

La patrona estaba ante él, temblando de rabia.

—¡Regento una pensión respetable! Si no consigue que esos golfos dejen de armar jaleo en plena noche voy a echarlos a todos...

Pestañeó, mirándolo de arriba abajo, muda de asombro.

Kit arrugó el ceño.

—Mire, señora Burrows, lamento que esos mequetrefes la hayan molestado. No volverá a pasar.

Ella sonrió. Ahogó una risita. Kit pensó que tal vez estuviera achispada. Luego, la patrona volvió a mirar hacia abajo.

—No es molestia, señor. Perdone que le haya despertado. Sé que ha trabajado muy duro esta noche. Durísimo, diría yo.

Sólo cuando bajó la mirada por tercera vez, comprendió por qué se había puesto tan tontorrona.

No llevaba camisa de dormir. No llevaba nada, salvo la espada con que lo había dotado la madre naturaleza. Adiós a su honor.

La prostituta acarició lánguidamente con los nudillos el hombro de su cliente. Irritado, él se apartó y se tumbó de espaldas.

—¿Te he molestado? —preguntó ella en tono indiferente.

La miró con una sonrisa complacida. Podría haber estado preguntándole si prefería el hígado solo o con cebolla. Ahora que la miraba con detenimiento, se daba cuenta de que guardaba cierto parecido con la joven que había atraído la atención de Fenton en el baile. Era una imitación barata, sin duda, pero a él, naturalmente, no le habían ofrecido entrada libre en el burdel más exclusivo de todo Londres.

A Fenton, en cambio, sí. El maestro, picaba más alto. Jamás se conformaría con una puta cualquiera. Entonces, ¿con quién? ¿Con la prometida de otro hombre?

—¿Eso que tienes en la camisa es sangre? —preguntó la fulana, incorporándose para mirar la mancha oscura de su mano.

—Seguramente.

—Pues yo no te he arañado. Y si dices que sí, lo negaré. ¿No decías que habías estado en una actuación? Eso es sangre de verdad, para tu información. No soy tonta, y si manchas las sábanas la dueña te doblará la tarifa. Sólo te ha hecho un buen precio porque le has dado lástima. Y eso quiere decir, señorito, que te estoy dejando que me eches un polvo por...

—Pagaré lo que pida —repuso él, echándose encima de su cuerpo desnudo antes de que pudiera decir una palabra más—. Me desagrada tu voz. Deberías intentar hablar como una dama. A oscuras podrías pasar por una. Ahora cierra la boca. Y ábrete de piernas.

Ella lo miró con una frialdad profesional que avivó su deseo.

—Una hace lo que tiene que hacer. No siempre es agradable fingir. Claro que son gajes del oficio.

Sofocó un gemido cuando la penetró. Su cuerpo se aprovechó de ella mientras su mente se adelantaba, siguiendo otros derroteros. La fulana se merecía el precio que le pidiera. No sólo le había ofrecido un buen revolcón, sino que, inadvertidamente, lo había conducido a las puertas de lo que sin duda sería la destrucción de Fenton.

Tan pronto se hubo aliviado de nuevo, se levantó y se vistió, se echó el abrigo negro sobre el brazo y agarró el sombrero guarnecido con piel de castor.

—De nada, señor.

No se molestó en contestar. Estaba harto de responder al nombre de Pierce Carroll. Harto de tomar el té, harto del honor y de fingir que le importaba la humanidad. Pensaba celebrar su veintisiete cumpleaños en París, a final de mes. Pero primero tenía que saldar una deuda pendiente, en nombre de su padre.

Quería que el desagravio fuera lo más público y humillante posible. Un fin deshonroso para los principios y los delirios de grandeza que el capitán Fenton había inculcado a su hijo.

Capítulo 10

Violet y lady Ashfield pasaron el día siguiente en casa. Violet se sentó tranquilamente a escribir sendas cartas de agradecimiento al marqués y a su esposa por la fiesta de la víspera. Su tía la interrumpió al poco rato para leerle un comentario sobre el baile, que había encontrado en el periódico. Violet logró disimular su curiosidad concentrándose en las cartas, pero le daba un brinco el corazón cada vez que tía Francesca mencionaba el nombre de Kit o ensalzaba su actuación, y suspiró aliviada cuando su tía concluyó por fin.

—No se habla del baile de apertura que hicisteis tan bien tú y ese maestro de esgrima, Violet.

Ni de los besos que habían intercambiado pecaminosamente poco después. Violet dejó su pluma, sin saber qué responder hasta que miró el reloj de la repisa de la chimenea.

—Es hora de almorzar —dijo apresuradamente, levantándose para tocar la campanilla—. No puedo creer que hayamos pasado toda la mañana sin probar ni una galleta.

—Ah, aquí hay otra mención, en *Observancias del hogar*...

—¿Tomamos otra vez fiambre de pollo y chablis? Me apetece un trozo de pastel de carne, pero quizá debería esperar a... —Se volvió cuando Twyford apareció en la puerta—. Ah, ni siquiera he tenido que llamar. Estamos muertas de hambre, Twyford —dijo—. Y no nos importa mucho lo que nos traiga, con tal de que llegue pronto.

—Sí, señora. Su almuerzo viene de camino. He pensado que la señora querría disfrutar de esto mientras comía.

Entró en la sala, se inclinó ante la baronesa y le presentó un delicado ramillete de anémonas, rosas y campánulas mezcladas con fragantes tallos de madreselva.

—Son de Godfrey —dijo Francesca al leer la tarjeta, que dejó caer sobre su regazo—. Con sus fervientes deseos de que me recupere.

—Qué considerado. —Violet frunció el ceño al advertir una leve mueca de desprecio en el semblante del mayordomo—. Twyford, ¿sería tan amable de traernos un jarroncito?

—Hay uno en la vitrina, detrás de ti, Violet. —Francesca le alcanzó desdeñosamente el ramillete, volviendo la cara—. Ya que estaba, podría haber dicho que las guardaba para mi tumba.

Violet estuvo a punto de dejar caer las flores sobre la alfombra.

—¿Se puede saber por qué dices eso?

Francesca apartó la mirada con expresión culpable.

—Por nada. Es mi mal humor, supongo. La muerte se acerca cada día, y no estoy preparada para recibirla con elegancia. Ponlas en agua antes de que me muera.

Violet abrió la vitrina y sacó el jarrón para dárselo al lacayo que acababa de entrar en la sala con una bandeja de plata que depositó sobre la mesa.

—No tienes nada grave, lo ha dicho el mejor médico de Londres. Tienes que dejar de compadecerte.

Tía Francesca asintió con un gesto.

—No me hagas caso. Sir Godfrey sólo pretende ser amable, supongo. ¿Va a llevarnos luego al parque?

—El paseo estaba previsto para mañana —repuso Violet con voz suave—. Hoy tenía asuntos que atender en la tienda.

—¿A quién se le ocurrió visitar una exposición de sepulcros? —preguntó Francesca con la franqueza que sólo se permitía a los muy jóvenes o a las personas de edad avanzada.

Violet indicó al lacayo que colocara el jarrón sobre la mesa.

—A mí, no a Godfrey. No iremos, si te molesta. Es una idea morbosa; la verdad es que no sé cómo se me pasó por la cabeza. Cuando lo leí en el periódico, me pareció interesante. Creo que deberíamos ir a la biblioteca o a comprarte el abrigo nuevo. ¿Por qué está esto tan oscuro?

El lacayo se acercó de inmediato a la ventana para colocar las cortinas de modo que entrara más luz en la sala. Tía Francesca parecía frágil, con la piel traslúcida, cuando levantó la cara para mirar afuera. Violet pensó que su tía no se moriría repentinamente: se iría apagando poco a poco.

—Me preguntaba —comentó Francesca en tono vacilante— si tu interés por esa exposición no tenía algo que ver con la atracción que sentías de pequeña por el cementerio viejo de Monk's Huntley.

Violet sonrió para disimular un repentino hormigueo de mala conciencia. ¿Qué recordaba su tía de aquellos tiempos? Nunca había sabido qué había contado la señorita Higgins antes de que la despidieran. Guardar silencio era una regla de oro en lo que atañía a escándalos familiares.

—Me gustaba dibujar, ¿te acuerdas? —dijo—. Los tejos y las tumbas cubiertas de maleza me recordaban a un bosque que había caído bajo un encantamiento.

Francesca suspiró.

—Recuerdo vagamente uno de tus dibujos. Hiciste un retrato muy detallado de un joven rey o un príncipe, no me acuerdo. Tendría que buscarlo.

—Era muy mala dibujante.

—Había algo conmovedor en tus dibujos —añadió su tía—. Parecían contar historias que yo no entendía. Eras una niña muy imaginativa, Violet. Gracias al cielo, superaste la edad de la tentación y te has convertido en una joven con los pies firmemente asentados en la tierra.

Con los pies en la tierra.

¡Ojalá pudiera convencerse íntimamente de que su tía estaba en lo cierto!

—Porque así es, ¿verdad, Violet?

—Me gusta pensar que sí.

—Anoche no te sentiste tentada...

—¿Tentada de qué?

Twyford reapareció en la puerta.

—Tenemos visita, señora. Es la marquesa de Sedgecroft.

Violet refrenó el impulso de salir corriendo al vestíbulo para escapar al interrogatorio de su tía.

—Bien, hágala pasar.

Por un instante, Francesca había sopesado una idea descabellada. Había esperado que Twyford anunciara la llegada del apuesto libertino que había bailado con Violet en la fiesta. Y su corazón se había detenido.

Hasta ella era capaz de reconocer un flechazo cuando sucedía ante sus ojos. Tal vez debería haber buscado la ocasión de explicarle a Violet por qué debía estar en guardia en todo momento.

Pero ¿y si ello le daba ideas?

¿De veras quería abrir la caja de Pandora del pasado? ¿Por qué tenía que saber Violet ni ninguna otra persona que era hija ilegítima?

¡Dios quisiera que pudiera llevarse a la tumba el secreto del origen escandaloso de su sobrina!

La señorita Winifred Higgins se quitó los guantes y le pidió a su hija de nueve años que se callara para poder acabar de leer el periódico que había comprado al volver del mercado. Winifred trabajaba para su hermana, que era modista en Bond Street, y todos los días se llevaba arreglos a casa para conseguir algún dinero extra.

—Es sobre la función de anoche, cariño. Deja que mamá lea un momentito en paz.

—¿Qué función? —preguntó su hija, tumbándose en la alfombra con su colección de figurines, revistas de patrones y libretitas.

Winifred apartó la costura que había dejado sobre la silla.

—Ésa para la que nos encargaron trajes Fenton y la señora Hawtry.

—¿La del rey Arturo y Hamlet?

Elsie se apoyó en un codo, y sobre la alfombra se dispersaron perlas, cintas y cuentas de colores. Miró a su madre con una fijeza que no fue correspondida.

Winifred asintió con la cabeza y se inclinó hacia el fuego de carbón para seguir leyendo.

—Sí, sí, sí. Escucha, Elsie.

Su hija se tumbó boca abajo y se quedó mirando el fuego.

—«Mediante una serie de elegantes escenas, Fenton y sus pupilos recrearon el romanticismo y la gallardía que ha perdido nuestro mundo. El público enmudeció de asombro ante la exhibición y el despliegue de este arte mortífero y de sus principios de autodisciplina y honor. Fenton se mostró al mismo tiempo enigmático, peligroso y esquivo, encarnando varios papeles. Conquistó corazones con una espada que, según se dice, rara vez derrama sangre.»

Una llamada a la puerta interrumpió su lectura.

—¡Ay, Dios! Será la señora Simms, que viene a buscar su camisa, y aún no la he terminado.

—¿Quieres que le diga que se vaya, mamá? Puedo decirle que has salido a comprar hilo.

—No te atrevas a abrir esa puerta a no ser que yo te lo diga. No sabes quién puede haber al otro lado.

—Winifred —susurró una profunda voz masculina—. Soy yo, nada más.

Elsie se levantó de un brinco. Winifred no se explicaba cómo era capaz de moverse tan deprisa sin diezmar su asamblea de muñecas.

—¡Es el señor Fenton! —exclamó emocionada la niña cuando su madre le cortó el paso en medio del cuarto—. ¿No podemos dejarlo pasar?

Winifred aplicó la oreja a la puerta.

—¿Quién es? —susurró a través de la gruesa madera.

—Otro bobo sangrante. Abre, Winnie. Traigo noticias que te interesan.

Abrió la puerta y, tan pronto entró Kit, volvió a echar la llave. Lo miró de arriba abajo y suspiró con el orgullo cargado de cariño que habría sentido por un hermano o un primo favorito. Nadie lucía la ropa tan bien como Kit. Era el deleite de cualquier sastre y, bendito fuera su corazón travieso, la ayudaba dándole unas libras de vez en cuando, a pesar de que, con su oficio, jamás se haría rico.

—Pasa. Ten cuidado, no se te vaya a llenar de pelos de gato la chaqueta. Elsie, pon a calentar agua para el té, tesoro. He leído el periódico, Kit. Sí que son buenas noticias.

—Eso no es todo.

Se sentó, acomodándose con elegancia en su asiento, a pesar de que las patas del sofá se tambalearon bajo su ligero peso. Esperó para continuar hablando a que Elsie entrara en la cocina.

—Está aquí. Violet está en Londres. La vi anoche. Tardamos sólo un momento en reconocernos y... —titubeó.

—¿Violet?

Winifred sintió que un escalofrío recorría sus brazos.

—Violet Knowlton. Vino a la actuación en Park Lane. Abrí el baile con ella. Fingimos que no nos conocíamos. Es una dama, y aunque anoche me codeé con el marqués, no podía reconocer en público que habíamos sido amigos. Sabe Dios que podría arruinarle la vida.

—¿Bailaste con Violet? ¿Tú? —Winnie posó sobre el regazo su dedo un poco despellejado por la aguja—. ¿Vino a Londres a ver tu actuación en el baile?

Kit le lanzó una mirada remolona.

—No, qué va. Por lo que entendí, su tía la ha traído a buscar marido, y ha tenido mucho éxito, como es natural.

Winifred apartó la mirada de la cara de Kit para fijarla en el fuego. No podía adivinar por su semblante cómo se sentía su amigo, pero algo inesperado se había colado en su voz. Una especie de vulnerabilidad. En cuanto a ella... La llegada de Violet era una grata noticia.

—¿Qué aspecto tiene? ¿Con quién va a casarse? ¿Dijo algo de mí?

Kit se rió, y Winnie se acordó del pillastre espontáneo y sin freno que había sido una vez. Seguía siendo un pillo, pero un pillo que dominaba con mano de hierro su carácter travieso.

—No me acuerdo de todo lo que dijimos. Ni siquiera me acuerdo de si fue ella quien me habló primero o al revés. Es preciosa, Winnie. Tiene el pelo muy oscuro y sus ojos son... —Se interrumpió—. Y su...

—¿Su qué? —lo interrumpió ella, demasiado ansiosa para tener en cuenta su titubeo.

—Su prometido es un comerciante. Sir Godfrey Maitland.

Winifred logró disimular su decepción.

—Ah. —Había oído a su hermana mencionar aquel nombre, y no precisamente en tono amable—. Imagínate. Qué bien, ¿no?

Kit se encogió de hombros sin contestar.

—¿Es un buen hombre?

Él estiró las piernas.

—Es alumno mío desde hace unos meses.

—Entonces algo tendrá de bueno. Fenton no entrena a cualquier granuja.

—Sólo a los que pagan. —Hizo una mueca—. No está mal. No es ningún ángel, pero yo tampoco lo soy.

Winifred sorbió por la nariz.

—No. Tú eres aún mejor. Pero háblame de Violet. ¿Es feliz?

—Imagino que sí —respondió tras una pausa que dio a entender a Winifred que él no lo era—. ¿No ansían todas las mujeres que llegue el día de su boda?

—No —repuso su amiga sin vacilar—. Algunas lo temen. Algunas conspiran para escapar. La marquesa de Sedgecroft, a cuyo baile asististe, saboteó su propia boda con el primo del marqués. Bueno, es lo que se rumorea, al menos. Pero no debería habértelo dicho. Sé que das clases a su hijo.

—No creo que Violet esté tramando nada, como no sea tejer contactos sociales para su futuro marido —comentó Kit, escuchándola sólo a medias.

—Ah, es uno de ésos.

Él se encogió de hombros.

—Ya sabes lo que hace falta para prosperar en los negocios.

Elsie entró precipitadamente, llevando en equilibrio una bandeja con dos tazas de té caliente.

—Eres una buena chica —dijo su madre, y pensó, como hacía innumerables veces cada día, que no se merecía tener una hija tan obediente, una hija a la que había tenido fuera del matrimonio, fruto de una aventura irreflexiva.

—¿Vas a volver a ver a la señorita Knowlton, Kit? —preguntó al coger su taza de té.

Él negó con la cabeza.

—Eso depende de ella. No quiero avergonzarla en público. Y dudo que quiera volver a verme en secreto.

Winifred lo observó, ceñuda y preocupada.

—Estoy segura de que no querrá saber nada de mí.

—Si vuelvo a verla, seguramente estará con sir Godfrey, y deberé tener cuidado con lo que diga. Pero me pareció que sólo guardaba buenos recuerdos de nuestros días en Monk's Huntley.

Winifred miró fijamente su perfil. No era un caballero, pero no conocía a un joven mejor en todo Londres.

Y Violet iba a casarse con un comerciante. Con sir Godfrey Maitland. *Santo cielo*. Había dado por sentado que, siendo la señorita Knowlton tan bella y despierta como era, se sentiría atraída por un joven noble, o al menos por un pretendiente que pareciera algo más alegre. Un pretendiente como... No, no. El señor Fenton y Violet... A Lady Ashfield le daría un síncope.

En todo caso, ¿quién era ella para dar consejos a los enamorados? Había tenido una hija maravillosa siendo soltera, y ahora Elsie crecía bajo la sombra del oprobio de su madre. La mala conciencia la consumía. A Elsie iban a cerrársele tantas puertas por culpa de las faltas de su madre... El barón Ashfield había hecho bien despidiéndola por ser una mala institutriz.

Durante meses, después de su despido, Winifred se había negado a admitir cualquier responsabilidad por su situación. No relacionaba lo que le había sucedido con sus mentiras constantes y su negligencia. Si estaba sin trabajo, era porque el barón Ashfield era un viejo miserable, un bribón. Y la culpa también era de Violet, por ser tan traviesa y tan poco obediente. En cuanto al albañil que la había seducido en el bosque, nunca había tenido intención de casarse con ella.

Sólo después de dar a luz a su hija ilegítima empezó a sentir las primeras punzadas de la mala conciencia. Y a medida que aumentaban sus remordimientos, su rencor hacia el barón Ashfield y su familia había ido remitiendo. Poco después, había empezado a desear tener otra oportunidad de demostrar su valía para cuidar a una niña.

—Mamá, mira. He hecho un vestido de boda para la novia del señor.

A Winifred se le empañaron los ojos al ver el dibujo que su hija sostenía ante ella.

—Es precioso. ¿Lo has copiado de una de las revistas de la tía May?

—Lo he hecho yo sola.

—No me mientas, Elsie. Si me mientes, te mandaré derecha a la cama.

—No estoy mintiendo —contestó la niña con convicción—. Lo dibujé antes. Te lo habría enseñado, pero quería dejaros solos al señor Fenton y a ti para que tuvierais intimidad.

—¿Intimidad? Sólo estábamos hablando, Elsie. ¿Lo entiendes?

Dios no quisiera que su hija empezara a pensar que había tomado la costumbre de recibir a hombres en su casa por las tardes. Bastante malo era ya que tuviera que remendar calzones en casa para ganar unos chelines, o que Kit tuviera reputación de donjuán a pesar de que rechazaba una tras otra a las lindas pelanduscas que se arrojaban a sus pies en vano, algunas de ellas con título incluido. Winnie y él se conocían demasiado bien para tener una aventura.

—Tienes que volver a verla, Kit —dijo—. Aunque sólo sea para darle recuerdos míos. ¿Verdad que lo harás, aunque sólo sea por mí?

Una sonrisa tensó los labios de Kit.

—Sé lo que intentas.

—¿Y?

—Y es absurdo. Esos tiempos pasaron ya. Nuestros juegos. Ella va a casarse.

—No es absurdo. Tiene que ser cosa del destino que os hayáis encontrado así, en un baile.

—¿El destino?

Dejó su taza en la mesilla.

—Sí —contestó Winifred.

Kit se levantó, riendo, y su chaqueta cayó en impecables pliegues.

—Nuestro destino, el tuyo y el mío, es trabajar duro y dar gracias por lo que hemos conseguido.

—¿Y tu espíritu de espadachín, Kit?

Se sacó una moneda del bolsillo y se la lanzó a Elsie.

—¿Qué clase de espadachín sería si mostrara a las claras mis intenciones?

—¿Tus intenciones? Elsie, devuélvele esa moneda. Kit, te agradecería que no entrenaras a mi hija para la mendicidad.

—¿Puedo entrenar con la espada, mamá?

Kit carraspeó.

—Es hora de que me vaya. Hoy tengo guardia en la escuela.

—Ten cuidado, entonces —repuso Winifred, y cuando Kit se marchó, cogió la camisa que aún tenía que remendar y observó el desgarrón con ojo experto. Tal vez hubiera arruinado su vida, pero por el camino también había desarrollado ciertas virtudes y talentos. Ninguna costurera de Londres sabía hacer un zurcido con la destreza de ella. Su aguja había salvado del desastre muchos vestidos caros. Se le daba bien restaurar las cosas, devolverlas a su lugar. Remendarlas para que nadie supiera que habían estado separadas.

—Mamá. —La manita de su hija la distrajo un momento al posarse sobre su hombro—. ¿Necesitas los libros de patrones y otra vela?

—No, tesoro. Busca debajo del cesto de los botones la pluma buena y nuestro mejor papel. ¿Estás demasiado cansada para escribir dos cartas cortitas? Si las escribes, prometo comprarte el vestido más bonito que hayas visto nunca. No lo haré yo, Elsie. Te vestiré como uno de esos figurines de las revistas francesas. Y mamá pagará a otra costurera para que diseñe y cosa tu vestido.

—¿Me llevarás a comer pasteles adonde Gunter la primera vez que me lo ponga? —preguntó su hija con el candor implacable de quien se aprovecha de un sentimiento de culpa que no entiende.

—Claro que sí —contestó su madre, y se sintió embriagada al pensar que tenía la oportunidad de redimirse reparando el pasado—. Pero tendrás que portarte muy bien, Elsie. Y no vuelvas a coger dinero con la falda. Es un gesto muy vulgar.

Capítulo 11

*L*os grandes almacenes estaban llenos de gente. Sir Godfrey se había dignado a atender en persona en el mostrador principal, a pesar de lo mucho que le desagradaba verse en una situación tan servil. Estaba muy molesto por que su tienda no hubiera aparecido mencionada en los periódicos, y su nombre sólo una vez, y en letra tan minúscula que hacía falta una lupa para leerla. Aun así, los pedidos de bastones de paseo y bastones con espada habían aumentado, como preveía.

El ajetreo lo reconfortaba. Al observar a sus clientes, se dio cuenta de que uno de ellos podía haberse pasado por allí por recomendación de un aristócrata al que había conocido en el baile de la víspera.

Allí compraba la nobleza. Decidió dar la bienvenida personalmente a cada nuevo cliente el resto de la mañana, por si las moscas.

La señora que se quejaba airadamente de haber gastado media corona en un adorno de tafetán para sombreros que se había descolorido quizá fuera la viuda que la noche anterior lo había felicitado por su destreza con la espada. A veces le daban ganas de sacar a sus clientes a empellones por la puerta y darles una patada en el culo. Si la Guardia Montada los echara a todos a la calle, él, desde luego, no se desharía en llanto encima del mostrador de las corbatas de hilo. La gente a la que servía lo trataba como si fuera estiércol, pero algún día se vengaría, cuando hubiera ganado dinero suficiente para retirarse y los hijos que le diera Violet alcanzaran puestos prominentes en la sociedad. Se habría ganado el derecho a ser grosero, y jamás volvería a ponerse detrás de un mostrador, ni a regatear por un pedazo de sarga.

La marquesa de Sedgecroft había ido a buscar a Violet, pero no para ir de compras.

—Voy a hacer una visita a la escuela de beneficencia que patrocina mi marido —le explicó a Francesca en el salón—. No pasará nada. Siempre viajo con dos lacayos competentes y un conductor armado.

—Me encantaría visitar la escuela —dijo Violet antes de que su tía pudiera contestar.

Francesca sonrió a Jane.

—Entonces ve. Pero, si no te importa, yo me quedaré en casa. Así ahorraré fuerzas para la excursión de mañana al parque.

Media hora después, el elegante carruaje partió rumbo al noreste, hacia la escuela que antaño había sido una iglesia. Había ahora una sola habitación, fría, húmeda y mal iluminada pese al carbón que se amontonaba en el brasero. Jane presentó a Violet al maestro, y estaba a punto de decirle cómo se llamaban los niños inclinados sobre sus pupitres cuando Violet miró por la ventana de atrás y casi dejó caer de la impresión la cesta de ropa que había llevado Jane para que la maestra la repartiera entre sus pupilos.

—¿Qué ocurre? —le preguntó ésta, acercándose a ella.

Violet sacudió la cabeza, pero era demasiado tarde. Jane había visto a la alta figura de la ventana.

—Ah, es Fenton. Los niños se ponen locos de contento cuando viene.

—¿Les enseña esgrima? —preguntó Violet, sonriendo al pensarlo.

—¿En una escuela fundada por la iglesia? Yo diría que no.

—Entonces, ¿qué hace aquí, si se puede saber?

—Sus alumnos y él suelen ofrecer sus servicios como guardaespaldas al maestro y la maestra.

Violet contempló las caras pálidas de los alumnos sentados contra la pared. Uno de ellos le sonrió y acto seguido agachó la cabeza. No podía tener ni ocho años.

—No parecen violentos —murmuró Violet.

—Fenton no protege a los maestros de la clase —respondió Jane en voz baja, riendo—. Protege la escuela de los vándalos que han roto las ventanas y amenazado con llevarse a los niños. Esos maleantes han atacado varias veces al señor Dabney con bates y cristales rotos.

—¿Por qué? ¿Quiénes son?

—Gamberros callejeros que quieren asustar a sus hermanos y hermanas pequeños para que vuelvan a casa a trabajar.

—En otra época no la habría creído —repuso Violet—. Ahora sí la creo.

—Confiamos en poder trasladar pronto la escuela a una zona menos peligrosa. En fin, vamos a ponernos manos a la obra. —Jane la llevó hacia una puerta lateral—. Es la despensa del señor Dabney. ¿Qué le parece si va sacando algunas cosas mientras yo salgo a saludar a Fenton? A menos que quiera hacerlo usted por mí.

Violet negó con la cabeza.

—No, no. Estoy segura de que agradecerá mucho más una palabra suya. La verdad es que me parece muy generoso por su parte prestar gratis sus servicios.

—Sí —dijo Jane con una sonrisa animosa, volviéndose hacia la puerta—. No creería usted cuántas damas que conozco desearían que fuera igual de generoso con ellas.

Violet dio vueltas a aquel comentario mientras se dirigía a la despensa del señor Dabney. Abrió la puerta y entró en el cuarto oscuro y atestado, murmurando:

—Generoso con las damas, ya. —Comenzó a vaciar la cesta y vio que a la izquierda había estantes para comida y, a la derecha, perchas para ropa—. Me gustaría saber qué clase de damas solicitan sus servicios.

—Sólo las caritativas, creo —dijo Kit justo detrás de ella.

Se giró bruscamente, con un queso envuelto en la mano.

—¿Ése es el único requisito?

Los ojos de Kit brillaron maliciosamente.

—No. Sólo concedo mis servicios a las señoras a las que considero amigas, además de amantes.

—Estoy segura de que la lista es muy larga.

—No he acabado de enumerar los otros requisitos. ¿Por qué no te ayudo a poner eso en el estante?

Un estremecimiento recorrió la espalda de Violet.

—Puedo arreglármelas.

—Para mí es mucho más fácil —dijo él en tono seductor.

Su cuerpo fornido chocó con el de ella. Apenas había espacio en la habitación para que se moviera una sola persona. Violet empujó un poco. Él cedió, pero sólo por un instante, de modo que, cuando ella se volvió, se encontró irremediablemente atrapada.

Miró su cara. Kit le lanzó una sonrisa sensual y descarada. Alargó el brazo hacia atrás y cerró la puerta. Bajó el otro brazo y la atrajo hacia sí.

—Debería darte vergüenza —susurró Violet—. Seguirme hasta aquí.

—Disculpa, pero yo he llegado antes.

Ella se rió, seducida por el brillo íntimo y divertido de sus ojos.

—Sabes perfectamente lo que quiero decir. Me has seguido hasta la despensa. Parece sospechoso.

—No, nada de eso —contestó él sin apenas bajar la voz—. Su excelencia me ha pedido que viniera a ver si necesitabas auxilio. —La enlazó con fuerza por la cintura—. ¿Lo necesitas?

—Desde luego que sí. —Hizo una pausa—. ¿Debo tocar una campana o gritar?

—Aquí no hay ninguna campana —contestó Kit con calma—. Y si gritas, asustarás a los niños.

Tenía razón.

—No puedes retenerme aquí indefinidamente.

Él miró las estanterías.

—Hay comida suficiente para aguantar varios días.

A Violet se le había acelerado el corazón. No podía negar que pasar tiempo a solas con él le parecía una forma muy agradable de estar prisionera.

—Así que ¿proteges a los niños?

Se encogió de hombros.

—Hemos ahuyentado a un par de gamberros.

—¿Hemos? ¿Te refieres a los alumnos de tu academia?

—Sí. —Se arrimó más a ella, tan cerca que Violet sintió su impronta a través del vestido—. Pero no estamos solos. También hay algunos soldados retirados que de vez en cuando montan guardia en la calle con nosotros.

—Qué generoso por vuestra parte —susurró ella.

—¿Cómo está tu tía?

—Parece cansada, y me preocupa que...

Kit vaciló.

—Si necesitas algo, sólo tienes que pedírmelo.

—Lo sé. Yo tampoco quiero volver a perderte.

Sucedió en un abrir y cerrar de ojos. Kit agachó la cabeza. Las facciones límpidas de su cara se emborronaron, y un instante después su boca cubrió la de ella. Violet abrió los labios y sintió el roce de su lengua. Fue un beso breve, pero embriagador. Un beso que la abrasó hasta la médula de los huesos y que enardeció su sangre.

—Dios —susurró él, y la apretó con más fuerza.

Violet perdió la noción de todo, excepto de él, hasta que una voz fuera de la despensa la hizo volver en sí.

Kit la soltó y retrocedió pegándose a la pared, donde colgaban abrigos y mantos en una hilera de perchas de madera. Violet dejó escapar un suspiro entrecortado. La llenó de asombro que lograra parecer tan inocente cuando la marquesa entró con algo de esfuerzo en la despensa.

A ella seguía dándole vueltas la cabeza, y sospechaba que se le notaba. Se sentía como si hubiera pasado por un bautismo de fuego, abrasada hasta la raíz del pelo. Había deseado permanecer entre sus brazos y no moverse nunca de allí.

—¿Va todo bien por aquí? —preguntó Jane.

—Perfectamente —contestó Kit mientras volvía a colgar un manto que había quitado de su percha un momento antes.

—Ya he guardado el queso —añadió Violet, y señaló la estantería.

Jane levantó la mirada con una sonrisa sagaz.

—Ya veo.

—Nos vendría bien un poco de luz —comentó Kit.

La marquesa lo miró.

—Quizás ayudaría dejar la puerta abierta la próxima vez, pero supongo que no se quedará abierta a no ser que la sujeten con un ladrillo. Otra tarea para Weed. ¿Le apetece venir a conocer a los niños antes de que nos vayamos, Violet?

Hizo un gesto afirmativo.

—Me encantaría.

Kit se irguió.

—¿Me quedo para ayudar o vuelvo a salir?

—Vaya fuera —contestó Jane con una sonrisa—. Los niños ya están preguntando adónde ha ido. No vamos a quedarnos mucho más. ¿Podemos llevarle a algún sitio, señor Fenton, o tiene coche propio?

—He venido caminando, y no quiero ser una molestia.

Jane se volvió hacia Violet.

—¿Será una molestia?

¿Qué se suponía que podía responder una señorita bien educada?

—En absoluto —contestó.

—Espléndido —repuso la marquesa como si hubiera tenido alguna duda de que fuera a decir que sí—. Entonces todo arreglado. Puede incluso que la señorita Knowlton y yo echemos un vistazo a la escuela de esgrima. Desde la ventanilla, claro está.

Violet los siguió hasta el aula, y se sobresaltó al ver que los niños rompían en vítores al ver llegar a Kit. Él sonrió y miró a Violet azorado, pero ella también lo vitoreaba para sus adentros.

—Parece que es el héroe de todo el mundo —le comentó en voz baja a Jane.

—¿Podría serlo para usted también? —preguntó la marquesa con una franqueza que dejó a Violet sin habla—. Vamos, Violet, no se sonroje así. Tendrá que aprender que soy muy bromista. Ya le advertí que tengo un carácter perverso.

—Quizá yo debería advertirle del mío —murmuró Violet, aguantándose las ganas de mirar a Kit, que estaba saliendo de la habitación.

—¿Usted? Lo dudo, querida. Su tía la ha educado con gran esmero. Nunca ha estado expuesta a los vicios de la sociedad.

—Puede que sólo necesite la ocasión de exponerme a ellos.

Jane se rió.

—Entonces quédese en Londres el tiempo suficiente.

—Usted no es perversa.

—Hay quien cree que sí —repuso Jane.

—Será que le tienen envidia.

—Vamos a leer a los niños una hora —dijo la marquesa con una mirada rebosante de afecto—. Así, mientras leemos, nos olvidaremos del dichoso mundo.

Y así sucedió. Violet se sentó a leer una cartilla con un niño pequeño llamado Jack, que tenía ojeras y cada pocos segundos levantaba la vista del libro para comprobar que Kit seguía junto a la ventana.

—De mayor, voy a ser maestro de esgrima como él, señorita —le dijo el niño en voz baja—. Todos los niños de la escuela vamos a ir a entrenar a la academia.

—¿De verdad? —preguntó ella mientras le apartaba de los ojos un mechón de pelo.

El pequeño asintió con la cabeza.

—Si acabamos el colegio. Ése es el trato. Y no tenemos que meternos en líos. Es por el... ¿Cómo es esa palabra?

—¿Honor?

—Sí, por eso.

Le sorprendió lo rápido que pasó la hora y el cariño que les tomó a los pocos niños con los que había hablado. Ansió de nuevo tener familia. Y dio gracias por lo que tenía.

Kit guardó silencio durante el trayecto hasta la academia de esgrima. Y también Violet. Claro que la marquesa, que hablaba de sobra por los tres, parecía muy capaz de mantener una conservación ella sola. Violet se preguntó qué pensaría Godfrey si pudiera verlos. Y luego se sintió culpable por no haber pensado en él en todo el día.

Pero ¿cómo iba a pensar en él, distraída como estaba por Kit? Él la miró una sola vez durante el trayecto en coche. Sus ojos brillaron como el cristal, tan claros que pudo ver su alma a través de ellos.

Un alma bondadosa.

Un alma encerrada dentro de un hombre de apariencia peligrosa.

Había sido un día aleccionador, un día que había reforzado su determinación de dedicarse a las buenas obras. Y comenzó a soñar con fundar algún día una escuela como aquélla en Monk's Huntley.

Aunque no pudiera permitirse crearla por sus propios medios, podía recoger donativos y Kit podía... Su sueño acabó ahí. Godfrey no lo aprobaría. Él...

La voz de Kit la sobresaltó.

—Bien, de vuelta al trabajo, como de costumbre. Excúsenme, señoras. Ha sido un placer, pero la espada me reclama.

—Haga lo que deba hacer —repuso la marquesa con una gentil inclinación de cabeza.

Violet levantó la vista, dándose cuenta de que el carruaje se había detenido delante de un elegante edificio de ladrillo rojo. Desde donde se encontraba, podía ver que en la acera estaba teniendo lugar un combate de esgrima. Un bullicioso público formado por estudiantes, tenderos y jóvenes señores que hacían apuestas sobre el resultado del combate entorpecía el paso del tráfico. Un vendedor de empanadas gritó que había vendido toda su mercancía.

—¡Santo cielo! —exclamó la marquesa, cortando el paso a Kit al estirar el brazo—. ¡Uno de esos espadachines es mi cuñado, y había prometido a la familia que se comportaría! Quédense aquí mientras le doy su merecido a ese zascandil.

—¿Qué zascandil es ése? —inquirió Kit, echándose hacia atrás obedientemente—. ¿Está segura de que no puedo serle de ayuda?

—Es Devon, el que no ha madurado nunca. ¡Fíjense en ese grandísimo botarate! ¡No lleva ninguna protección! A Jocelyn le dará un soponcio cuando le diga a qué se dedica ahora.

Se abrió la portezuela y Jane salió ayudada por su lacayo jefe. Kit se echó a reír.

—No puedo permitir que se meta sola en la refriega —dijo en voz baja, y miró a Violet—. ¿Prometes quedarte aquí si me voy?

—¿Crees que alguien se atrevería a hacerle daño?

—A propósito, no —contestó, y recogió su sombrero de copa del asiento—. Pero no sé qué se propone hacer.

Violet deseó fervientemente poder seguirlo, pero en cuanto Kit salió del coche, un universitario lo reconoció y comenzó a gritar a voz en cuello:

—¡El maestro Fenton está entre nosotros!

Violet sonrió mientras Kit intentaba abrirse paso sin éxito hacia la refriega. El gentío se agolpó a su alrededor, zarandeando el carruaje. Medio minuto después, Weed volvió a ayudar a la marquesa a subir, cerró la puerta y montó guardia pegado a los escalones. Violet no tuvo más remedio que admirar la dedicación del lacayo de la marquesa.

—¡Qué alboroto! —exclamó Jane, dejándose caer en el asiento, junto a Violet—. La afición de ese hombre roza lo impío.

Violet miró hacia la ventanilla, por encima de la cabeza de Jane. Kit había desenvainado su florete y estaba retrocediendo mientras blandía su espada. Tres de sus alumnos lo obligaron a retroceder hacia la puerta de la academia, donde él se lanzó hacia delante con una acometida impecable y los desarmó a los tres de un solo golpe. Después, desapareció de su vista.

—Eso estaba preparado —comentó, admirada—. Lo han hecho a propósito para que pudiera escapar.

Pero no le sorprendió en absoluto que Kit tuviera seguidores acérrimos. Ella misma había sido su más ferviente admiradora hacía años.

—Es una forma divertida de marcharse —dijo Jane—. Ojalá pudiera hacerlo yo en algunas veladas a las que asisto. —Observó a Violet mientras el coche se ponía en marcha—. Quizá no convenga contarles a su tía ni a su prometido esta parte de nuestra excursión. Creo que yo tampoco se la mencionaré a mi marido. ¿Se le da bien guardar secretos?

Violet le sonrió.

—Sí. Es una de mis mayores virtudes.

Capítulo 12

Al día siguiente, sir Godfrey fue a buscar a Violet y a su tía para dar un paseo vespertino en coche por Hyde Park. Le llevó a Francesca un sombrero de paja decorado con lirios de seda que había comprado en un saldo. Cuando Violet sorprendió a su tía haciendo una mueca al mirarse en el espejo del perchero de la entrada con el sombrero puesto, decidió que tal vez no fuera buena idea ir al parque.

—Tengo una sorpresa para ti —dijo sir Godfrey tras ella con un aire misterioso que a Violet le pareció más bien una amenaza.

—¿Qué clase de sorpresa?

—Tú, querida, tendrás que esperar.

Violet apretó los labios.

—¿Puedes darme una pista?

—No —contestó mientras la acompañaba hacia la puerta—, no puedo.

—¿Va a gustarme esa sorpresa? —preguntó su tía, quitándose el sombrero y dándoselo a Twyford con una mueca de desagrado.

Godfrey la miró con pasmo antes de que una sonrisa respetuosa suavizara su semblante.

—Me llevaría un chasco si no le gustara, señora —dijo, ofreciéndole el brazo.

Violet y Twyford se miraron antes de que Francesca aceptara de mala gana el brazo de Godfrey y cogiera la mano de su sobrina. Violet dudó. Ignoraba qué había ocurrido entre Godfrey y su querida tía, pero prefería quedarse en casa a servir de pacificadora entre ellos dos. Además, si salía, tal vez se perdiera otra visita de Jane, o el mensaje que estaba esperando aunque no lo reconociera.

Debía tener cuidado de no sacar a relucir el tema de la esgrima delante de Godfrey, y especialmente de no hablar de maestros de esgrima. Después de haberse perdido su actuación en el baile, no creía que pudiera convencerlo de que sentía una súbita fascinación por el arte de la espada.

Se detuvo en la puerta para abrochar la corta chaqueta de lana de su tía y la siguió junto a Godfrey al carruaje que él había aparcado en medio de la calle, entorpeciendo el tráfico en ambas direcciones. Quizá debía fingir que no pasaba nada raro, pero ello se hizo imposible cuando se acomodaron los tres en el coche y su tía se dobló por la cintura para examinar un montón de objetos alargados que sobresalía por debajo de una lona, a sus pies.

—¿Se puede saber qué es esto? —preguntó ásperamente tía Francesca, y acto seguido dio un susto de muerte a Violet cuando, al apretar un botón que había en un extremo del objeto alargado, la hoja de una espada salió del bruñido cilindro, justo delante de la cara de sir Godfrey.

Violet sofocó un grito al mirar a su prometido. Se había puesto muy pálido, y no era de extrañar, estando tía Francesca como estaba, blandiendo un mortífero florete a la altura de su garganta con fruición sedienta de sangre.

—Vaya, fíjate. Es una espada, Violet. Tu prometido ha traído todo un cargamento para llevarlo al parque. Qué curioso, sir Godfrey. ¿Acaso piensa abrir una tienda mientras paseamos por Rotten Row?

Él le arrancó el bastón de la mano, rojo de indignación.

—Ya se los he vendido a los alumnos de la academia donde hago esgrima. Por favor, lady Ashfield, deme ese bastón antes de que nos ensarte con él.

—¿La academia a la que asiste está en el parque?

La voz de tía Francesca resonó llena de escepticismo.

—No —respondió, rechinando los dientes—, pero algunos estudiantes, incluido yo mismo, vamos a encontrarnos allí dentro de unos minutos, y me ha estropeado usted lo que tenía preparado.

Violet se hundió en el asiento, temiendo echarse a reír por lo bajo y no parar si les miraba a él o a su tía a los ojos. Pero entonces se le ocurrió que, si los otros alumnos de la escuela de esgrima iban a reunirse en el parque, cabía esperar que el maestro de la academia también les acompañara.

No era descabellado pensar que vería a Kit ese mismo día, lo que significaba que se encontraría con un problema completamente distinto, aparte de un novio enojado y una tía entrometida. Tendría que vérselas con un tunante de pura cepa, astuto y apasionado. Con una persona a la que era poco decoroso conocer.

—Imagino que habrá revendido esos bastones con un buen beneficio —le dijo Francesca a Godfrey con un bufido de reproche.

Godfrey miró cómo la espada volvía a introducirse en el bastón antes de responder.

—Vamos a escenificar un combate amistoso junto al lago. Su sobrina y usted se perdieron mi actuación, lady Ashfield. Quería impresionarlas.

Violet se quedó callada mientras Godfrey guardaba de nuevo el bastón debajo del asiento. Así pues, aquélla era su sorpresa. Una competición de esgrima en el parque... ¿en su honor? Sintió una opresión en la garganta. Una sorpresa, en efecto, pero no por lo que creía Godfrey.

—¿Cuánto tiempo llevabas planeándolo, Godfrey? —le preguntó con voz queda.

—Unas semanas —respondió, y el suspiro que dejó escapar daba a entender que era una desagradecida por no haberlo adivinado.

Violet sólo podía dar gracias por que no hubiera descubierto la verdad.

Semanas... Y Kit estaría allí.

No podía pedirle a Godfrey que le explicara nada más. Bastante tenía con preocuparse de que Kit o ella se delataran con una mirada y con ocultarle sus emociones a su tía. ¿Debía preocuparse también de que Kit faltara a su palabra? ¿Cómo iba a verlo combatir con Godfrey sin ponerse del lado de uno de los dos?

—Siempre me ha intrigado esa idea tan masculina del combate amistoso —reflexionó su tía en voz alta, en medio del incómodo silencio que se había hecho en el carruaje—. A mi modo de ver, hasta peleando por diversión puede herirse al oponente.

—Entrenamos como profesionales —repuso Godfrey, y miró a Violet como implorándole que interviniera—. Y llevamos ropa protectora por si hay un accidente: chaquetas acolchadas, guantes y máscaras.

—Eso lo sé —continuó Francesca—. Pero el entrenamiento, por profesional que sea, no elimina el orgullo viril sin dejar ni rastro de él. ¿Y si uno de ustedes perdiera los nervios? Incluso durante un duelo amistoso puede brotar la ira.

—El señor Fenton no lo permitiría, señora.

Violet se inclinó hacia delante, fingiéndose de pronto fascinada por el hermoso tiro de caballos de otro carruaje, pasado el cruce. Prefería no intervenir en la conversación. Era probable que cualquier opinión que aventurara sobre el tema del señor Fenton levantara sospechas.

—En mi juventud yo también disfruté de un buen combate de esgrima —dijo su tía con expresión meditabunda—. Admito que es una destreza que aviva en la sangre una cierta pasión.

—Tía Francesca —murmuró Violet con una sonrisa—, no puedo creer que digas eso. Si yo confesara tal cosa en público, no te cansarías de recriminármelo.

—Creo que salta a la vista que he sido demasiado estricta en tu educación.

—No estoy de acuerdo —terció Godfrey sin ánimo alguno de confrontación—. Violet es el ejemplo perfecto de cómo ha de educarse a una dama. Su conducta la honra a usted, señora.

Violet miró de nuevo hacia la calle. Godfrey y ella no se conocían lo más mínimo, pensó. Él buscaba una esposa impecable, una mujer que sirviera de atrezo en su mundo ideal. Aquella certeza la llenó de aflicción. Se imaginó a sí misma de pie sobre un escenario, ante el altar nupcial, esperando hasta el último momento para que un espadachín de rostro cincelado acudiera en su rescate. ¿Cuántas veces Kit les había rescatado a ella y a Eldbert de Ambrose o de algún otro de sus enemigos imaginarios? Godfrey, sin embargo, no era su enemigo. Y era de carne y hueso.

—Confío en no avergonzarte nunca, Godfrey —murmuró.

—¿Cómo ibas a hacerlo?

Se le ocurrieron una docena de maneras.

El carruaje entró en el parque y se sumó al flujo del tráfico que se dirigía a Rotten Row. Violet miró más allá de los elegantes faetones, de los caballos a juego y los mozos de librea. Vio a un grupo de señoras de sombrero emplumado paseando por la hierba.

—¿Adónde van? —preguntó tía Francesca, mirando por encima de su hombro.

—No tengo ni idea —contestó, pero no era cierto.

Había divisado a Kit, en mangas de camisa y pantalones ceñidos, mientras el cochero de sir Godfrey estaba aparcando detrás de un landó, en el camino. Kit volvió y lanzó una mirada indiferente hacia ellos. Sus ojos se posaron un instante en Godfrey.

A Violet se le desbocó el corazón. Al verlo, nadie adivinaría que habían compartido nada más que un baile y una obra de beneficencia. Sólo podía confiar en que ella pareciera igual de impasible.

Porque por dentro no lo estaba. La elegancia y la apostura de Kit le habían acelerado el corazón. Su sola imagen había bastado para entibiar su sangre.

Un lacayo ayudó a su tía a apearse del carruaje, y Violet se obligó a seguirla a paso mesurado, en lugar de echar a correr por el parque hacia un espadachín al que nunca había sido capaz de resistirse.

Hiciera lo que hiciese, no pondría en evidencia a Kit.

—¿Quién es ese hombre, Violet? —preguntó su tía en aquel tono autoritario que incluso Dios temería ignorar—. ¿Ese alto, con el grupo de señoras y caballeros reunidos en torno a él? El delgado que se está poniendo la chaqueta y la máscara.

—Yo...

—Me resulta familiar —prosiguió intrigada su tía, siempre tan desconfiada—. Tengo una clarísima sensación de haberlo visto en alguna parte. Pero sin duda me acordaría de una persona de apariencia tan elegante si nos hubiéramos conocido.

—Es mi maestro de esgrima, señora —dijo sir Godfrey con un orgullo que, curiosamente, conmovió a Violet—. Es el caballero con el que Violet abrió el baile benéfico anteanoche.

Francesca titubeó, desasiéndose de la mano de su sobrina.

—Sí —dijo lentamente—. Eso ha de ser.

Pero había tal incertidumbre en su voz que lanzó otra mirada de reojo a Kit. Parecía sospechar que había algo más en la historia del maestro de esgrima. Había mucho más, y la propia Violet lo desconocía casi todo.

Kit tenía una apariencia que embriagaba los sentidos, era una fuerza magnética atrapada entre dos mundos. Ni ángel, ni demonio. Un ser muy humano que había sufrido y demostrado su fortaleza. Ella no sería quien lo debilitara. Sería tan fiel a su pacto como lo había sido él.

—Vamos a quedarnos atrás, en la sombra —le dijo distraídamente a su tía—. Desde aquí podemos verlo bastante bien.

—Como desees, Violet.

No, como deseara, no. Lo que deseaba era indecible y prohibido. Deseaba caminar a su lado y que ambos se contaran sus pensamientos. Deseaba sentir sus brazos estrechándola, y su boca cubriendo la de ella en un beso que la dejara sin aliento. Deseaba ser su mejor amiga, ser... suya.

Condujo a su tía hacia la sombra. Se obligó a concentrarse en Godfrey mientras su prometido cruzaba el césped. No debía haberle costado ningún trabajo prestar atención al hombre que iba a ser su marido. No debía sentir la tentación de comparar la espalda musculosa y la relajada postura de otro hombre con la figura, más compacta y familiar, de su prometido.

Pero ¿de veras era Godfrey quien le resultaba más familiar de los dos? Se irguió cuando Kit blandió un florete con la punta protegida por una bolita. Habría jurado que oía el silbido de la hoja desde donde estaba. La facilidad natural con que Kit manejaba la espada hizo aflorar un torrente de recuerdos.

No era ella la única impresionada por aquel demonio de pies ligeros. Varias damas y señores se detuvieron en medio de una conversación para mirarlo, embelesados. Hasta su tía se adelantó, arriesgándose a salir al sol para verlo más de cerca. Para asombro de Violet, Kit se volvió, miró directamente a tía Francesca y se inclinó en una elegante reverencia.

—Creo que me gusta ese joven espadachín, Violet —dijo su tía—. Pero esa reverencia no me ha engañado ni por un segundo. Estaba destinada a ti.

—Ni siquiera me ha mirado.

—Exacto.

—Y lleva una máscara.

—Perfecta para ocultar lo que siente por ti —dijo Francesca secamente—. Debes de haber despertado sus sentimientos románticos en el baile.

—Y tú debes de haberte puesto un chorrito de jerez en el té del desayuno —repuso Violet, sacudiendo la cabeza—. Además, si me prestara alguna atención, sería por cortesía hacia Godfrey. Hablemos de Godfrey, ¿quieres? ¿Verdad que está muy apuesto con su chaqueta de esgrima?

—A mí no me lo parece —respondió Francesca—. Claro que tú vas a casarte con él, querida, y resulta alentador que lo consideres tu campeón en este combate. —Hizo una pausa—. Imagino que Godfrey va a desafiar en duelo al maestro de esgrima. Es conmovedor que confíe en demostrarte su hombría, Violet. A no ser, claro, que reciba una auténtica paliza, en cuyo caso sólo demostrará que es un necio.

—Tía Francesca, no sé por qué de pronto estás tan desencantada con Godfrey, pero es algo de lo que tendremos que hablar en privado.

—Estoy de acuerdo.

Kit y Godfrey estaban separados por apenas un metro. Kit daba indicaciones sirviéndose de su florete. Era del todo probable que Godfrey le hubiera pagado por aquel espectáculo público. Naturalmente. Pero ¿quería ella ver humillado a su prometido? No estaba segura de que pudiera ver un combate entre aquellos dos hombres tan dispares, aunque fuera amistoso, sin tomar partido. Si escogía a uno como su paladín, ¿estaría traicionando al otro? Pero ¿a quién se debía primero?

Comenzó el combate con el Gran Saludo, una serie de poses mediante las cuales los contendientes mostraban su respeto a la tradición. Violet advirtió que los demás alumnos abandonaban sus ejercicios junto al agua en cuanto Kit y Godfrey comenzaron a pelear. Los estudiantes se reunieron para observar al maestro, tan absortos como ella en su estrategia.

Era todo cuestión de control. Kit medía exquisitamente sus lances. Podría haber estado abrochándose los puños de la camisa. Su calma no flaqueaba ni un instante.

Los controlaba a todos: a su oponente, a su público y, sobre todo, a Violet. Sí, dominaba por completo su atención, y tía Francesca no había dicho ni una palabra desde el saludo. Kit alargaba cada movimiento. Provocaba a su rival. Godfrey respondía, esforzándose ya por seguir el ritmo. Incluso para una lega como Violet, resultaba evidente que Kit estaba manipulándolo, y Godfrey, sorprendentemente, pareció relajarse y reaccionar más aprisa.

—¡Aplástelo, maestro! —gritó un niño encaramado a hombros de su padre.

—Eso, eso —murmuró tía Francesca.

Violet la miró con enfado.

—¿Qué has dicho?

—Achús. —Su tía hurgó en su bolso en busca de un pañuelo limpio—. Debo de haber estornudado. Ya sabes cómo me irrita la nariz la hierba.

Violet suspiró, pero el duelo volvió a absorber por completo su atención de inmediato. Kit, comprendió Violet, había aprendido la técnica de la esgrima. Los lances del combate tenían cada uno su nombre: Godfrey había lanzado una estocada en cuarta, que Kit detuvo con una parada en cuarta. Pero, pese a todo, Kit había nacido con aquella habilidad.

Un recuerdo furtivo acudió a su memoria: Ambrose persiguiéndola a través del cementerio, amenazando con atarla a un árbol si no se unía a su ejército, y Kit corriendo tras él. Ella se reía y miraba hacia atrás en el instante en que Kit alcanzaba a Ambrose. El corazón le latía como si fuera a estallar.

—¡Te cortaré la cabeza si la tocas! —vociferaba Kit con una sonrisa.

—¡Y yo le ayudaré a cortártela! —gritaba Eldbert.

—¡No es justo! —se quejaba Ambrose, inclinándose para tomar

aliento—. Hoy estás en mi bando. No puedo luchar contra Kit yo solo. Sabe demasiados trucos, y corre como un zorro. Es un salvaje.

Violet apenas había cruzado el lindero de tejos cuando Kit llegó a su lado.

—Tiene razón, ¿sabes? —susurró, mirando más allá de él, hacia la puerta rota de una cripta en la que Ambrose, al parecer, se había rendido—. Tienes que dejarlo ganar de vez en cuando.

—¿Por qué?

—Es lo más decente.

—Me... me da igual ser decente o no.

—Entonces yo me voy.

—Muy bien. —Sus ojos se ensombrecieron—. Dejaré ganar al Señorito Pantalones Perdidos... otro día.

Pero nunca lo hacía.

A veces dejaba creer a Ambrose que tenía alguna posibilidad. Violet y Eldbert esperaban seguros del resultado, que solía traducirse en que Kit lanzaba una estocada de revés y mandaba volando la espada de Ambrose entre las tumbas derruidas. Después, trepaba entre los restos de gárgolas y cornisas y se erguía para declarar a los cuatro vientos que había ganado el combate. Y pese a la punzada de lástima que sentía por Ambrose, Violet regresaba a casa con una sensación de dicha que le duraba horas.

Tras abandonar Monk's Huntley, no había vuelto a experimentar aquella dicha hasta que había vuelto a ver a Kit en el baile. Había olvidado que era capaz de sentir una felicidad tan pura.

—¿Violet?

—¿Umm?

—Violet, ¿por qué sonríes así?

—¿Qué? —Se espabiló, sacada de su ensoñación por la voz de su tía—. ¿Por qué qué?

—Estabas sonriendo, querida.

—¿Sí?

—Sí. Supongo que es divertido.

—¿El qué? ¿El combate de esgrima?

—Que ese hombre parezca estar jugando con Godfrey —respondió tía Francesca con aire sagaz.

—Baja la voz.

—Nadie puede oírme con tantos gritos y vítores. Ese joven es como un animal cansando a su presa antes de acomodarse para zampársela.

—Dudo que el señor Fenton vaya a cenarse a Godfrey. Además, a mí me parece que Godfrey se defiende bastante bien.

—Para el espectador poco avezado puede que sí. No es que pelee como un colegial, es que comparado con su profesor... En fin, seamos sinceras: pocos hombres pueden compararse con él.

Violet no pudo contradecir a su tía.

Francesca no había hecho más que expresar en voz alta lo que estaban pensando todos, desde las niñeras y los estudiantes, a los miembros de la nobleza que se habían congregado para ver el combate.

—Debiste disfrutar mucho de su actuación en el baile benéfico —comentó su tía tras una pausa reflexiva.

—Me perdí la escena de Godfrey.

—Lo sé.

Tía Francesca volvió la cabeza y la miró a los ojos. No podía saber lo de Kit, pensó Violet. No podía haberse dado cuenta de la verdad, después de tantos años. A fin de cuentas, sólo lo había visto un momento desde la puerta, el día en que ella cayó enferma y Kit la llevó en brazos a casa.

—Godfrey se está luciendo —dijo su tía en aquel tono franco que había adoptado después de la muerte de su marido—. Imagino que la mayoría de los hombres intentan lucirse cuando combaten. No recuerdo que Godfrey mostrara interés por la esgrima cuando os conocisteis.

—En aquel momento sólo llevaba un par de meses practicándola. Tengo entendido que ha resurgido el interés por la caballería. Yo misma me siento atraída por ella.

—Lo mismo digo, pero no cuando se trata de una simple pose. Fíjate bien en ese otro espadachín.

Violet apretó los dientes. Había estado esforzándose por hacer justo lo contrario. No estaba segura de qué quería dar a entender su tía. Quizá nada.

—Parece muy eficiente, diría yo.

—¿Eficiente? —Una nota de incredulidad resonó en la voz de su tía—. Opino que parece absolutamente mortífero. Debí prestar más atención cuando bailaste con él en la fiesta. Nunca había visto a un joven moverse así.

—No puedo creer lo que estoy oyendo, tía Francesca. Vas a ponerte en evidencia si alguien te oye. Tanto hablar de movimientos y de...

—Mira lo bien que acomete. Fíjate en la postura de la parte inferior de su cuerpo.

—No pienso hacer tal cosa. Deberías avergonzarte por sugerirlo siquiera, una mujer de tu edad...

—Tiene instinto natural para la espada. Me recuerda a alguien, y lo mismo pensé la noche del baile. Pero por mi vida que no me acuerdo de quién puede ser. Ese hombre llama la atención.

—Ése es el propósito de una exhibición —repuso Violet en tono neutro.

—Yo diría que su talento va mucho más allá del simple espectáculo.

—Creo que estudió esgrima unos años en el extranjero.

—¿De dónde es? —preguntó su tía, frunciendo pensativa las cejas canosas.

Violet bajó la mirada.

—No sabría decirte. Por lo que he oído, parece ser inglés.

Gracias al cielo, podía decirlo con toda sinceridad. Que ella supiera, el origen de Kit seguía siendo un misterio. Si había descubierto algún dato sobre su familia, no se lo había dicho.

¿Quién podía haberlo abandonado?, se preguntó. Para ella había sido bastante doloroso crecer sin tener un solo recuerdo del rostro de su madre para reconfortarla, pero al menos siempre había sabido quiénes eran sus padres y que la habían querido. Claro que, por otro lado, Kit no era de los que sentían lástima por sí mismos.

—Tú bailas instintivamente, Violet —comentó su tía de pronto—. Es un don, un talento que tienes.

—Habría sido como una peonza sin ninguna gracia si no fuera por los años de instrucción que me disteis el tío Henry y tú —repuso Violet—. Mi talento necesitaba una mano que lo guiara.

—Pero nos alegraba el corazón verte bailar. Sí, al principio girabas como un viento de marzo por los prados, por el sofá, por los suelos recién abrillantados. A menudo Twyford tardaba una hora en cogerte.

—Lo sé —dijo, y la antigua sensación de haber cometido pecados sin nombre, aquella mala conciencia que no acababa de entender, se agitó dentro de ella—. Sé que era una lata. Comprendo lo mucho que os sacrificasteis para cuidar de mí y sin embargo...

—Eras la luz de nuestras vidas —dijo tía Francesca, estirando sus frágiles hombros—. He llegado a la conclusión de que no siempre es deseable encerrar a un fuego fatuo. Algunos seres pierden el deseo de brillar cuando se les apresa.

Violet se preguntó si era su modo de disculparse por la rigidez de su educación. Sabía que sus tíos la habían querido mucho. Habían hecho todo lo posible por educar a una niña que había resultado ser una rebelde.

—No era un ser mágico. Bailaba porque no soportaba estarme quieta. Oía sonar música dentro de mi cabeza y me daban ganas de bailar.

—Eras maravillosa.

—Era difícil —reconoció Violet—. Siempre molestaba al tío Henry cuando estaba leyendo o conversando con una visita.

—¿Difícil?

Francesca contrajo el semblante y pareció a punto de confesarle un secreto que Violet no estaba segura de querer oír. Tal vez prefería permanecer para siempre en la ignorancia.

Antes de que su tía pudiera continuar, Violet volvió a fijar la mirada en el combate.

—Vamos a perdernos el gran momento de Godfrey si no paramos de parlotear, y no quiero ni pensar en lo que dirá si se entera.

Capítulo 13

Godfrey no consiguió traspasar la guardia de Kit para marcar una sola estocada al pecho. Kit dominaba no sólo su florete sino también el ritmo del encuentro. Atajaba a Godfrey en todos los ángulos de ataque y mantenía el cuerpo en perfecta alineación. Hombro, cadera, talón. Podía poner fin al combate con un solo giro de muñeca.

A decir verdad, podría haber detenido los predecibles ataques de Godfrey incluso dormido. Aquello no era luchar a espada. Era el arte de hacer esgrima con el aire.

Pero tomar la decisión de humillar a un alumno era un asunto delicado. Sabía por qué necesitaba ganar Godfrey y a quién esperaba conquistar con ello. Y la dama a la que ansiaba impresionar se llamaba Violet.

El problema era que él compartía aquel mismo impulso viril y, ¡qué demonios!, su habilidad con la espada había atraído el interés de Violet mucho antes de que cualquiera de ellos dos conociera la existencia de sir Godfrey Maitlan. Una turbia tentación se cernía sobre sus pensamientos. Con apenas unos pasos, podía obligarlo a improvisar una danza con la espada que acabaría directamente en el estanque del Serpentine.

Podía también, desde luego, llevar a Godfrey a una muerte prematura con una sola estocada. Pero una agresión tan gratuita no entretendría a nadie, y menos que nadie a él. Asesinar a un alumno de pago era cualquier cosa menos un propósito honorable.

No sólo iría contra la ley, también sería inmoral, una afrenta contra la mujer con la que pretendía casarse Godfrey. Aunque él no había vuelto a mirarla desde que había empezado el combate, sentía su presencia tan vivamente como cuando Violet, años atrás, lo miraba desde su ventana.

Ahora, sin embargo, en vez de luchar contra enemigos invisibles para demostrar su destreza, estaba luchando contra un rival de carne y hueso, un rival al que Violet había elegido por marido, lo cual significaba que debía de tener algo bueno, aunque él no lo viera por ninguna parte.

La intensidad de la competición aumentó sin previo aviso. Los floretes se cruzaban borrosamente, a gran velocidad, y tía Francesca agarró el brazo de Violet y avanzó unos pasos, tirando de ella para acercarse al lugar del combate. Violet quería a su tía con toda el alma. Habría hecho cualquier cosa por protegerla. Pero si seguía haciéndole preguntas sobre Kit, sin duda algo se le escaparía. Y si su tía se daba cuenta de que era el mismo muchacho del que había sido amiga en su niñez, pondría el grito en el cielo.

De pronto, ambas se quedaron calladas. Se había hecho imposible apartar la mirada o pronunciar palabra. Su tía tenía razón: Kit estaba quitándose de encima al pobre Godfrey como si fuera una mosca. Ejecutaba cada lance con precisión intuitiva, y el movimiento de sus pies era tan intrincado como los pasos de cualquier cotillón que hubiera bailado Violet.

En eso también tenía razón Kit.

No había diferencia: la dinámica de un duelo y la de una danza derivaban de la misma pasión e idéntico propósito. Enfrentarse, vencer... o rendirse. Era todo lucha y engaño. Doblar un brazo para esquivar o, si era necesario, para seducir. Era entonces cuando entraba en juego la no resistencia. Rodear al oponente, esquivarlo, permitía controlar la situación y atacar. Pero también había que dejar un hueco por el que escapar.

Kit iba a perder el combate.

Violet lo notaba en los huesos. Y la enfurecía.

Se mordió la lengua para no gritar que era él quien debía ganar. Le encantaba combatir. Y, sin embargo, Violet percibió que su repentina vacilación, su decisión de retirarse, era premeditada. Intuyó que estaba a punto de sacrificar su orgullo para enaltecer la imagen de Godfrey. Naturalmente, ella no podía intervenir. Godfrey había pagado los servicios de Kit para impresionarla. Ambos se molestarían con ella si los distraía con un estallido histérico.

Como niños pequeños con sus espadas. Con su pundonor...

Kit sobreviviría. Violet sabía que había sobrevivido a cosas mucho peores, y era imperdonable por su parte desearle algún mal a Godfrey porque... porque su amigo secreto era un truhán al que su prometido aspiraba emular. ¿Qué pensaría Godfrey si hubiera visto los primeros duelos a espada de Kit, desgarbados y sin freno, sus salvajes acometidas entre las lápidas rotas de un cementerio?

¿Qué pensaría si hubiera visto a su futura esposa correteando a la sombra de Kit? Suspiró. Sabía lo mucho que desagradaba a Godfrey cualquier actividad indecorosa. Pero no habría querido borrar aquellos tiempos por nada del mundo. No querría borrarlos ni aunque fuera posible cambiar lo sucedido.

Kit permitió que su desmañado rival se anotara un toque que podía haber parado con toda facilidad. Hizo oídos sordos a los gruñidos de fastidio que cundieron entre los espectadores. En el baile de caridad, había sobrepasado las expectativas de muchos desconocidos. Hoy iba a desilusionarlos. Se encogió de hombros mientras sir Godfrey dedicaba a la multitud una sonrisa victoriosa, sofocado por la sorpresa, por el alivio y por el esfuerzo.

Kit, por su parte, ponía más esfuerzo en no mirar a Violet para ver cómo reaccionaba que en el duelo mismo. Se volvió hacia sus otros alumnos y les animó a analizar el combate. Él había aprendido observando los errores de otros espadachines. Al parecer, seguía aprendiendo.

Hasta ese momento, sin embargo, no se había percatado de que todos sus años de práctica, las heridas que había sufrido e infligido a otros, el esfuerzo de estudiar a la sombra de mejores duelistas que él, tenían su origen en la esperanza de que algún día Violet viera lo buen espadachín que había llegado a ser. Y de que lo animara como había hecho cuando estaba solo y era un rufián.

No había previsto que algún día tendría que ceder un combate para demostrar la habilidad de otro hombre. Pero ese día había llegado. Se ganaba la vida vendiendo su espada. Podría haber sido peor. Y mejor, si ella hubiera podido animarlo de nuevo.

Violet se quedó paralizada al darse cuenta de que Godfrey había atravesado el corro que rodeaba a Kit y le estaba haciendo señas. ¿No pensaría llevarlo ante ella para jactarse? ¿Qué debía hacer? Podía disimular solamente hasta cierto punto. Tía Francesca podía advertir la tensión que había entre Kit y ella, aunque Godfrey no la detectara.

—Deberíamos regresar al carruaje para que descanses —dijo, volviéndose rápidamente hacia el camino—. Llevamos en pie demasiado rato.

Tía Francesca desdeñó tajantemente su sugerencia.

—Tonterías.

—No estoy muy segura de que ver una pelea sea bueno para una mujer que prácticamente se desmayó hace dos días —insistió Violet, y logró que su tía no le soltara la mano.

—¿Una pelea? Ha sido cualquier cosa menos una pelea de verdad. Ese joven espadachín podría haberle grabado el alfabeto en la frente a Godfrey si hubiera querido.

—Bien, menos mal que Godfrey llevaba máscara.

—Me gustaría conocer al espadachín. —Su tía le lanzó una mirada melancólica—. Permítele ese capricho a una vieja.

¿Por qué?, se preguntó Violet, enojada. A ella siempre le habían prohibido dejarse llevar por sus impulsos indecorosos. Claro que ella se había permitido ese lujo en secreto. Refrenó su lengua y se detuvo, sujeta por las ataduras del deber para con su tía y por el afecto que sentía por ella, y por su agridulce vínculo con el hombre que se acercaba parsimoniosamente, sin prisas, sabedor de la necesidad de medir los tiempos. Kit la entendía mucho mejor que el caballero al que iba a consagrar el resto de su vida.

Sin apartar su atención de Kit, Violet miró al otro lado del parque, donde se estaba celebrando un partido de pelota. Él agachó la cabeza. Parecía estar escuchando lo que decía Godfrey. A Violet le dio un vuelco el corazón al pensar en el peligro que entrañaba su cercanía.

Sabía lo obstinado, lo indomable que era Kit: ni el asilo, ni su padre, ni sus maestros de esgrima habían logrado quebrantar su voluntad. Sólo habían conseguido darle el temple del acero. Eso era: se había vuelto aún más fuerte. Ella, quizá, no. Quizá se había vuelto sumisa.

Sus ojos se encontraron un momento, y en los de Kit brilló un destello de malicia. Apoyó la mano derecha sobre el corazón, con la máscara de esgrima colgándole de los dedos, y se inclinó ante ellas.

—Señoras —dijo con una voz profunda que trastornó los sentidos de Violet—, confío en que hayan disfrutado del combate y que nada en él las haya ofendido.

—Ha sido revigorizante —contestó tía Francesca, y se estiró como dando a entender que, en razón de su edad, tenía todo el derecho a dar su opinión.

Kit observó a Violet con curiosidad.

—Pero la señorita Knowlton parece un poco pálida, como si... Bien, perdonen la expresión... Como si hubiera visto un fantasma.

—Le aseguro —contestó Violet con voz firme— que no me habría quedado si hubiera sentido el menor malestar. Y si hubiera visto...

—Tengo entendido —la atajó su tía— que hoy en día no es tan raro que una dama tome lecciones de esgrima.

Kit parpadeó, sorprendido, y aunque Violet estaba enfadada con su tía, dedujo por su reacción que Francesca lo había pillado completamente a contrapié.

—Es del todo cierto, sí —respondió, deslizando hacia atrás la máscara por su dedo índice cuando estaba a punto de caer al suelo—. Casi siempre son actrices que quieren aprender para así tener acceso a un repertorio mayor de papeles, pero también he dado clases a algunas damas que se caracterizaban por su independencia de carácter.

—La señorita Knowlton no es una actriz en ciernes, se lo aseguro —repuso Godfrey, mirándolo ceñudo.

—No. —Sus ojos claros se deslizaron un instante sobre ella—. No se me habría ocurrido ni por un segundo.

—Qué idea tan interesante —dijo pensativa tía Francesca.

Él sí que era un buen actor, concluyó Violet, tentada de aplaudirle. Claro que, ¿acaso no esperaba ella que despistara a cualquiera que sospechara su historia secreta?

Kit dobló meticulosamente un guante y lo metió dentro de la máscara.

—Es aconsejable tomar ciertas precauciones, pero sé por experiencia que unas cuantas lecciones amplían la educación femenina. —Lanzó a Violet una mirada penetrante—. Si alguna de ustedes está interesada en aprender someramente el arte de la esgrima, les dejaré encantado mi tarjeta.

Violet sintió que el aire se le atascaba en la garganta. ¿Se estaba ofreciendo a darle lecciones de esgrima? Deseó poder recordarle los ignominiosos duelos que había librado blandiendo una azada sobre su atractiva cabeza. Claro que ya entonces Kit tenía el don de animar el ambiente y avivar más de un espíritu amodorrado.

—Es usted muy amable, señor Fenton, pero dudo que ninguna de las dos encuentre necesario librar un duelo en un futuro cercano.

La boca de Kit se adelgazó en una sonrisa fugaz que sirvió para recordarle que sabía besar tan bien como manejaba el florete.

—Si cambia de idea, sólo tiene que pedirle mi tarjeta a su prometido. Las tiene a montones, esparcidas por su tienda.

Sir Godfrey lo miró pasmado.

—Ni en un millón de años podría imaginarme a Violet empuñando una espada.

—También doy funciones particulares —añadió Kit como si no hubiera oído a Godfrey.

—¿Cuánto cobra? —quiso saber tía Francesca.

—Sin duda más de lo que podemos permitirnos —afirmó Violet en voz baja.

Kit sacudió la cabeza.

—¿No les he dicho que mi tarifa es negociable?

Que el cielo se apiadara de ella. Y de él. Un comentario más como aquél y le atizaría un buen golpe con el abanico al muy bribón por su audacia. Hoy tenía el abanico bien agarrado. Y la próxima vez que lo pillara a solas... Pero ¿habría una próxima vez? ¿Podía, honestamente, acompañar a la marquesa en otra de sus visitas benéficas?

Kit la miró en medio de un silencio tan hondo que parecía presagiar el fin del mundo.

No digas nada más, le imploró con la mirada. *Ni una palabra. Ni lo pienses siquiera.*

Intuía que Kit ansiaba lanzarse al contraataque, pero él inclinó la cabeza por fin, mirando a Godfrey, y zanjó la cuestión con una sonrisa.

—Usted, desde luego, conoce mejor a la dama que yo, señor. Le envidio, pero así es la vida.

Lanzó su florete por encima del hombro, a su ayudante y a los tres jóvenes alumnos que aguardaban a un metro de su sombra. Un puño adornado con encaje se alzó entre las otras manos para atrapar el arma del maestro. Violet se acordó de que ella misma había considerado un honor sostener la espada de Kit mientras él trepaba a un árbol o enseñaba a boxear a Eldbert y a Ambrose.

Al menos había encontrado otro grupo de seguidores tan fervientes como merecía, aunque a ella le estuviera más prohibido que nunca acercarse a él.

La satisfacción de Godfrey había empezado a disiparse poco después de terminado el duelo. Cuando regresó a casa se sentía estúpido por haberse exhibido ante Violet, cuyo cariño sincero no parecía haberse granjeado en ningún momento. ¿Qué había hecho ahora para desagradarla? Al conocerla, se había convencido de que su frialdad se debía a su carácter pudoroso y discreto. Era callada, como debía serlo una mujer. Era refinada, aristocrática, una dama virtuosa. De hecho, su compostura le excitaba. Fría o no, Violet calentaría su cama. Sus hijos llevarían su apellido y la sangre de ella.

Violet jamás lo avergonzaría teniendo aventuras amorosas, como otras damas de su clase. Quizá no estuviera pensando con claridad. Quizás estuviera fatigado por la emoción del baile benéfico, por las largas horas pasadas en su tienda y por su combate de hoy con Fenton.

La pelea había agotado sus fuerzas. Tras tomar una cena ligera, sólo pudo sumergirse en un baño y beber brandy para aliviar sus agujetas. Extrañamente, había tenido la impresión de que ni todos los alardes del mundo conseguirían que Violet sintiera una pizca de pasión por él.

¿Era posible que su exhibición le hubiera parecido vulgar? Las otras damas presentes en el parque, incluida la vieja latosa de su tía, no habían ocultado su entusiasmo por el combate. A fin de cuentas era un deporte entre caballeros y con ese espíritu se había librado.

¿Qué importaba que Fenton se hubiera dejado vencer por hacerle un favor a su cliente?, se preguntó al salir de la bañera para vestirse. No le pagaban para que evidenciara su superioridad humillando a sus pupilos. Godfrey se puso su batín de seda y se preguntó de nuevo si la tensión que había notado entre Violet y el maestro de esgrima era fruto de su fantasía.

Imposible. Pero curioso. ¿Cómo se atrevían, aunque fueran imaginaciones suyas?

Fenton no había mostrado ni un solo exceso de emoción desde que eran maestro y alumno. ¿Debía resignarse de una vez por todas a la altiva frialdad de Violet?

El baile benéfico era el quid de la cuestión. Violet bailaba maravillosamente. No era culpa suya que Fenton la hubiera obligado a ejecutar aquella exhibición improvisada de baile. Pero algo había encendido la chispa de la conversación que habían mantenido en el parque. ¿Era hostilidad? ¿O atracción? Godfrey no había creído a Violet capaz de semejante vehemencia.

Seguramente no era nada, se dijo, y acercándose a la cómoda sacó una corbata para su velada de los jueves en el club. A fin de cuentas, no era de extrañar que el joven y astuto Fenton encontrara deseable a Violet. Él no habría elegido para casarse a una dama carente de atractivo.

Esa noche Violet se llevó a su tía arriba, a la cama, antes que de costumbre. La tarde podía haber fortalecido el ánimo de ambas, pero ahora hasta ella sentía que necesitaba descansar. La doncella había abierto la cama y cerrado las cortinas para impedir que entrara el relente y los ruidos que de tanto en tanto se oían en la calle.

—Las malas hierbas crecen fácilmente —declaró sin preámbulos su tía tras acomodarse en la cama—. Una violeta, en cambio, requiere el entorno adecuado. ¡Qué delicioso era veros a ti y a tu tío bailando una cuadrilla con nuestra temible señorita Higgins, el lacayo al violín y Twyford tapando las notas falsas con su tos, y luego...! —Su voz cambió, como si pudiera ver el pasado a través de una puerta—. ¿Te acuerdas de aquella tarde, cuando sorprendimos a los caballeretes en la ventana?

Violet negó con la cabeza, preocupada. Su tía divagaba cada vez con más frecuencia.

—Debes de referirte a Eldbert y Ambrose. Estaban muchas tardes en la ventana.

—¡Cuánto temía por ti por su culpa!

—Los «caballeretes» se reían de mí, tía Francesca. No sé por qué los temías. Nunca me desearon ningún daño.

—Puede que no. Eldbert era bastante educado. Ambrose siempre fue un grosero, igual que su madre. Pero estaba también ese mozalbete desarrapado que trabajaba en los campos. Ese pobre. Nunca olvidaré el día en que te llevó a casa desde el cementerio. La madre de Ambrose me dijo después que te habías hecho amiga de él, y la llamé mentirosa. Le dije que mi sobrina jamás pisaba ese sitio. Pero era cierto.

Fijó en Violet una mirada radiante y alerta.

—Pensé que el chico te había matado. Te vi en brazos de Twyford, quieta y pálida, y pensé que aquel rufián te traía a casa muerta. Pensé que te habían asesinado y que nos llevaba tu cuerpo.

El recuerdo que guardaba Violet de aquel incidente era, por suerte, muy vago. La fiebre había distorsionado los detalles de aquella tarde, aunque todavía podía ver a Kit mirándola horrorizado y oír cómo latía su corazón allí donde ella había posado la mejilla, sobre su camisa, mientras la llevaba por la cuesta, hacia su casa. Eldbert había echado una mano, pero no estaba segura de cómo. Le había suplicado a Kit que la dejara delante de la puerta, pero él se había negado. Y ella había oído a su tío hablando tras él y a su tía gimoteando, histérica.

—Tenía buena intención —dijo mientras inclinaba la cabeza para apagar la vela de la mesilla de noche—. Ambrose no quería acercarse a mí, ni tampoco Eldbert, pero al menos él me llevó mi chal cuando me encontré mejor. Ambrose fue quien peor lo pasó, y se encargó de que todos nos enteráramos cuando por fin se recuperó.

—Me pregunto qué habrá sido de ese chico del asilo. —Tía Francesca cerró los ojos—. Ni siquiera recuerdo el nombre del señor que lo compró para que fuera su aprendiz y se lo llevó de allí. Era un capitán, ¿verdad? ¿Un viudo que había perdido a su único hijo? Nunca volvieron a Monk's Huntley, que yo sepa. Supongo que, si el chico le dio problemas, pudo venderlo a otro amo. Qué espanto, ser dueño de otra persona.

—Puede que ayudara al chico —repuso Violet con un nudo en la garganta.

—Puede que sí. ¡Qué curioso que me haya acordado de él a pesar de que nunca llegué a verlo del todo bien! Me habría preocupado aún más por ti de haber sabido que te habías hecho amiga de un hospiciano.

Un escalofrío recorrió la nuca de Violet. Tal vez su tía no estuviera divagando, a fin de cuentas. Tal vez sólo estaba llegando a la conclusión inevitable.

—¿Por qué tenías tanto miedo? —preguntó tras un silencio.

—Tu tío y yo no teníamos más hija que tú. Yo había perdido a tu madre tan joven y tú... En fin, eras tan osada de pequeña...

—Me sentía sola.

—¿De veras, Violet?

—¿No lo sabías?

Francesca apartó la mirada, acongojada.

—No, hasta que perdí a tu tío.

Capítulo 14

Para Violet fue una sorpresa descubrir que Godfrey no estaba en los grandes almacenes cuando su tía y ella fueron a comprar a la tarde siguiente, temprano. Estuvieron una hora larga curioseando aquí y allá y admirando diversos objetos mientras Twyford permanecía allí cerca por si podía serles de ayuda. Violet podría haber seguido mirando hasta que cerrara la tienda. Todo le fascinaba: desde los relojes de pared a los moldes para tartas que se exponían. Pero al fin tía Francesca reconoció que estaba agotada.

—Es hora de irnos a casa —insistió Violet, temiendo que su tía le llevara la contraria.

Pero no fue así.

—Sí. Esta tienda es muy bonita. A Godfrey le ha ido muy bien. Me encanta esa cajita de plata para té que tienen expuesta. Mi madre, tu abuela, Violet, tenía una con un dibujo muy parecido.

—Entonces deberías comprarla —repuso Violet—. Que Twyford te acompañe al carruaje mientras yo le pido al señor Cooper que nos la reserve.

—Había olvidado el buen gusto que tiene Godfrey —comentó Francesca—. Si sus otras tiendas se parecen a ésta, tiene que haber trabajado muy duro.

Mientras se dirigían a la puerta, un caballero con levita y pantalones de ante avanzó hacia ellas. Tenía una cara enjuta que a primera vista parecía juvenil, pero que, vista más de cerca, mostraba las arrugas propias de una vida disipada. Se levantó el sombrero y le murmuró algo en francés que ella no entendió.

Sin embargo, por el ardor de su mirada cuando sus ojos se encontraron, Violet concluyó que era preferible dejar sin traducir aquel saludo.

—Lo mismo le deseo —dijo con voz queda.

Tía Francesca la miró arrugando el ceño.

—Ésa es precisamente la clase de persona que una debe evitar.

—A mí también me ha hecho sentir incómoda.

Su tía volvió a mirar la aglomeración de clientes de los grandes almacenes.

—Me espanta cómo te ha mirado.

—A mí también. Pero será aún peor si te llevas un disgusto.

—¿Es posible que lo conocieras en el baile benéfico? —inquirió Francesca—. Se ha comportado como si te conociera.

—No lo había pensado. Lo dudo, pero es posible. Puede que fuera grosera con él.

Unos instantes después, dejó a su tía con Twyford y regresó a la tienda. El caballero que se había dirigido a ella se había marchado. Aliviada, llamó la atención del atareado encargado de la tienda. Estaba tan deseoso de complacer a la prometida de su jefe, que a Violet le dio pena. Se subió a una alta escalerilla detrás del mostrador para sacar la caja y, en su afán de hacerlo cuanto antes, estuvo a punto de caerse.

—Gracias, señor Cooper —dijo Violet mientras cruzaban la tienda—. Imagino que sir Godfrey está en los muelles.

El encargado bajó la voz.

—No creo, señorita. Se marchó corriendo con su espada y su florete. Creo que ha ido a clase. La esgrima se ha convertido en su pasión.

—Eso tengo entendido.

—Pelea bien.

—Sí —murmuró Violet, y al instante se imaginó a Kit caminando hacia ella con una espada apuntando a su corazón—. Dígale que hemos estado aquí, por favor.

—Oh, no será necesario, señorita —contestó, muy serio.

Violet dio la mano al lacayo que la esperaba en los soportales de la tienda.

—¿Por qué no? —preguntó, dudando al ver la expresión ansiosa del señor Cooper.

—Notará enseguida que falta la caja de té y querrá saber el nombre del cliente que la ha comprado.

Violet volvió a mirar la tienda rebosante de actividad.

—Bueno, una venta es una venta.

—Sí, y el nombre de usted ejerce una buena influencia sobre el talante de sir Godfrey —le confesó el encargado, dando un paso atrás para hacer una reverencia—. Pero le ruego que no le diga que se lo he dicho.

Ella se echó a reír.

—No, yo...

Miró a su alrededor. De pronto tenía la sensación de que una sombra la había envuelto.

—¿Ocurre algo, señorita Knowlton?

Sacudió la cabeza.

—No, nada. Lo pondré a usted por las nubes delante de sir Godfrey. Gracias otra vez.

Durante los días siguientes, Violet se alegró al comprobar que su tía parecía estar recuperando sus energías. Tres amigos del difunto barón le habían mandado invitaciones para diversas veladas que iban a celebrarse en la ciudad.

—Me conmueve que se acuerden de mí tantos conocidos de Henry —comentó Francesca mientras miraba con desgana las cartas que tenía en el regazo—. Como no tenemos más familia, me gustaría que los conocieras, Violet. Godfrey se ha ofrecido a servirnos de escolta.

—«Nunca se asiste a demasiados eventos sociales» —dijo Violet, bajando el tono de voz para imitar la de su prometido—. «Es bueno para el negocio, y tú, querida mía, causaste una impresión excelente en el baile.»

Tía Francesca levantó las cejas.

—Sólo te falta un bigotito y un bastón de paseo.

—Espero que haya más diferencias entre nosotros que ésas.

Su tía se rió, levantando otra carta.

—¿Has leído ésta? Es de tu viejo amigo lord Charnwood.

—¿De Ambrose?

—Nos invita a una fiesta en su casa de campo dentro de un mes. ¡Ay, Señor! Habrá una búsqueda del tesoro, una exhibición de esgrima y un baile.

—Entonces estaremos casi todos.

—¿Cómo dices?

—Me refiero a... En fin, a Eldbert y a... Ambrose.

—Sí, es la fiesta de Ambrose. Es de suponer que esté allí.

—Y también estará Godfrey, si hay esgrima.

—Godfrey... —Su tía dejó la carta encima de las otras—. Deduzco que vamos a aceptar la invitación.

—No veo cómo podríamos rechazarla.

—No, estando Ambrose y Eldbert allí —repuso su tía con tono astuto—. Y así tendremos otra oportunidad de admirar la espectacular habilidad de Godfrey con la espada.

—No tenemos por qué ir, si prefieres quedarte en casa —dijo Violet con voz neutra.

—No quisiera privarte de la oportunidad de volver a ver a tus viejos amigos, Violet.

Sus viejos amigos... Se dijo que la reunión no estaría completa sin la señorita Higgins. Pero si iba a asistir Kit; haría todo lo posible por resistirse a él, o quizá su interés por ella se habría enfriado para entonces.

Volvió a verlo en la fiesta matinal del duque de Wenderfield en Berkeley Square, la semana siguiente. Sir Godfrey mencionó durante el trayecto en coche que la academia iba a hacer una pequeña exhibición de esgrima para los invitados en el jardín, pero que él no participaría.

—¿Por qué? —preguntó Violet.

Godfrey no se lo dijo, pero parecía un poco molesto. Por una vez, tía Francesca no se atrevió a aventurar una opinión.

Violet buscó a Kit a hurtadillas entre el grupo de apuestos jóvenes reunido en la escalinata de entrada. Lo buscó entre los invitados más jóvenes que paseaban por el césped cuando fue a saludar a los duques junto con Godfrey y su tía. Cuando Godfrey se ofreció a llevar a Francesca a dar un ligero paseo por los jardines con sus anfitriones, Violet se quedó rezagada a propósito.

Acababa de reparar en una carpa que había en la ladera, alrededor de la cual se había reunido un nutrido grupo de gente para asistir a un duelo a florete isabelino, cuando oyó que una voz cultivada la llamaba por su nombre.

Titubeó. Kit había salido de la carpa con una levita negra de largos faldones sobre la amplia camisa blanca y los estrechos pantalones marrones. Recorrió lentamente a la multitud con la mirada. ¿Sería demasiado indecoroso por su parte llamar su atención? Tal vez pudiera rodear la carpa haciendo como que se había perdido. Podía dejar caer de nuevo su abanico. No. Una dama jamás recurriría a una táctica tan obvia.

Pero, antes de que pudiera poner en marcha algún plan en acción, otra señora de entre el público, una mujer osada a la que evidentemente no le importaba lo que pensaran de ella, le lanzó una rosa roja a los pies. Él se echó a reír, pero dejó la flor donde había caído.

Violet se volvió de mala gana para mirar a la persona que había vuelto a llamarla por su nombre. Vio con alivio que era la marquesa de Sedgecroft.

Los ojos verdes de Jane brillaron con irresistible picardía.

—¿Puedo secuestrarla un rato? Estoy intentando dar esquinazo al baronet más aburrido del mundo. Por cierto, ¿dónde está tu...? Ay, querida, no me refería a su baronet, que estoy segura es el caballero más excitante que quepa imaginar.

Violet miró subrepticiamente por encima de su hombro.

—Así es.

Jane le lanzó una mirada inquisitiva.

Violet meneó la cabeza.

—Lo siento. Estaba distraída.

—Fenton es demasiado fascinante —dijo Jane con un suspiro—. Ya vio cómo lo adoran los niños de la escuela. En fin, es por él por quien pregunta mi hijo por las noches, antes de quedarse dormido, y por la mañana, cuando la niñera intenta ponerle la ropa.

Violet no pudo menos que sonreír, comprensiva. Sabía muy bien lo fascinante que podía ser Kit. Ambas se quedaron calladas para verlo supervisar un combate, a pesar de que nadie del público parecía prestar atención a sus estudiantes. Cuando Kit ejecutó una serie de elegantes estocadas para mostrar cuál era la posición correcta en cada una de ellas, un murmullo cundió entre el gentío.

Se movía con una elegancia sensual que cautivaba la mirada. Violet sintió un íntimo arrebato de emoción al recordar cómo se había apretado contra ella su cuerpo duro, sujetándola para besarla. Kit ejecutó una embestida que parecía físicamente imposible y entre la multitud se oyeron gemidos de asombro.

—Debo tenerle —afirmó Jane con sencillez.

Violet se quedó boquiabierta. Era consciente de que las damas del gran mundo tomaban amantes a capricho, pero que la marquesa hablara con tanta ternura de su hijo y que acto seguido afirmara que debía «tener» a Kit resultaba muy chocante. No supo cómo reaccionar.

Jane se volvió hacia ella con una risa que quería ser una disculpa.

—¡Ay, querida! ¡Su cara! No es en absoluto lo que piensa. Debería habérselo dicho el otro día. El marqués está decidido a contratar a Fenton como maestro de armas de nuestra familia, no para que sea mi amante.

Violet tragó saliva.

—Ni se me había pasado por la cabeza.

—Claro que sí —dijo Jane en tono de broma—. Es culpa mía por... ¡Rápido! ¡Cójame del brazo y avance! El baronet me ha visto. Ya se lo advertí: soy una desvergonzada. Si nos alcanza, la dejaré en su compañía. Siempre se está quejando de sus intestinos.

Violet apretó el paso. Le asombraba que la marquesa pudiera caminar tan deprisa como ella con los minúsculos y lindos escarpines que asomaban por entre sus faldas de seda rosa.

—¿Vamos a algún sitio en concreto? —preguntó casi sin aliento.

—Al pabellón.

Violet se quedó mirando el pabellón de torretas blancas que se alzaba a lo lejos.

—Es precioso.

—¿Verdad que sí? También es un lugar que las personas respetables evitan a toda costa, lo cual, naturalmente, lo convierte en un sitio de gran interés. Puede que haya oído usted contar que dentro hay pasadizos secretos que ofrecen el escenario ideal para un escarceo amoroso, además de diversas rutas de escape para los enamorados.

—¿Y los hay? —preguntó Violet.

—Oh, sí.

Como parecía poco probable que las acusaran de una conducta impropia si las sorprendían juntas, Violet decidió que no se arriesgaba mucho acompañando a la marquesa en su excursión.

Y, de todos modos, tampoco tenía ingenio ni valor suficientes para resistirse a una mujer que, un momento después, fue capaz de reconocer con cándido fervor:

—Fue hace cuatro años, en el pabellón, cuando mi marido me besó hasta hacerme perder el sentido.

—¿Estando ya casados, quiere decir?

—Claro que no. Era un golfo. Poco después de besarme, el muy hipócrita sorprendió a su hermana Chloe en una situación comprometida con un joven oficial y montó en cólera. En toda mi vida he visto semejante despliegue de mal genio. Fue asombroso, y temible.

La confesión de la marquesa hizo reír a Violet. Por lo que había oído sobre los Boscastle, la escena que describía no era una exageración. Al parecer, los hombres de la familia tendían a proteger en exceso a los suyos. En lo tocante a la pasión, sin embargo, se decía que jugaban aplicando otras normas.

Igual que cierto maestro de esgrima que seguía su propio código de honor.

Violet intentó no pensar en él, pero era imposible. ¿Tendría ocasión de hablar con Kit? Seguro que, si sabía que sir Godfrey había ido a la fiesta, se... Y bien, ¿qué haría? ¿Qué podía hacer? ¿Acudir a todo correr con la espada en alto para rescatarla? Ya la estaba protegiendo al simular que se habían conocido hacía muy poco tiempo. Ningún arma podía traspasar las barreras sociales.

—Y —continuó la marquesa alegremente sin darse cuenta de que

Violet estaba distraída— Grayson se atrevió a iniciar su romántica pantomima con estas célebres palabras: «Hay un tiempo para la prudencia y otro para el pecado. ¿Cuál supones tú que es éste?»

Aquello era demasiado. Violet se detuvo delante de las fuentes adornadas con dos marsopas que flanqueaban la entrada del pabellón. Su ligero rocío le refrescó la cara.

—Yo no habría sabido qué responder.

—Yo tampoco —reconoció Jane, instándola a seguir adelante—. Pero si a este lugar se le conoce como el Pabellón del Placer es por un buen motivo. Un beso del hombre correcto vuelve superfluas las palabras. Tenga cuidado por dónde pisa. Dentro está oscuro y hay humedad, si no recuerdo mal.

Violet se asomó al interior en penumbra y sintió que una curiosidad prohibida tiraba de sus sentidos. ¿Cuánto tiempo hacía que no se embarcaba en alguna temeridad? Sin contar los besos del señor Fenton. Le habría encantado tener a una amiga como Jane cuando era más joven.

—Confío en que no sea una de esas mujeres a las que les da miedo la oscuridad —murmuró Jane.

—No.

—Ni los espacios estrechos.

—Me recuerda a una cripta.

Jane se rió, encantada.

—Ni que hubiera estado alguna vez en una. Claro que quizás el pabellón fue diseñado para que nos arrimemos a los pícaros caballeros que nos traen aquí.

—¿Eso que oigo es un goteo? —preguntó Violet mirando a su alrededor.

—Seguramente será uno de los estanques de baño. En cualquier otro momento le propondría que nos remojáramos los pies, pero se me estropearán los escarpines si se mojan. —Jane señaló una escalera tan estrecha que Violet no la habría visto por sí sola—. Creo que por aquí se llega a la habitación del torreón. Que yo recuerde, dentro hay un pasadizo que lleva al jardín de atrás.

Violet subió despacio detrás de Jane. No pudo evitar pensar que tenía que haber un modo más sencillo de evitar a un invitado inoportuno.

—Es usted muy amable por ayudarme a salir de ésta —dijo la marquesa mirando hacia atrás—. En ciertas ocasiones, una dama lo tiene difícil, ¿no es cierto? Hay que mostrarse amable con la gente de lo más variopinta.

—Sí —convino Violet con un deje de ironía cuando llegaron a lo alto de la escalera iluminada por antorchas y entraron en una estancia circular.

Recorrió la pequeña sala con la mirada pensativa. Un diván de función obvia ocupaba la mayor parte del espacio. Por la ventana arqueada que daba al jardín y a la fiesta entraba una ligera brisa. Miró la chimenea apagada.

—¿El pasadizo está ahí?

Jane hizo un gesto afirmativo.

—Sí, pero por suerte está muy bien cuidado y saldremos de él impolutas...

—¡Señora! —gritó una voz frenética desde el fondo de las escaleras—. ¡Disculpen la intrusión si no es usted, señora, pero me han mandado a buscarla!

Violet se volvió, intrigada.

Le parecía admirable que alguien osara dirigirse a la marquesa con tanta premura. ¿Sería un amante? ¿Un miembro de la familia?

—¿Qué ocurre, Weed? —preguntó la marquesa en tono de exasperado afecto. Y luego añadió dirigiéndose a Violet—: ¿Conoció a Weed, nuestro lacayo mayor, en el baile? No sé qué haría yo sin él.

El lacayo mayor del marqués, un hombre de rostro labrado en piedra que parecía servir como confidente personal de la marquesa, apareció en lo alto de la escalera. Hizo una reverencia un tanto distraída dirigida a Violet.

—La duquesa de Scarfield está muy ofendida porque no la encuentra por ninguna parte.

—Santo cielo —dijo Jane—. En fin, no podemos ofender a su excelencia. ¿Quiere venir a conocer a mi cuñada, Violet?

—Yo no...

—Sabia decisión —añadió Jane antes de que Violet pudiera aventurar una opinión—. Yo también me escondería de ella si pudiera. Le garantizo que ella no se quejará de sus intestinos, pero no me cabe la menor duda de que me echará un sermón por una razón o por otra. Weed, mande a un lacayo para que salga con la señorita Knowlton del pabellón. Así acallaremos las malas lenguas. Violet, tenga cuidado con los crápulas al bajar. Nunca se sabe quién puede transitar por un pasadizo secreto en una fiesta. Y, por cierto, yo nunca olvido un favor.

—Pero...

—No se preocupe. No diré una palabra.

—¿Sobre qué?

—Iré a verla la semana que viene —prometió Jane agitando alegremente la mano en señal de despedida.

El lacayo hizo otra reverencia y condujo a la marquesa a la estrecha abertura de la pared. Sus voces se fueron alejando. Violet se acercó a la ventana y se preguntó cuánto tiempo tardaría en llegar su escolta clandestina y si desde aquella altura podría ver la carpa de esgrima montada en el jardín.

Capítulo 15

*L*a marquesa de Sedgecroft podía, desde luego, permitirse el lujo de caer en comportamientos indecorosos. A ojos de la alta sociedad, Jane y el truhán de su marido no podían hacer ningún mal, mientras que en el caso de Violet cada uno de sus gestos sería sometido a escrutinio. Envidiaba el aplomo de Jane y dudaba que...

—Si una dama se queda el tiempo suficiente en la ventana de un torreón, puede darse por sentado que está esperando que alguien la rescate.

Se giró bruscamente, sorprendida, y el aire escapó de sus pulmones al reconocer al hombre de estrechas caderas que había aparecido en lo alto de la escalera.

—Tranquilízame, dime que tú no eres mi escolta.

Kit le lanzó una sonrisa reticente.

—¿De qué estás hablando?

—¿La marquesa no te ha mandado aquí para que me acompañes a la fiesta y así ella poder escapar?

Kit miró a su alrededor, deslizando la mano hasta el cinturón de la espada.

—¿Escapar de quién o de qué exactamente?

—De... del caballero que la estaba siguiendo en la fiesta... y quejándose de sus intestinos.

—¿Y os ha seguido hasta el torreón? —preguntó Kit, intrigado.

—Que yo sepa, lo despistamos antes de llegar al pabellón.

Sus ojos brillaron, llenos de humor.

—¿Va armado y es peligroso?

Violet se quedó callada un momento.

—No, comparado contigo.

Kit dio un paso hacia ella. Durante unos instantes que le parecieron eternos, Violet no pudo moverse. Sólo pudo mirarlo, mirar su cara delgada, su semblante reconcentrado y aquellos ojos claros que parecían desvelar todos sus secretos.

Haciendo acopio de toda su fuerza de voluntad, se apartó de la ventana. Hipnotizada por su presencia, no advirtió que su chal de cachemira azul se deslizaba lentamente de sus hombros, hacia el suelo. Kit reaccionó antes que ella. Estiró el brazo, recogió el chal con la espada y lo depositó sobre el diván.

Sus ojos se clavaron en ella, rebosantes de pesar.

—Ahí lo tienes. La prueba de cuánto hemos mejorado mi espada y yo desde el día que tú y tu chal nos atrapasteis.

Violet se inclinó para recoger el chal y bajó la cabeza para que no viera la emoción que luchaba por refrenar.

—Eso no voy a discutírtelo.

—No te vayas aún —dijo, y ella se quedó quieta, viendo avanzar su sombra sobre ella por el suelo de piedra.

De nuevo se sintió incapaz de moverse. Esta vez, sin embargo, un hombre lleno de gallardía le cortaba el paso como una barrera física. Kit no sólo se había interpuesto en su camino: estaba tan cerca de ella que Violet sintió un estremecimiento. El calor que irradiaba su ser la envolvió deliciosamente. Kit la atraía como un imán, la derretía.

—Vete si tienes que hacerlo —dijo—. No voy a detenerte.

La espada que tenía en el costado brilló, plateada.

Violet levantó la vista.

En la sonrisa de Kit ardía la tentación.

—Casi suena como un desafío —dijo ella, echándose el pelo hacia atrás.

Kit dejó la espada cruzada a los pies del diván.

—Yo diría que ahora estamos empatados, si no fuera porque tú siempre tendrás ventaja sobre mí.

—Dime la verdad —dijo Violet quedamente—. ¿No has organizado tú esta pequeña escapada con la marquesa?

—Me ofende que lo sugieras siquiera. Deberías saber que nunca me rebajaría a algo tan ruin. —Esbozó una sonrisa remolona—. Bueno, puede que sí, pero esto, por mi parte, no estaba planeado.

—Es demasiada coincidencia que me haya traído aquí y se haya marchado tan bruscamente.

Kit miró más allá de ella, hacia el diván.

—A mí no me ha dicho nada.

Violet observó fascinada su perfil cincelado.

—Habla muy bien de ti. —Tocó su brazo, consciente de que era un paso peligroso por su parte—. ¿Estás enfadado?

—¿Contigo? —Volvió la cabeza y la miró con un deseo tan evidente que Violet se quedó sin respiración—. El mundo entero podría mandarme al exilio, que no lo echaría de menos si pudiera llevarte conmigo. La verdad es que te he visto entrar en el pabellón y te he seguido por si casualmente te encontraba a solas y podía... —Miró la espada, en el diván—. Tomarte cautiva.

Violet miró un momento la larga hoja de acero pulido que él había colocado sobre el chal azul claro. Cuando volvió a mirarlo, comprendió que podían pedir su mano cien pretendientes distintos, y que por ninguno de ellos sentiría lo que sentía por aquel hombre.

A la luz parpadeante de las velas, el bello rostro de Kit bailaba ante sus ojos. Él la rodeó rápidamente con los brazos. La había capturado, como había prometido. Violet empujó su pecho un momento, sin convicción. Un instante después, se agarró a su chaqueta y lo atrajo hacia sí.

La lana raspó su mejilla. Bajo la chaqueta, sintió la suavidad de su camisa de algodón blanco y la fortaleza acerada de su cuerpo. Su querido amigo... Su secreto irresistible...

—¿Y bien? —preguntó Kit, y sin esperar respuesta bajó la cabeza para besarla—. ¿Eres o no mi cautiva?

Un placer agridulce se agitaba dentro de ella. Abrió los labios y sintió el roce de su lengua. Las manos de Kit la sostuvieron mientras se deslizaban por su espalda con una sensualidad ansiosa que la hizo sentirse insegura y estremecerse de expectación. Su beso apasionado la despojó de su antigua resolución y la colmó con un anhelo infinitamente más peligroso.

—No quiero avergonzarte —dijo Kit junto a su boca—. No quiero ser tu amigo secreto, ni tu amante. No quiero que lo nuestro sea un secreto. Pero... te deseo.

Violet cerró los ojos.

—No me importa nada más.

—Sí, claro que te importa.

Ella le rodeó el cuello con los brazos y lo besó hasta que él deslizó la boca por su garganta, hasta el borde de su corpiño. Violet dejó caer las manos a los lados. El aliento de Kit calmaba y al mismo tiempo erizaba su delicada piel, la parte de arriba de sus pechos.

—No quiero tomarte prestada —le dijo.

Acercó la mano a su corpiño y tiró. Violet se estremeció, con los pechos expuestos y palpitantes. Kit la miró con los ojos entrecerrados por el deseo.

—Quiero ser el único hombre que tenga derecho a hacerte esto.

Violet tomó aliento.

Kit deslizó las manos bajo el corpiño y tocó sus pechos. Se inclinó hacia ella y se metió en la boca uno de sus tiernos pezones. Ella arqueó el cuello, atrapada por su ansia. Él chupó suavemente su otro pecho. La respiración de Violet se agitó cuando apartó la boca y sopló sobre sus pezones humedecidos.

—El único —repitió mientras se tumbaban en el diván.

Violet experimentó un instante de pánico y de placer; sintió que las manos de Kit se deslizaban sobre sus nalgas, apretándola contra el duro calor de su cuerpo. Había caído un poco en escorzo sobre su torso. Él la hizo tumbarse lentamente de espaldas y la sujetó bajo su cuerpo. La miró fijamente, con un anhelo que le inundó de fuego las venas.

Con un pie, lanzó al suelo la espada. Ella oyó el estrépito del acero al chocar con la piedra y notó el roce de su respiración antes de que empezara a frotarse contra su cuerpo. Sentía palpitar una vena en su garganta.

Sentía el grueso miembro de Kit y la tentación de hacer... lo que él quisiera. Frenética, posó las manos en sus hombros. Él gruñó como si su contacto le torturara.

—Quiero estar dentro de ti —susurró—. Quiero tu dulzura para mí solo.

Violet empezaba a perder la razón.

—Violet... Dios mío, dame fuerzas o me arrepentiré de esto.

Ella sintió que se precipitaba en la oscuridad.

—Violet —repitió Kit con una urgencia que consiguió traspasar su aturdimiento—, levántate. No pueden encontrarnos aquí.

Se incorporó, aturdida y desganada, mientras Kit se ponía en pie. Él volvió a enfundar su espada con una mano y le tendió la otra. Violet se levantó y se estremeció cuando sus ojos se encontraron. En el corto rato que habían pasado juntos en el pabellón, el cielo se había nublado. El torreón estaba de pronto tan a oscuras que se agradecía la luz de las antorchas... y la compañía de un escolta armado.

Un escolta... Violet miró hacia la escalera. ¿Se habría acordado Jane de su promesa? Había olvidado por completo que estaba esperando a que alguien la sacara sana y salva del pabellón.

Sintió que unas manos se deslizaban con firmeza por su espalda. Miró hacia atrás con intención de reprocharle aquella nueva osadía, pero Kit se estaba limitando a subirle el chal a los hombros. Veló la pasión de su mirada antes de que pudiera caer de nuevo presa de ella. El timbre de su voz vibró en el silencio como acero cortando piedra.

—Ahora sólo me entrego a juegos que quiera llevar hasta el final. Si un hombre me reta con la espada, es probable que uno de los dos muera. He llevado una vida muy fea, y tú eras mi ventana hacia la salvación. Había noches en el asilo en que fui testigo... en que viví tanto pecado que sentía que te mancillaría sólo con mi compañía.

A Violet se le cerró la garganta.

—Tú jamás me mancillabas, Kit.

—Puede que entonces no. Ésos eran juegos inocentes. Pero ahora el deseo que siento por ti no tiene nada de inocente.

Ella sacudió la cabeza.

—No entendí nada hasta que me lo dijo Ambrose. Ignoraba por completo lo que tenías que soportar.

—Nadie quiere saber cómo es la vida en un asilo para pobres, pero para mí no era tan duro como para los niños más pequeños.

Ella se estremeció al recordar lo ingenua que había sido.

—Tú también fuiste pequeño una vez —dijo, obligándose a coger el borde del chal en lugar de tenderle los brazos.

¿Por qué se habían encontrado cuando era ya demasiado tarde?

—Nunca pienso en el pasado —afirmó él—. Bueno, eso no es del todo cierto. Pienso en ti. —Se detuvo y sonrió de mala gana—. Y también en Eldbert y Ambrose, aunque no del mismo modo.

—No. —Violet sonrió a su pesar—. Sus nombres no los grabaste junto al tuyo en una lápida.

Kit hizo una mueca.

—Qué sitio tan romántico para una declaración de amor.

—A ellos también les tenías cariño.

—Claro que no.

—Nunca olvidaré el día en que Eldbert llevó a su yegua nueva al bosque y el animal se desbocó y echó a correr con él encima. Tuviste que salvarlo mientras Ambrose gritaba unas maldiciones que no me atrevo a repetir. Y sé que enseñaste a Ambrose a pelear con los puños. Era un cobarde infame hasta que te conoció.

Él se encogió de hombros.

—Sólo estoy dispuesto a admitir que, sea lo que sea lo que sentía por ellos, no era nada comparado con el cariño que te tenía a ti.

Violet volvió la cara hacia la ventana. Temía lo que iba a decir Kit a continuación, pero confiaba en que lo dijera de todos modos.

—Me recuerdo dibujándote como si fuera ayer mismo. Si encuentro los dibujos, te los enseñaré.

—Para eso tendríamos que volver a vernos. ¿Hay alguna esperanza para nosotros?

Ella se mordió el labio. ¿La había? ¿Había algún modo de desembarazarse de su compromiso matrimonial sin ofender a Godfrey y romperle el corazón a su tía?

—Quiero hacer cosas contigo que no están bien vistas —le confesó él en voz baja—. Cosas poco caballerosas que nos hagan gozar a ambos.

—Kit, es...

—Tú no lo entiendes —añadió—. Te necesito de manera muy distinta a como te necesitaba hace años. No sólo como amiga, sino como amante. Te quiero por entero.

—¿Cómo sabes que no lo entiendo?

—No estarías a solas conmigo si pudieras leerme el pensamiento. Tal vez sea mejor que te olvides de mí.

Ella se volvió para mirarlo.

—¿Cómo? Voy a vivir la mayor parte del año en Londres.

—Entonces sufriremos los dos, porque no estamos hechos para el adulterio. Y yo nunca dejaré de desearte.

—El adulterio... —susurró, volviéndose hacia la ventana.

—Olvídame o sé mía. Decídete antes de casarte.

—Sería un golpe terrible para mi tía.

La orquesta había empezado a tocar en el jardín. Violet vio a lo lejos un destello de color a través de la ventana cuando los danzantes comenzaron a moverse por la tarima levantada para la fiesta. Su corazón se henchió de pronto. La música la exaltó. Sintió la perversa tentación de pedirle a Kit que bailara con ella una vez más.

—Yo también te deseo —musitó.

Se volvió de nuevo, pero Kit había desaparecido. Tras ella había un lacayo vestido con librea negra y dorada que esperaba cortésmente a que le prestara atención.

—¿La señorita Knowlton? —dijo cuando Violet lo miró a los ojos.

Ella se sonrojó, confiando en que no la hubiera oído. O peor, que no hubiera pensado que se refería a él.

—Sí.

—La marquesa me ha pedido que la asista personalmente el resto de la velada.

La marquesa de Sedgecroft se sacudió las faldas, exasperada.

—Este pasadizo está oscuro como boca de lobo, Weed. Recuérdame que informe a Wenderfield de que tiene que mantener las antorchas encendidas tanto arriba como abajo cuando demos una fiesta. No se puede escapar de un encuentro clandestino con un esguince de tobillo.

—Sí, señora.

Jane suspiró.

—¿Ves más telarañas en mi falda?

—No veo nada con esta luz. Bueno...

—Espera a que estemos en el jardín. Lo último que me hace falta es que Grayson me acuse de tener una aventura.

—Ese día no llegará nunca, señora.

—¿Te quedarías conmigo, Weed, si llega?

El lacayo metió el brazo por entre el grueso manto de hiedra que ocultaba la salida secreta del pabellón. Jane levantó la mirada hacia la torre.

—No me contestes, Weed. No es justo hacerte esa pregunta. Antes pensaba que elegirías a Grayson, pero ahora ya no estoy tan segura.

Un atisbo de sonrisa cruzó la cara del lacayo.

—No veo telarañas en su pelo ni en su vestido, señora.

Jane se volvió hacia el sendero flanqueado por setos que rodeaba el pabellón y llevaba al jardín principal.

—¿Crees que mi plan celestinesco habrá funcionado?

—Sólo el tiempo lo dirá.

—Parecen tan perfectos el uno para el otro... —dijo la marquesa con un suspiro—. En la escuela se esforzaron por fingir lo contrario. Tú los viste bailar en la fiesta, la otra noche. Fue como si se conocieran desde siempre.

—Sí. Se diría que estaban destinados el uno al otro.

—Eso espero —repuso Jane—. Porque el hecho de haber saboteado mi propia boda con resultados maravillosos no me da derecho a arruinar el compromiso matrimonial de otra mujer.

—La señora le ha echado una mano al destino, nada más. Ni nada menos. Es todo muy romántico.

—Bueno, puede que a su tía no se lo parezca. —Sonrió—. A menos, claro, que el señor Fenton reciba el nombramiento que ha propuesto el marqués. Aun así, lo cierto es, Weed, que lo que estoy haciendo podría causar un escándalo. La dama podría perder a ese cursi de su tendero y verse obligada a caer en brazos de Fenton.

La inquietud, poca o mucha, que había sentido Godfrey al darse cuenta de que Violet se había ausentado de la fiesta se disipó por completo, o eso pareció, cuando su prometida volvió a hacer acto de presencia en el prado suroeste, seguida por uno de los lacayos del marqués de Sedgecroft.

—Me preocupé, claro, al no encontrarte —dijo mientras se guardaba el reloj de bolsillo—, pero Pierce Carroll me dijo que te había visto alejarte hacia el pabellón con la marquesa y me dije: «Bien por ella. No voy a interferir».

Violet lo condujo hacia las mesas del almuerzo, atestadas de gente.

—¿Dónde está mi tía, Godfrey?

—Ha entrado en la casa para tomar un té en privado. —Carraspeó—. Yo no he sido invitado.

—¿No debería reunirme con ella?

Godfrey le cortó el paso.

—¿Podrías dedicarle un momento al hombre con el que vas a casarte? ¿Has oído algo de lo que te he dicho?

No, nada. Parpadeó, intentando encontrar en su memoria algún recuerdo de la conversación.

—Sí. Lo he oído todo. ¿Se puede saber quién es Pierce Carroll y por qué se mete donde no lo llaman?

Él pareció sorprendido.

—Es otro alumno del salón de esgrima. Se lo tiene muy creído, el tal Pierce. Sospecho que se cree superior a los demás. No me agrada. Creo que tal vez haya robado una cajita de rapé de mi tienda. Naturalmente, no puedo acusarlo directamente.

—Ah.

—¿Te lo has pasado bien? —inquirió él después de un silencio.

Violet miró melancólicamente a las parejas que bailaban en la tarima. Se había engañado a sí misma induciéndose a creer que podía contentarse con un hombre al que sólo le importaba su posición social. ¿Cómo iba a casarse con un hombre al que le desagradaba bailar? ¿Con un hombre al que nunca podría querer? ¿Con un... con un remilgado completamente falto de pasión?

—Violet, querida, te he hecho una pregunta. ¿Te has divertido en el pabellón?

Un sonrojo de mala conciencia sofocó su cara.

—Sí, Godfrey —respondió con total sinceridad—. Hacía años que no me divertía tanto.

Él levantó una ceja. Pasó un instante.

—Imagino que la marquesa no habrá mencionado mi nombre, ni los grandes almacenes.

—No me acuerdo.

—Pero tú sí le has hablado de mí, ¿verdad que sí?

Se encogió de hombros evasiva.

—Bueno, de algo habréis hablado tanto rato. —Godfrey arrugó el ceño, las manos unidas a la espalda como un maestro de escuela—. ¿De qué habéis hablado?

—¿De verdad quieres saberlo?

—Sí.

—Hemos hablado de besos.

—¿De qué?

—Ya me has oído, Godfrey.

—¿Cómo es posible?

—Me ha contado cómo la sedujo el marqués. Bueno, parte de la historia, al menos. Supongo que hay más.

—Santo Dios. No me extraña que la nobleza tenga tan mala reputación. —Soltó un soplido—. Confío en que no caigas bajo su influencia.

—Creía que querías que me codeara con la alta sociedad.

—Sí, pero... —Meneó la cabeza—. Debería saber que no tengo por qué preocuparme: nadie podrá meter ideas impuras en tu linda cabecita. Quizá la marquesa se sienta atraída por tu bondad.

—Creo que ella también es buena, Godfrey.

Él miró hacia atrás.

—¿Te imaginas traer a tus propios lacayos a una fiesta? Debe de darle a uno sensación de seguridad.

Violet le sonrió. Godfrey no era mala persona. Se merecía una esposa que lo quisiera.

—En mi opinión, es un estorbo —dijo con voz queda.

Él le lanzó una sonrisa indecisa que la llenó de remordimientos.

—Cuando me miras así, Violet, me siento tentado de darte la razón.

Capítulo 16

*K*it regresó a la carpa con ánimo tempestuoso. Sus alumnos más avezados, al ver su semblante, tuvieron la precaución de no decir una sola palabra. Irónicamente, el único que no respetó su estado de ánimo fue Godfrey, que no iba a participar en la exhibición de ese día.

Kit estaba apoyado en un sauce, viendo a Pierce Carroll, que, vestido de cíngaro, lanzaba cuchillos a un blanco colocado sobre el césped. Era una actuación escalofriante.

De pronto sintió un atisbo de desconfianza. ¿Quién había enseñado a Pierce a arrojar cuchillos? ¿Y a manejar el florete? El talento en bruto estaba muy bien, pero Kit no había visto tal vehemencia desde que estudiaba bajo la férula de su padre. De hecho, Pierce arrojaba el cuchillo con tal precisión que por un instante se olvidó de su mal humor, hasta que Godfrey vino a recordárselo.

Él intentó ignorarlo, pero éste no se dio por aludido.

—¿Podemos hablar un momento en privado, señor Fenton?

Kit arrugó el entrecejo. Creyó ver a Violet sentada a una de las mesas del almuerzo. Después, pensó en apartarle el pelo del cuello y en cuánto deseaba besar la delicada curva de su hombro, allí donde la piel quedaba expuesta a la vista, y seguir hacia abajo, hasta sus pechos. ¡Dios, sus pechos!

—¿Qué quiere? —preguntó ásperamente.

—Se trata de mi prometida —dijo Godfrey, muy serio.

Kit se enderezó.

—¿Ha cambiado de idea sobre las lecciones de esgrima?

—Desde luego que no. ¿Podemos hablar dentro de la carpa?

Kit se encogió de hombros y dio media vuelta, preguntándose si aquel mequetrefe iba a desafiarlo a un duelo. ¿Había confesado Violet? ¿La había visto alguien con él en la torre y había alertado a Godfrey de su posible indiscreción? Defendería el honor de Violet hasta la muerte.

—¿De qué se trata? —preguntó cuando Godfrey y él estuvieron a solas en medio del húmedo silencio de la carpa—. ¿Qué quiere de mí que es tan importante como para interrumpir una actuación?

—Iré derecho al grano.

—Hágalo, se lo ruego.

—Me temo que mi prometida no me encuentra tan atractivo como debería.

Kit cruzó los brazos. O los cruzaba, o agarraba a Godfrey del pescuezo.

—¿Y qué tiene eso que ver conmigo?

—Quiero entrenarme más intensamente. Me gustaría manejar el florete con más audacia y más brío, para poder cautivarla igual que usted, en la fiesta que lord Charnwood va a dar en su casa de campo.

—¿Yo la he cautivado? ¿Ésas fueron sus palabras?

—Es lo que dijo el periódico sobre usted, Fenton.

Kit se pasó las manos por la cara.

—Se supone que la esgrima es un arte y un deporte. Las actuaciones son la desafortunada consecuencia de eso que se conoce como «buscarse las habichuelas».

—Estoy dispuesto a compensarle por su tiempo.

—Sólo quedan tres semanas para la fiesta de lord Charnwood. No sé qué espera.

—Sólo confío en poder emularlo durante unas horas, Fenton. Sin duda puede usted ayudarme. No fui un niño muy fuerte. Sé que para un hombre de su talento es difícil de entender. Mis hermanos me hicieron la vida imposible hasta el día en que me fui de casa.

—Por el amor de Dios, sir Godfrey, ¿acaso tengo pinta de confesor? Todo el mundo tiene que superar algún que otro obstáculo.

Godfrey tragó saliva.

—Aunque la fuerza que tome prestada de usted resulte ser un espejismo, mejoraré por el solo hecho de haber estudiado bajo su guía.

—No puedo prometerle nada —dijo Kit sin inflexión en la voz.

—Me doy cuenta de ello. ¿Podemos empezar mañana por la tarde?

Kit rechinó los dientes. Odiaba la debilidad de carácter que le impedía rehusarse a cualquier petición de ayuda.

—Está bien, está bien. Mi espada puede comprarse por un precio, ya sirva como institutriz o como guardaespaldas.

Su decisión no mejoró su humor. De hecho, éste fue empeorando de hora en hora, hasta que, cuando llegó el momento de regresar a la academia, no tenía ánimos para nada que no fuera para una buena pelea. Había accedido a entrenar a su rival para cautivar a la mujer a la que debía renunciar. Había dado su palabra a Violet y a Godfrey. ¿Qué clase de persona hacía promesas imposibles de cumplir? Estaba terriblemente furioso y excitado.

Para colmo de males, sus estudiantes se presentaron en masa, dando por supuesto que respetaría la tradición de descorchar unas cuantas botellas para celebrar el éxito de la jornada. Pero Kit no había ganado nada ese día.

Aun así, se negó a ahogar sus penas en alcohol. En su estado de ánimo, si tomaba una primera copa, tal vez no pudiera parar. Aconsejaba a sus alumnos que ejercitaran la autodisciplina, y eso haría él, aunque lo matara.

Esa noche, practicó con sus estudiantes en el salón hasta medianoche. Criticó su torpeza en el juego de pies, sus acometidas demasiado largas, la forma en que desprotegían sus hombros. Les puso a hacer ejercicios con espadas escocesas. Los agotó a todos por turnos hasta que el único que quedó con energías para enfrentarse a él fue Pierce Carroll.

Pierce aceptó el reto como si lo esperara desde el principio.

—No eres perfecto —dijo Kit cuando cruzaron sus aceros—. Pero eres muy bueno. ¿Por qué no estudias para obtener el diploma?

—¿Para qué?

—Por prestigio.

—Al diablo el prestigio. Estudiar lleva demasiado tiempo. Ya puedo ganar dinero con la espada. ¿Por qué no le robas tú la mujer que deseas a Godfrey?

Kit le arrancó la espada de una estocada y la lanzó lejos de una patada.

—No vuelvas a decir nada parecido.

Pierce levantó las manos en señal de rendición.

—Perdona. No sabía que era algo más que simple pasión. Ahora lo entiendo. Es algo personal. No volveré a hablar de ella. Mil perdones.

Kit colgó su espada de la pared y guardó silencio mientras Pierce recogía su arma y su levita y salía del salón sin decir palabra.

Algo más que pasión.

Era demasiado obvio para ocultarlo.

Demasiado doloroso para ignorarlo.

Era amor, y dolía, una estocada directa al corazón.

¿Cómo era posible que la sonrisa de una mujer lo dejara indefenso, después de las pruebas a las que había sobrevivido? ¿Cómo podía ser que el solo hecho de besarla lo redujera de nuevo a la pobreza?

Estaba solo, y únicamente la compañía de Violet podía consolarlo.

Estaba hambriento, y no podía saciar sus ansias de ella de ningún modo aceptable.

Lady Ashfield se había quedado dormida cuando el carruaje llegó a casa. Violet la despertó suavemente y contempló cómo Godfrey y Twyford la acompañaban escalinata arriba. Su tía se negaba a usar bastón, y Violet se preguntó cómo era posible que un instrumento que los señores consideraban un arma fuera síntoma de debilidad en manos de una mujer anciana.

Presa de la preocupación, no se fijó en la niña que esperaba entre el carro de un vendedor de ostras y la farola hasta que se acercó a ella.

Era una niña muy guapa, y Violet pensó al principio que la conocía de algo. Sus grandes ojos azules agitaron un recuerdo en su memoria. Pero últimamente pensaba tanto en el pasado...

—¿La señorita Knowlton? —preguntó la pequeña, tendiéndole la mano.

Violet miró hacia abajo. La niña sostenía un papel doblado en su mano enguantada.

—¿Qué es esto? —preguntó en voz baja.

—Es de mi madre, señorita. Quiere saber si la ha perdonado usted. Le gustaría invitarla a nuestra casa el martes próximo, a las tres de la tarde. Se llama Winifred Higgins.

—¿Winifred? —Violet escrutó la cara de la pequeña y reconoció en su rostro travieso un vestigio del vívido encanto de su antigua institutriz—. ¿Está bien? ¿Y tú...? ¿Tú eres su hija?

La niña asintió solemnemente. Parecía mucho mayor de lo que era. Santo cielo, no podía tener diez años, según los cálculos de Violet. Claro que Winifred también había parecido siempre muy madura para su edad. Su aspecto de mujer había engañado a tía Francesca.

Aun así, Violet no le guardaba ningún rencor por su negligencia. Si Winifred hubiera actuado como una institutriz diligente, ella no habría podido salir de casa, ni tener amigos. Winifred era entonces muy joven, y muy vulnerable a la soledad. ¿Había vivido en Londres todo aquel tiempo, criando sola a su hija? No debía de haber sido fácil. Pero ¿quién le había dicho que ella estaba allí? Enseguida pensó en Kit. ¿Habrían mantenido el contacto?

—¿Cómo te llamas? —preguntó, mordiéndose el labio.

—Elsie, señorita. —La niña miró hacia atrás, y Violet advirtió entonces que en la esquina había una mujer cubierta con un manto—. Mi madre quiere reparar lo que hizo —añadió apresuradamente—. Me ha dicho que le diga que nuestro barrio no es de los mejores, y que no debe ir sola.

Violet asintió con la cabeza. Un extraño hormigueo de emoción recorría sus venas.

—Claro.

—Pero que, cuando esté en nuestra casa, estará a salvo.

Qué extraña posdata, pensó Violet, y antes de que pudiera hacerle otra pregunta sobre la invitación, la niña dio media vuelta y corrió hacia la mujer que esperaba su regreso. Violet levantó la vista en el instante en que Godfrey salía de la casa.

Su prometido miró calle abajo, meneando la cabeza.

—Esas pedigüeñas nunca desperdician una oportunidad. Espero que no le hayas dado nada. Eso sólo las anima a seguir.

Violet salió de su ensimismamiento.

—No. Ni un penique.

—Los malditos mendigos son una lacra. Ojalá me despertara una mañana y hubieran desaparecido todos.

Violet lo miró. Tenía en la punta de la lengua decirle que tal vez una mañana ella también se habría ido.

—Deja que te acompañe dentro —dijo él bruscamente—. Estos próximos días no vendré a verte tan a menudo. Ya sabes, entrenamiento intensivo para la fiesta.

—¿Entrenamiento?

—Con la espada —repuso con un asomo de impaciencia—. ¿Dónde tienes la cabeza hoy, Violet? ¿En la boda, quizás?

Escondió la carta bajo su chal y le dio la mano, reacia a confesar que su boda era lo último que se le pasaba por la cabeza. Estaba impaciente por leer la invitación de Winifred. ¿Qué pensaría tía Francesca si se enteraba de que la desvergonzada institutriz a la que había despedido quería reconciliarse con ella? ¿O había algo más en todo aquello? Todavía no estaba convencida de que la marquesa no hubiera hecho de casamentera esa tarde en el pabellón, jugando al mismo tiempo con ella y con Kit.

Una dama como era debido echaría la invitación al fuego sin abrirla y daría la espalda a la tentación. No abriría la puerta a errores pretéritos, ni confiaría en que sus amigos estuvieran allí para salvarla.

Capítulo 17

Kit estaba en casa, leyendo uno de los tratados de esgrima de su padre cuando Kenneth le llevó la invitación. Enseguida sospechó que Winnie se traía algo entre manos. Nunca antes le había mandado una carta formal, y mucho menos escrita en papel perfumado. Iba a visitarla a su casa de vez en cuando, y a veces se encontraban por casualidad en el mercado, pero no había vuelto a verla desde el día posterior al baile benéfico.

El martes por la tarde, a las tres menos cuarto, subió las escaleras de las habitaciones de Winifred. La puerta no estaba cerrada con llave. Una nota sujeta a la aldaba con una cinta azul verdosa instaba a entrar a quien fuera de visita.

A quien fuera de visita.

Aquello confirmó su sospecha de que no iba a ser el único invitado a tomar el té.

En el velador, otra nota explicaba que Winifred había tenido que salir a atender un recado inesperado. ¿Tendrían sus invitados la amabilidad de servirse una copa de brandy y una porción de bizcocho de limón en su ausencia? Kit se quitó la larga levita gris y la dejó en el perchero junto con su bastón y sus guantes.

—¿Hay alguien aquí? —preguntó alzando la voz en medio del misterioso silencio, y reparó en que las sillas y el sofá estaban despejados, sin la habitual colección de cestas llenas de ropa que remendar.

El corazón le latía con violencia en las costillas. Las cortinas de seda rosa estaban echadas y apenas dejaban pasar una rendija de luz. Detrás de la rejilla, del fuego de carbón emanaba un resplandor reconfortante.

Kit oyó el martilleo de los cascos de un caballo y el ruido de las ruedas de un carruaje al detenerse fuera. Resistió el impulso de acercarse a la ventana. Se acercó a la puerta y escuchó el eco de unos escarpines de mujer en la escalera. Oyó pasos más firmes de fondo. La dama no venía sola.

¿Y si no era Violet? Pero tenía que ser ella.

¿Cómo la había convencido Winifred de que viniera? ¿Sabía ella que él estaba aguardando con la esperanza de verla? Pensaría que había tomado parte en aquella treta. Ya lo había acusado erróneamente de conspirar con la marquesa para llevarla al pabellón. Hoy, sin embargo, no podría afirmar que era del todo inocente. No estaba dispuesto a dejarla marchar otra vez.

Violet tocó una sola vez a la puerta. Twyford se había quedado al pie de la escalera, allá abajo. Violet ignoraba qué podía hacer un hombre mayor y desarmado para protegerla en caso de que hubiera problemas, pero él había insistido en acompañarla y ella se había sentido más segura con él que sola. No sabía que Twyford sospechaba que se trataba de algo más que una visita a una costurera, como le había dicho Violet, pero pensara lo que pensase, se lo había callado. Violet sabía que no la delataría ahora, del mismo modo que no la había delatado en el pasado.

Levantó la aldaba y la dejó caer. Cuando se abrió la puerta, se halló mirando la cara de Kit. No debería haberse sorprendido, pero verlo siempre la turbaba. Olvidó su resolución. Olvidó que no debían volver a verse.

Él sacudió la cabeza como si negara que estuviera esperándola. Estaba recién afeitado y se había peinado hacia atrás, sujetándose el pelo detrás de las orejas. Llevaba una corbata de hilo blanco y una camisa aún más blanca que lucía la impronta de un planchado reciente. Violet sintió que se deshacía. Pensar que Kit se planchaba él mismo las camisas, o que, con sus modestos ingresos, pagaba a un criado para que se las planchara...

—Te aseguro —dijo él con voz aterciopelada— que esto no es cosa mía. Reconozco que tenía esperanzas de que... Pero no deberías estar aquí. No hay nadie más dentro. Winifred no ha llegado aún. No sé cuándo llegará, ni si piensa volver.

Violet notó la garganta seca. Miró a Twyford y le hizo un gesto afirmativo con la cabeza para que regresara al carruaje.

—No deberías estar aquí —repitió Kit, pero Violet advirtió que se hacía a un lado como si confiara en que no le hiciera caso, y ella no se lo hizo.

Aquello era una locura. Ninguno de los dos había planeado una cita. La sola idea la aturdía.

Una cita... Winifred sería su cómplice como lo había sido en el pasado. Sólo que ahora ella se conocía mejor a sí misma. Sabía lo que se arriesgaba a perder... y no quería volver a perder a Kit.

—O te vas —dijo él, como si ella tuviera intención de hacerlo— o entras antes de que te vean. Decidas lo que decidas, no puedes quedarte en el pasillo.

Kit pensó de pronto que sólo había visto un atisbo de sorpresa en el rostro de Violet al abrir la puerta. Retrocedió para que ella cruzara el umbral y echó el cerrojo en cuanto estuvo dentro.

—Winnie no está —repitió, pero se detuvo cuando ella meneó la cabeza y rompió a reír—. Sé que no vas a creerme, pero... nos ha tendido una trampa.

—¿Sin ayuda por tu parte?

—Puede que me haya leído el pensamiento. Mentiría si dijera que no tenía la esperanza de que vinieras. ¿Necesitas ayuda para quitarte esos guantes, o es que no piensas quedarte?

Ella le tendió obedientemente las manos.

—Por favor. Es sólo la segunda vez que me encuentro en una situación comprometedora. ¿Y tú?

Kit negó con la cabeza mientras desabrochaba hábilmente los botones de su codo.

—Ahora tengo que dar ejemplo. Podría ser un monje, para la cantidad de aventuras que tengo.

Violet se rió de nuevo, no muy convencida, pensó Kit.

—Es la verdad —insistió, quitándole los largos guantes blancos—. Hace mucho tiempo que perdí la atracción por los placeres ilícitos. Pero... nunca la he perdido por ti.

—¿Por qué no te has casado? Serías un marido y un padre excelente.

—¿Quieres saber la verdad?

—Sabes que a mí puedes contármelo todo.

—Sí —repuso con una sonrisa pensativa—. Ése es el problema. Las mujeres que se sienten atraídas por mí suelen pertenecer a una de dos categorías. A unas les vuelve locas la idea de tener un defensor e intentan provocarme para que me pelee con todos los hombres que las han ofendido. Las otras están empeñadas en hacerme abandonar la espada y sentar cabeza.

Violet lo miró a los ojos. Por más que se esforzara, no concebía que una mujer quisiera cambiar a Kit.

—Alguna habrá que te quiera tal y como eres.

—Sí. —Se encogió de hombros—. Pero yo también tendría que quererla. Y tendría que sentir que puedo confiar en ella. En diez años, sólo he encontrado a una mujer que encaje en esa descripción, y está prometida con otro.

—No quiero casarme con él —dijo Violet de repente, fijando los ojos en los suyos—. ¿Te escandaliza que lo reconozca?

Kit escrutó su cara.

—A un hospiciano nada lo escandaliza.

—A mi tía sí le escandalizaría, Kit. Cree que ha encontrado el defensor ideal en Godfrey, y no puedo decirle lo contrario. Ha sido tan buena conmigo... Y es lo único que me ha pedido. Pero no quiero casarme con él. Tú estableciste los términos de nuestra relación. ¿Por qué no me das también tu coraje? Me vendría bien.

Él miró sus guantes, símbolo del desafío al que se enfrentaba. Ya lo había aceptado, en nombre de Violet. Sencillamente, quería oírselo decir a la cara.

—Si puedo ayudarte de algún modo, tienes que pedírmelo. No puedo sobrepasar mis límites sin tu permiso.

—No debería haberte pedido que te portaras bien. No va contigo. Al menos, cuando estamos a solas. Compórtate como el conquistador que eres en realidad —le quitó los guantes de las manos y los arrojó a sus pies—. Ahí lo tienes. Ése es el reto.

Kit bajó la mirada. Pasó luego por encima de los guantes y la estrechó entre sus brazos.

—Como es a mí a quien han retado, tengo derecho a escoger las armas.

—¿Quién lo dice?

Él sonrió lentamente.

—El código del duelista.

—Muy bien. —Apoyó la cabeza sobre su hombro y se dejó envolver por su fortaleza protectora—. Hoy no lleva usted su espada, señor Fenton.

—No me ha parecido apropiado traerla para tomar el té. Pero tengo otras armas, te lo aseguro —respondió, y levantó la mano para desabrochar el broche de su pelliza, que recogió antes de que cayera al suelo—. Igual que tú —añadió con una mirada provocativa—. Pero he notado que no has traído tu abanico. ¿Significa eso que no vas a poner coto a mis acercamientos?

—Kit...

Él dejó la pelliza sobre una silla, a su espalda.

—También tengo el privilegio —continuó, inclinando la cabeza hacia ella— de fijar el lugar y la hora del duelo.

Ella dejó escapar una risa, casi sin aliento.

—Siempre te inventabas las normas sobre la marcha. En beneficio propio, si no recuerdo mal.

—¿Estás segura —preguntó, sus labios a escasos centímetros de los de ella— de que quieres volver a quebrantar las normas conmigo?

—Dime la hora —susurró ella.

—Ésta.

—Y el lugar.

Sus labios se tocaron.

—En el dormitorio, pero todavía no.

Violet bajó los ojos.

—¿Cuándo?

—Después de que te haya desvestido y besado hasta que estés tan desfallecida que no puedas oponer resistencia.

—Pero...

Se rozó contra ella. Violet se tambaleó, y Kit alargó rápidamente la mano para rodear su talle.

—Espera —ordenó.

—¿Cuándo será eso? —susurró, arrimándose a él.

—No puedo predecir el momento exacto —murmuró mientras su mano derecha desabrochaba los botones de la espalda de su vestido—. Este duelo es muy distinto a los que suelo librar. Además, un maestro sabe cómo prolongar el momento.

Violet entreabrió los labios. Kit no sólo sabía cómo prolongar el momento; también sabía cuándo aprovecharlo. La apretó contra sí y la besó, hasta que ella se agarró a su cuello con una mano y resbaló a medias por su cuerpo. La deseaba tanto que podría haberse postrado de rodillas. Sin decir nada, la levantó en brazos y la llevó al dormitorio.

Depositó a Violet sobre la recia cama de hierro. Luego, capa a capa, fue desabrochando las mangas del vestido y su ropa interior, hasta que al fin sólo le quedó quitarle la peineta que sujetaba su pelo. Sus pechos, blancos y pesados, se alzaron cuando respiró hondo, llena de nerviosismo. Kit sonrió para tranquilizarla, a pesar de que distaba mucho de estar tranquilo. El cuerpo desnudo de Violet enardecía su sangre.

Violet lo había despojado de su autodisciplina sin siquiera intentarlo. La quería para él. Quería poseerla allí, sobre el colchón desigual, antes de que otro pudiera arrebatársela de nuevo.

Seguía siendo el ser más bello que había visto nunca. Aún estaría dispuesto a atravesar a gatas túneles a oscuras para estar con ella. Lucharía por ella. Había sido su luz una vez, y haría cualquier cosa para demostrarle que era digno de ella. Violet le estaba ofreciendo el regalo definitivo: ella misma.

Se inclinó sobre ella mientras se desataba con cuidado la corbata. Dejó vagar sus ojos desde su boca carnosa al delta de sus muslos. Su delicada vulnerabilidad agitó su instinto animal, la necesidad de aparearse, de hacerla suya. Deslizó los dedos desde su boca deliciosa hasta la curva de su hombro y acarició la parte de debajo de sus pechos. Se le aceleró el corazón al ver que sus pezones se oscurecían, reaccionando a su contacto. Bajó la cabeza para lamer sus puntas hinchadas.

Violet dejó escapar un gemido y se arqueó, pegándose a su boca. Él le puso una mano sobre el vientre para que se estuviera quieta y con la otra se desabrochó la camisa. Violet cerró los ojos, jadeante. Kit dejó que su mano se posara sobre el hueco entre sus piernas. Separó con los dedos sus pliegues mojados y, al deslizarlos dentro de su sexo, sintió su ardor palpitante. Ella sofocó un gemido.

Se estremeció y abrió los ojos, en cuyo fondo ardía una sensualidad recién revelada. Cuando Kit introdujo otro dedo dentro de ella, su miembro se engrosó más aún y lo sintió palpitar hasta los dientes.

—Conquístame —dijo Violet, acercando la mano a su cara—. Sé mi campeón.

—Una dama no debe casarse con un chico que se crió en la miseria, por más que logre ascender. Nunca seré respetable.

—No seré de ningún otro, sólo tuya.

Kit tardó un momento en reaccionar. Luego, perdió el control. Se tumbó en la cama y se arrancó precipitadamente la corbata, el chaleco y la camisa. Habría sido maravilloso quitarse también los pantalones, pero se resistió a hacerlo. El deseo de hundirse en su carne cálida era demasiado fuerte. Violet gimió cuando la cubrió con su cuerpo y, llevada por su instinto, lo agarró de los hombros.

El instinto... Kit se dejó arrastrar por él cuando volvió a tumbarla suavemente sobre la cama. Sus pechos se irguieron y ella sonrió, levantando una rodilla como si en ella fuera natural aquel gesto de seducción. Kit nunca había estado tan excitado, ansiaba poseerla y temía al mismo tiempo estallar tan pronto la penetrara.

Aun así, esperó, sabedor de que, para conquistarla por completo, debía prolongar aquel instante. Acarició lentamente sus pezones.

—No te muevas.

—No sé si podré —susurró ella.

Kit respiró hondo y, haciendo caso omiso de la tensión insoportable que atenazaba su cuerpo, besó su boca, la piel cremosa de su cuello, sus pezones erectos. Besó su vientre y más abajo, separando con la lengua sus labios dulces y chupando luego suavemente el delicado botoncillo que se erguía entre ellos.

Instinto...

Destino...

No habían sido únicamente una niña solitaria y un chico de origen bastardo. Habían sido amigos y enemigos, aliados y antagonistas, atraídos siempre el uno por el otro. Kit era un romántico: no creía en la pasión sin amor.

Capítulo 18

Se sentía impúdica. Se sentía liberada. Y tuvo miedo, hasta que la voz honda de Kit la tranquilizó. No era ya el Kit al que había conocido antaño, y sin embargo todo en él le resultaba familiar. La fuerza endiablada de aquellas manos. Su boca seductora. Sí, aquello se había convertido en un duelo entre los dos, y era peligroso. Pero también era otra cosa: era una danza íntima camino del paraíso.

La lengua de Kit se hundía profundamente, con firmeza, allí donde se agolpaban sus ansias y donde nunca antes la habían tocado. El placer era tan puro que Violet no sintió vergüenza alguna. Kit la obligó con las manos a separar más aún las piernas. Quedó desvalida, expuesta, indefensa, incapaz de escapar a la felicidad que hallaba en él.

—Qué dulce —le pareció que murmuraba él, pero, con la cara escondida entre sus muslos, su voz sonó sofocada.

Violet arqueó la espalda. Le suplicó en silencio que se apiadara de ella. Se tapó la boca con la muñeca para no gritar. Las sensaciones que Kit desataba en su interior se volvieron tan intensas que creyó que no podría soportarlas. Luchó contra ellas. Durante un instante aterrador creyó que se le había parado el corazón, y una neblina negra invadió su cabeza. La lengua de Kit se hundió más adentro, cada vez más aprisa. Chupó su botoncillo.

Violet se retorció en una queja final o una rendición, quizás ambas cosas a la vez. Luego se hizo añicos y se entregó al placer sublime que recorrió su sangre e inundó su vientre.

Abrumada, abrió los ojos en el instante en que él se apartaba para quitarse los pantalones y luego volvía a tumbarse sobre ella, apoyando los brazos a ambos lados de sus hombros.

—Preciosa... —dijo con voz ronca y seductora—. Quiero devorar cada centímetro de tu cuerpo.

Ella miró fijamente su cuerpo desnudo y se sintió indefensa contra su virilidad. Era delgado y ágil, y sus músculos tensos definían sus hombros y su torso.

Sonrió.

—¿Te gusta verme desnudo?

Violet se sonrojó.

—No estaba haciendo tal cosa.

—Claro que sí. No pasa nada. A mí también me gusta mirarte.

—Tienes una lengua perversa.

—¿No te ha gustado lo que te he hecho? —preguntó—. ¿De qué te avergüenzas?

—¿La gente habla de estas cosas?

Kit la besó suavemente en la boca.

—No tengo ni idea de qué habla la gente en la cama. Me contento con poder ser yo mismo cuando estoy contigo.

Quizás estuviera aún aturdida cuando la besó, con el olor de su propio deseo en la boca, pero ni siquiera el acto íntimo que acababa de ejecutar la preparó para el deseo frenético que se apoderó de ella cuando su verga oprimió la delicada hendidura de su sexo.

—Podría hundirme dentro de ti y no salir nunca —dijo Kit, hechizándola con la mirada—. Podría romper esta maldita cama... —Se interrumpió y dejó escapar un gruñido gutural—. Pero voy a hacer lo correcto, aunque me mate hacerlo.

No supo de dónde sacó fuerzas para detenerse a tiempo. Tal vez fuera por la confianza llena de candor que vio en los ojos de Violet. O tal vez por el recuerdo del día en que la llevó a casa, enferma, y del horror de su tío al darse cuenta de que su sobrina se había hecho amiga de un chico del asilo. Aún oía en el recuerdo los gritos histéricos de su tía desde el interior de la casa.

¿Qué le ha hecho?

Quería creer que no era solamente la mala conciencia lo que le impedía seguir. Prefería pensar que su dominio de sí mismo procedía del código de honor que había estudiado y enseñaba.

Fuera cual fuese el motivo, halló fuerzas para apartarse de la irresistible calidez de su sexo. Su verga se erguía, enhiesta como un atizador. Sentía un impulso primitivo y frenético, y sin embargo sabía lo que debía hacer si quería que Violet fuera suya. No su amante secreta, sino suya para siempre.

Se apartó de la cama y guardó silencio hasta que consiguió dominarse por completo. Quería que fuera su esposa. No iba a deshonrarla. Si alguna vez la poseía, sería en su noche de bodas.

—No puedo seguir, me importas demasiado —dijo por fin. Lanzó una mirada anhelante a su cuerpo tentador, tendido aún en la cama, antes de recoger su ropa del suelo—. Quiero que te vayas a casa.

—Yo no te habría detenido —susurró Violet—. Te quiero, Kit. Quería demostrarte lo que siento.

Él cerró los ojos. La confesión de Violet minó de pronto su determinación de hacer lo correcto.

—Quiero hacer las cosas bien. Me prometí a mí mismo en Monk's Huntley que no te arrastraría conmigo al arroyo.

—Ya no estás en el arroyo.

Abrió los ojos y lanzó otra mirada furtiva a su desaliñada belleza. Violet desvelada.

—Por favor —dijo—. Me tientas tanto que no puedo soportarlo. La esgrima me ha dado dominio sobre mi cuerpo, pero no me ha hecho capaz de resistirme a ti.

—¿Qué vas a hacer ahora? —susurró ella, incorporándose lentamente.

Kit se puso la camisa y la ayudó a vestirse, consciente del tictac del reloj de la sala. Cuando ella hubo acabado de vestirse y de peinarse, la cogió de la mano y la condujo a la puerta. Violet se abrazó a él.

—Contéstame, Kit. ¿Qué vas a hacer?

—En esgrima tenemos un término para referirse a ello.

La miró fijamente, con celoso anhelo.

Violet ignoraba cuánto le estaba costando dejarla marchar, pero se juró a sí mismo que sería la última vez.

—Es «cambio de enganche».

Los ojos de Violet se dilataron.

—¿Vas a hablar con Godfrey?

—Uno de los dos ha de hacerlo.

—Tú eres su héroe, Kit.

Arrugó el ceño.

—No por mucho tiempo.

—Godfrey es quien menos debe preocuparnos. Mi tía no podrá soportar otro golpe. Lo único que ha querido siempre es mi felicidad.

Kit tomó su cara entre las manos y la besó con ternura.

—Entonces tendré que demostrarle mi valía. ¿Te avergonzaría ser mi esposa?

—Nunca me he avergonzado de ti. Y no puedo seguir viviendo sin ti. Voy a decírselo en cuanto llegue a casa. Sé que podré hacérselo entender. Desde que murió mi tío, ya no es tan severa.

—Entonces yo me ocuparé del resto.

Capítulo 19

Godfrey había tomado un simón esa mañana para ir a la tienda, convencido de que iba a llover. Siguió su rutina de siempre, encerrándose en su despacho para echar un vistazo a la caja fuerte antes de pasar revista al atuendo de los empleados. Pasó otras tres horas revisando las cuentas. Descubrió que le habían cobrado de más en la última remesa de cinta plateada. La venta de bastones de paseo, no obstante, había superado sus expectativas. Su vínculo con la academia de esgrima estaba dando réditos en más de un sentido.

Poco después de mediodía entró en la tienda cuando un caballero se estaba quejando del precio exorbitante de un tenedor para pescado que le había enseñado un dependiente. Compuso una sonrisa y se acercó al mostrador, pero en ese instante vio que otro hombre cruzaba la puerta. Era el señor Pierce Carroll, presuntamente el mejor alumno de Fenton, aunque nadie en la academia le tuviera demasiada simpatía.

Por envidia, suponía Godfrey. A él tampoco le era simpático. Intuía que era de ésos que pagaban las facturas en el último momento, cuando las pagaban. Manejaba mejor la espada que los demás alumnos. Se desentendía de las reglas cuando le convenía, y se sentía atraído por las pelanduscas que perseguían a Fenton en las actuaciones. A su modo de ver, su presencia en la academia era de mal tono.

—¿Qué puedo hacer por usted, señor Carroll? —preguntó en su tono más profesional—. ¿Desea comprar algo?

Pierce paseó la mirada por la tienda. Era un joven atractivo, vestía bien, pero Godfrey no habría querido toparse con él después del anochecer. A decir verdad, sin embargo, parecía impresionado por la atmósfera aireada y luminosa de la tienda.

—Pasaba por aquí, camino de la academia, en realidad, y se me ha ocurrido echar un vistazo a los relojes. Perdí el mío anoche.

—Qué mala pata —repuso Godfrey, haciendo una seña al dependiente.

Pierce sonrió y se apoyó en un mostrador.

—En una pelea. Un duelo a espada.

Godfrey se quedó helado.

—¿En un duelo de verdad? No puede ser.

—Me temo que sí.

—A Fenton no va a hacerle ninguna gracia.

Pierce frunció los labios.

—Fenton no sabe lo que ha pasado. No se lo he dicho aún.

Godfrey lo miró de arriba abajo.

—Ganó usted, supongo.

—Naturalmente. —Pasó por su lado, rozándolo, para ver el reloj con caja de carey que el dependiente había puesto sobre el mostrador. Lo examinó y sacudió la cabeza—. Tendré que volver cuando no tenga tanta prisa. Debo entrenar una o dos horas en el salón. Tengo el hombro un poco agarrotado, después de lo de anoche. No hay nada peor que tener agujetas en un brazo y no ponerle remedio.

Godfrey arrugó el ceño. Le daba en la nariz que Pierce no había tenido intención de comprar nada desde el principio. Seguramente sólo había entrado para jactarse.

—Yo tengo clase a las cinco.

—El maestro ha colgado una nota avisando de que iba a estar fuera casi todo el día.

—Pero pagué la clase por adelantado. ¿Adónde ha ido? Nunca falta a una clase, y esta semana es especialmente importante para mí.

Pierce encogió sus estrechos hombros. Tenía maneras de matón, pensó Godfrey distraídamente. Seguramente le gustaría el bastón de paseo francés que escondía una petaca en la empuñadura de ébano.

—Confío en que no tenga nada que ver con su duelo de anoche. Los alardes son aceptables hasta cierto punto. Pero un caballero nunca busca el derramamiento de sangre.

Al menos, eso era lo que Fenton enseñaba a sus pupilos. Sería terriblemente embarazoso para él que lo asociaran con un instructor de esgrima que violaba las leyes.

—No creo que Fenton esté enzarzado en un combate de esgrima en estos momentos —dijo Pierce, señalando con la cabeza hacia la puerta—. Creo que se trata de un asunto personal. Debería practicar conmigo. Fenton le pone las cosas demasiado fáciles.

Godfrey dio un paso adelante. Una pareja bien vestida se había apeado de un carruaje.

—Si Fenton no está en el salón, creo que me quedaré aquí el resto de la tarde. Quiero lecciones del maestro, no simplemente practicar.

—Como quiera. —Se levantó un poco el sombrero—. ¿Dónde está hoy su encantadora prometida, si no le importa que se lo pregunte? La última vez que desapareció, también se perdió de vista nuestro ilustre maestro de esgrima.

—¿Desaparecer? ¿De qué demonios está hablando?

—En la fiesta de Wenderfield. Estaba preocupado porque Violet había desaparecido, ¿no se acuerda?

Godfrey dio un respingo. ¡El muy sinvergüenza...! ¿Quién se creía que era? ¿Debía informar a Fenton de su desfachatez? Pero ¿había, en realidad, algo sustancial de lo que informar? Fenton despreciaba a los alumnos que le iban con cuentos, como niños pequeños.

Fenton y Violet... Violet había estado en el pabellón con la marquesa durante la fiesta campestre. Godfrey las había visto juntas con sus propios ojos.

¿Insinuaba Pierce que Violet y Fenton estaban teniendo una aventura en aquel mismo momento? Imposible. Ridículo. Y sin embargo él mismo había percibido cierta tensión entre su novia y el profesor de esgrima.

—Señor Carroll, no es asunto suyo ni de nadie dónde pasa mi prometida su tiempo —contestó con frialdad.

Pierce sonrió con amabilidad, incluso arrepentido.

—Tiene usted razón, señor. Mis más sinceras disculpas. Es asunto de ella, no mío.

El bueno de Twyford no le había dicho ni una palabra durante el trayecto de regreso a Mayfair. No la había mirado con reproche, únicamente con su preocupación de siempre. Violet no dudaba de que mentiría para protegerla. La devoción que sentía por ella no mermaba ni un ápice su lealtad hacia Francesca, pero había sido el mayordomo de la casa desde que ella era un bebé, y pensara lo que pensara la gente, se tenían un profundo cariño. Violet no quería que se metiera en un lío con tía Francesca a causa de Kit. Lo que había sucedido ese día no era culpa de Twyford. Había ido por propia voluntad a las habitaciones de Winifred.

Había ido sabiendo que Kit estaría allí. Sí, le habría gustado ver a Winifred, asegurarle que no le guardaba ningún rencor, pero era Kit quien la había impulsado a ir, Kit a quien necesitaba y quien había aceptado su desafío. Pero ¿era ese desafío tan fácil para él como aparentaba?

Se bañó en agua caliente con olor a rosas, preparándose para hablar con su tía, pero no le sirvió de nada. Ignoraba cómo confesarle la verdad. Sólo sabía que, después de lo sucedido, jamás pertenecería a otro hombre, y el temor por su reputación no era nada comparado con su pasión por Kit.

Pero si el escándalo salpicaba a tía Francesca, o si Kit acudía a su tía con la verdad, las consecuencias serían inimaginables. Violet tenía que hacerle entender la situación a su tía. Francesca había consagrado su vida a protegerla.

¡Qué ingrata le parecería cuando le dijera que no podía casarse con el hombre al que había elegido como su protector! Necesitaba que en su vida hubiera pasión y alegría. Godfrey se preocupaba demasiado por las cosas más insignificantes. Ella ansiaba tener hijos, con sus molestias y sus inconvenientes. Pero sobre todo anhelaba un amor construido sobre la amistad y un hombre lo bastante fuerte para desafiar los límites que le imponía el mundo y salir victorioso.

Un hombre que conociera su corazón.

Se vistió despacio y atravesó el pasillo, hasta el salón de arriba. Vio con sorpresa que un hombre alto, con barba, estaba sentado junto a Francesca cerca de la ventana.

—No sabía que teníamos visita —dijo, dudando en la puerta.

El caballero se levantó de su silla.

—¿La señorita Knowlton?

Violet reparó en los frascos que había en la mesita del té, en el corte elegante de su levita, en el timbre ceremonioso de su voz.

—Soy el médico del marqués de Sedgecroft —añadió el desconocido—. Quisiera hablar con usted en privado.

Violet volvió a mirar a su tía, que parecía plácidamente adormecida.

—¿Qué ocurre? —preguntó cuando el médico y ella se miraron frente a frente, en el pasillo.

—Estoy convencido de que la enfermedad de su tía procede de una angina de pecho.

—¿De dónde?

—De qué, querrá usted decir. Mis colegas médicos sospechan desde hace algún tiempo que la excitabilidad nerviosa puede causar trastornos.

—¿Qué trastorno es el de mí tía?

—Se trata de su corazón.

—¿Va a...?

—No lo creo. Todo depende del estado de las válvulas. Conviene, en todo caso, que esté tranquila cuando sienta algún malestar. Que beba té con pipermín antes de las comidas. Avíseme si se pone pálida o se siente débil en algún momento. Puede tomar láudano si tiene dolores, y las gotas de dedalera que le he recetado.

—Entonces, ¿no puede salir de casa?

—Santo cielo, claro que puede. Debe hacerlo. El ejercicio ligero es muy beneficioso. Lo que levanta el ánimo sana el corazón. Ahora está descansando.

Violet lo siguió hasta lo alto de las escaleras.

—Íbamos a asistir a una fiesta de varios días en una casa de campo.

El médico asintió con un gesto.

—Que se diviertan.

—Pero su corazón... ¿Puedo hacer algo más?

El médico miró al mayordomo que aguardaba en el vestíbulo.

—Sí. Puede mantenerla bien abrigada cuando haga frío e impedirle tomar alimentos demasiado salados. Sobre todo, no ha de hacer de esto un drama. Muéstrese alegre, por el bien de su tía y por el suyo propio.

—Gracias —dijo Violet con un suspiro mientras el médico bajaba las escaleras.

¡Y pensar que había sido tan feliz en brazos de Kit apenas unas horas antes! Jamás se lo habría perdonado, si a su tía le hubiera pasado algo en su ausencia. Pero, por el mismo motivo, no podía seguir engañándola. Ahora tendría que esperar a que surgiera la ocasión propicia. ¿Encontraría las palabras precisas para convencer a Francesca de que aceptara a Kit? ¿Para persuadirla de que el hombre al que había elegido era mejor que el que había escogido ella?

Capítulo 20

Cambio de enganche.

Aquella batalla no la ganaría con la espada. Necesitaría una suerte endiablada para salir airoso de aquella empresa.

Tal vez acabara batiéndose en duelo si Godfrey no liberaba a Violet de su compromiso matrimonial.

Estuvo mirando por la ventana hasta ver que Twyford acompañaba a Violet al carruaje. Unos minutos después, tomó un simón para ir a sus habitaciones, donde se cambió de ropa. De allí fue a Bond Street, donde tenía su despacho un abogado que le había recomendado uno sus clientes, el duque de Gravenhurst, por si alguna vez necesitaba consejo jurídico. Llevó consigo la carta sellada que, a modo de tarjeta de presentación, le había dado el duque, al que hacía años que conocía y había entrenado personalmente en el manejo de la espada.

La sala de espera estaba llena a rebosar de hombres y mujeres de distinta condición. Cuando por fin le hicieron pasar al despacho del señor Thurber, Kit tenía ya ensayado un discurso para presentarse.

—He dado clases de esgrima a su excelencia tanto aquí, en Londres, como en su residencia de Dartmoor, señor. Me llamo...

—Fenton. Sí, sí. El mismísimo Fenton. El duque lo tiene a usted en gran estima. Espero que no esté aquí porque haya matado a alguien.

Kit se rió y extrajo la carta de su bolsillo. El abogado la cogió y, sin leerla, la metió en una carpeta que parecía estar llena de cartas semejantes.

—El duque me dio a entender que su carta me daba derecho a consejo legal y quizá también a un pequeño favor.

—De pequeño, nada, señor Fenton —contestó el abogado, hundiéndose de nuevo en su sillón—. Una misiva sellada como la suya equivale prácticamente a darle carta blanca por parte de su excelencia. ¿Qué es lo que se le ofrece? No parece estar en situación desesperada, claro que las apariencias engañan.

Kit se deslizó hacia delante en su silla y sostuvo el bastón entre las rodillas.

—Estoy bastante desesperado.

—¿Ha matado a un aristócrata en un duelo?

—No.

—¿Lo han sorprendido en flagrante adulterio con la esposa de un hombre importante?

—Desde luego que no.

—¿Acreedores?

—Ninguno.

—¿Entonces?

—Estoy locamente enamorado de una señorita que se halla prometida en matrimonio a otro hombre. Quisiera conseguir una licencia para casarme con ella lo antes que sea posible según la ley.

—¿La señorita en cuestión se halla en situación apremiante?

—En mi opinión, sí. Ambos lo estamos.

—Me refería a si está encinta de usted.

Kit se quedó callado un momento. De no ser porque esa tarde se había refrenado en el último instante, tal vez no habría podido responder a aquella pregunta.

—No.

El abogado se quedó mirándolo desde el otro lado de la mesa. Kit tuvo la sensación de que su consulta no le causaba la menor sorpresa. Claro que, siendo el abogado del escandaloso duque de Granvehurst, posiblemente estaba muy versado en tales controversias.

—Por favor, dele su nombre y su dirección a mi pasante antes de marcharse, señor Fenton. Y también los de la dama, si es tan amable.

El bastón de Kit se inclinó hacia delante. Lo agarró antes de que golpeara la mesa.

—¿Eso es todo lo que se necesita?

—Sí, a no ser que el prometido de la señorita presente una demanda. Si se retira sin poner objeciones, no habrá más que hablar. Si no, apelaré a su bondad y, si eso no funciona, apelaré a su bolsillo.

—¿Y sus honorarios?

—Los cubre su excelencia el duque.

Kit se levantó, meneando la cabeza.

—No sé cómo agradecérselo. A los dos.

—En el caso del duque, cuanto menos se mencione su nombre, tanto mejor. Prefiere que los favores que hace se mantengan en privado.

—Le doy mi palabra de honor de que así será, señor.

—Confío, entonces, en que esa dama y usted sean felices juntos. Recibirá la licencia especial en su domicilio dentro de pocos días.

—Gracias, señor Thurber. Y dele las gracias a su excelencia de mi parte.

El abogado hizo un gesto afirmativo.

—Y, por favor, que no lea yo en el periódico que su compromiso ha sido seguido por un duelo.

Era tarde cuando Kit regresó a casa para lavarse y vestirse. A esas horas, no podía presentarse en casa de Violet para anunciar sus intenciones. Y sus intenciones consistían en hacer de ella su esposa antes de actuar en la fiesta campestre, a lo cual ya se había comprometido. No se le ocurría ninguna manera fácil de decirle a Godfrey que iba a robarle a su novia. Godfrey tendría que encajar el golpe como un hombre. Podía pedirle una satisfacción, pero conociéndolo, Kit veía más probable que exigiera que le devolviera el dinero de su suscripción a la escuela de esgrima.

La tía de Violet era otro cantar. La idea de enfrentarse a ella lo aterrorizaba. Era improbable que lady Ashfield lo desafiara a un duelo, pero al menos a ella podía acercarse con la conciencia relativamente tranquila.

Había dejado intacta la virtud de Violet, y aunque su cuerpo lo lamentara dolorosamente, había hecho bien al resistirse a desflorarla esa tarde. Había hablado en serio al decirle que se habían acabado los encuentros clandestinos y las separaciones.

Esa noche fue a la escuela. Había faltado a varias clases ese día y, estando tan cerca la fiesta en la casa de Ambrose, no podía permitirse perder un tiempo que necesitaba para entrenamientos de última hora.

Casi todas las noches, algún alumno o exalumno se pasaba por la escuela, agarraba uno de los floretes que había en la pared y luchaba con un adversario al que podía conocer o no, hasta que lograba ahuyentar a los demonios que lo habían impulsado a ir ese día al salón. Algunos dejaban dinero en la mesa de la entrada, como señal del éxito que habían alcanzado en la vida o de respeto al maestro.

Algunos se apropiaban de lo que hubiera por allí: una capa olvidada, una buena espada, una pinta a medio beber. La regla era llevarse únicamente lo que se necesitara y devolverlo cuando fuera posible.

Había más devoluciones que robos.

La mayoría de las noches, al menos un espadachín se pasaba por allí y acababa pasando la noche en la pensión de Kit. Algunos se habían metido en un lío en casa y necesitaban consejo. Otros no tenían casa. Y otros sólo buscaban problemas.

Kit oyó risas procedentes de su vestidor privado.

Sintió un olor a perfume de mujer en el aire, no un perfume barato, sino la lujosa fragancia de una dama de Mayfair. Apestaba a pasión explícita. Pasó de largo junto a la escalerilla que llevaba a la galería y vio un manto de mujer abandonado sobre una silla.

Supo de inmediato que no se trataba de Violet. Se habría puesto furioso si hubiera ido a aquel barrio de Londres a esas horas sin una buena razón. Abrió de un empujón la puerta del vestidor, donde un quinqué ardía suavemente.

Su boca se adelgazó, llena de fastidio. Sus ojos tardaron unos segundos en acostumbrarse a la penumbra e identificar a la figura medio desnuda sentada a horcajadas sobre el joven que, con las piernas abiertas, ocupaba el sillón orejero.

A pesar de que sólo pudo distinguir su espalda desnuda y su cabello rojo y suelto, comprendió que la había visto antes.

Era una norma estricta de la escuela que las señoras, ya fueran alumnas o visitantes, debían ir acompañadas en todo momento. Si llegaba una actriz con intención de prepararse para un papel, lo hacía a la luz del día y se reía de las habladurías a que podían dar lugar tales actividades.

La mujer se volvió girando la cintura y se cubrió los pechos con la mano.

—¿Señor Fenton? —susurró.

Se quedó mirándola. Había reconocido aquella voz empalagosa. No era cualquier dama de Mayfair: era la vizcondesa Bennett.

—¿Dónde se había metido? —preguntó ella con petulancia—. Se ha perdido varias clases. Mi sirviente lleva horas vigilando el salón.

—Entonces podrá llevarla de vuelta con su marido. —Entró en la angosta habitación, poseído por una furia fría al reconocer al hombre arrellanado en su sillón—. Debí imaginar que estaría metido en esto.

Pierce levantó la vista mientras se abrochaba tranquilamente la camisa y los pantalones.

—Me he tomado la libertad de sustituirlo. He pensado que no le importaría. Los otros alumnos necesitaban ejercitarse. Y lady Bennett tenía otras necesidades.

Kit permaneció inmóvil mientras ella se acercaba, atándose los lazos del vestido.

—¿Qué hace usted aquí?

Lady Bennett sacudió la cabeza. La respuesta era obvia.

—Éste es su negocio. Dígame el precio.

Kit soltó una risa cargada de incredulidad.

—¿Cree que soy un fulano al que puede comprar?

Ella se subió lentamente las mangas.

—Los dos sabemos que no es un hombre rico. Y yo lo deseo.

—Jamás he mostrado el más mínimo interés en usted. ¿Por qué desea a un plebeyo que la desdeña?

—Christopher Fenton no es un plebeyo corriente —repuso ella—. Es capaz de ahuyentar a un hombre con su espada y al mismo tiempo hacer gozar a una mujer.

Kit se apoyó contra la puerta.

—Es lo más ridículo que he oído nunca.

—Dicen también que es un maestro en más de un sentido.

Un coche pasó traqueteando por la calle. Kit empezaba a perder la paciencia. Sería mala suerte que un grupo de sus alumnos más jóvenes entrara de pronto en el salón y sorprendiera lo que fácilmente podía confundirse con un *ménage à trois*.

—¿A qué clase de mujer desea? —preguntó lady Bennett con la mirada fija aún en su cara.

Kit pensó de inmediato en Violet, y su cuerpo reaccionó automáticamente.

—¿Qué clase de mujer tienta a un hombre consagrado a su arte? —insistió ella, levantando la mano.

Kit la agarró de la muñeca antes de que pudiera tocar su cinturón.

—Dado que se interesa usted por mi arte, permítame explicarle una regla básica de la esgrima. Un hombre jamás deja desguarnecida su espada o cualquier otra parte de su cuerpo.

Lady Bennett pareció satisfecha de haber provocado en él al menos aquella reacción física.

—Estaré esperando si cambia de opinión. Podría convertirle en un hombre muy rico y satisfecho.

Kit soltó su mano y miró más allá de ella, al hombre que seguía sentado, inmóvil, en el sillón.

—Acompáñela a la puerta —dijo en tono cortante—. Y no vuelva a traer aquí a una mujer.

Pierce se echó a reír.

—No la he traído yo. Era a usted a quien quería. Yo sólo le he hecho compañía por educación.

Un momento después, Pierce regresó al salón. Kit estaba de pie frente a la escalera que llevaba a la galería de esgrima.

—¿Por qué no hay más estudiantes aquí? —preguntó de sopetón, cayendo de pronto en la cuenta de que sus habitaciones también estaban vacías cuando había regresado a casa—. ¿Adónde han ido todos?

—Seguramente habrán ido a casa de Wilton, señor. Anoche tuvimos un pequeño altercado frente a su club. Kenneth y Tilly tuvieron que llevarlo a casa de su madre. Intentamos avisarlo, señor, pero nadie sabía dónde estaba.

Kit no pudo ocultar su contrariedad.

—¿No me diga que Wilton y usted se enzarzaron en una pelea?

—Respondimos a una afrenta, señor. Wilton necesitó los servicios de un cirujano, pero demostró gran valor frente a los hombres que nos ultrajaron. No querría usted que huyéramos como cobardes.

Kit lo miró con desprecio. Por un instante le pareció distinguir un destello de malicia en los ojos de Carroll. Aquel canalla tenía debilidad por la sangre. Un alumno así siempre traía problemas.

—No me interesa entrenar a caballeros que se sirven de su destreza como excusa para matar, a no ser que se trate de una cuestión de honor. Y sospecho que el honor no tuvo nada que ver con lo ocurrido anoche.

—Maestro —replicó Carroll con una sonrisa taimada—, ¿acaso el honor no depende del criterio de cada cual?

—Va a arruinar usted mi reputación —dijo Kit entre dientes—. Confío en que no muriera nadie como resultado de su imprudencia.

Pierce se llevó la mano al corazón con fingido pesar.

—Le doy mi palabra de que no volveré a levantar una espada estando colérico, como no sea en nombre del honor.

Capítulo 21

Violet y su tía estaban viendo figurines en el salón, a la mañana siguiente, cuando Twyford anunció que un caballero deseaba verlas. El recién llegado no había querido darle su tarjeta, pero por el brillo que advirtió en la mirada del mayordomo Violet dedujo que no se trataba de un desconocido.

—¿Un extraño? —preguntó tía Francesca, que parecía muy recuperada después de una buena noche de descanso.

Era impensable que Twyford dejara entrar en la casa a un personaje tan notorio, a un maestro de esgrima con el historial de Kit. No se atrevería a molestar a la baronesa con semejante temeridad. Claro que Twyford se había ido volviendo cada vez más osado con la edad. El día anterior, sin ir más lejos, la había escoltado a una cita clandestina.

Violet se había aprovechado incontables veces del cariño del mayordomo. Se levantó de su silla y se dirigió a la puerta, pasando por encima del figurín que había resbalado de su regazo. Bajó la mirada hacia la ilustración, un vestido de novia que había estado admirando. Lo había roto con el tacón del zapato. Aquello le recordó que sólo había comprado un par de largos guantes blancos para su ajuar. Aquella compra solitaria revelaba su escaso entusiasmo. ¿Cómo iba a poder mirar a la cara a Godfrey otra vez?

—Violet —dijo su tía, preocupada—, ¿se puede saber qué te pasa hoy?

—Yo...

Sacudió la cabeza.

—¿Tienes algo que decirme?

—Sí, pero... No sé por dónde empezar.

—Pues entonces...

—Señora —dijo Twyford desde el pasillo.

—¿Quién es, Twyford? —preguntó su tía, desconcertada.

—El caballero prefiere que su identidad sea una sorpresa.

La baronesa dudó. Miró de nuevo a Violet con expresión pensativa y finalmente se encogió de hombros.

—Más vale que no hagas entrar a un calavera en esta casa, Twyford, o te pondré en la calle y acabarás pidiendo limosna.

—Como quiera la señora —repuso el mayordomo, y un momento después hizo pasar al salón al anónimo caballero.

Violet miró en silencio al hombre que se acercó a ella y se inclinó antes de que pudiera ver claramente su cara. Era fornido, vestía con excesiva opulencia y era demasiado moreno para que pudiera confundírsele con Kit. Pero cuando se incorporó, se convirtió de pronto en alguien familiar. En un amigo. Contuvo la respiración.

Uno de sus queridos amigos. No era Kit, pero verlo le causó casi la misma alegría. Sonrió, encantada, y gritó intempestivamente:

—¡Eldie! ¡Ah, Eldie! ¡Fíjate! Estás tan distinguido, tan guapo y... Ven, acércate. No tenía ni idea de que fueras tú. ¿Por qué no me has avisado de que ibas a venir? ¿Por qué no has contestado a mis tres últimas cartas?

—¿Eldie? —dijo su tía con perplejidad.

El recién llegado se acercó a la ventana y la luz brilló en sus gafas de montura plateada.

—¡Santo cielo, pero si eres tú, Eldbert Tomkinson! ¡Qué sorpresa tan agradable! Violet me ha dicho muchas veces que te has distinguido en la infantería. Me cuesta creer que hace apenas diez años veía a tu padre enseñarte a cabalgar por el corral.

Eldbert se puso colorado como si aquello lo avergonzara mortalmente. Violet se preguntó qué tal habría soportado los rigores del ejército británico.

—El recuerdo de nuestra pasada amistad en Monk's Huntley me sirvió de sostén más de una noche oscura.

—Qué maravilla, Eldbert —dijo la baronesa, mirando a Twyford, que permanecía más allá de la puerta, como si allí no pudieran verlo—. Té y tarta de fresas, Twyford. Y trae también un poco de oporto para nuestro invitado. ¿Has vuelto a Monk's Huntley, Eldbert? ¿Ha cambiado mucho desde que nos marchamos?

Eldbert levantó sus anchos hombros. Tenía un porte tan imponente que a Violet le dieron ganas de ponerse a bailar de alegría por el salón. Su aparición tenía que ser un buen augurio.

—Está como siempre, lady Ashfield. De hecho, confiaba en que estuviéramos todos de vuelta para reunirnos en Navidad.

—¿En Navidad?

Violet no había pensado en el futuro, más allá de su boda a fines del verano, una boda que ya no tendría lugar. Recordó su vieja casa, habitada por el espíritu de su difunto tío y por el recuerdo de días que nunca volverían. ¿Estarían juntos Kit y ella la próxima Navidad? ¿Lo comprendería su tía? ¿Permitiría que Kit entrara en sus vidas? ¿Cómo iba a elegir? Los amaba a ambos profundamente.

—Eldbert...

Sacudió la cabeza, refrenándose para no abrazarlo.

No tenía ganas de sentarse a tomar el té con él, de comportarse como si el pasado no existiera, cloqueando con la cola tiesa como palomas en el parque. Pero quizás Eldbert fingiera ignorar su historia oculta. ¡Qué horrible era pensar que se avergonzara de sus travesuras en compañía de Kit! ¿Podía haberlas olvidado? Ahora era un oficial del ejército, había luchado en la guerra.

La rápida sonrisa que le lanzó cuando tía Francesca se giró para coger su manta y taparse las piernas parecía indicar que se acordaba. Y que Violet y él todavía tenían secretos que compartir. Ella meneó la cabeza.

—¡Qué alegría volver a verte!

Él levantó una ceja.

—¿Eso es todo?

—Te he echado de menos. Echaba de menos tu inteligencia y tu instinto para sacarme de apuros —susurró ella.

—Pues yo —repuso él, carraspeando— echaba de menos que me metieras en líos, pero me alegra decir que no he vuelto a hacer un pacto de sangre.

Violet hizo una mueca al recordarlo.

—Yo tampoco. Pero fueron buenos tiempos.

—Tiempos estupendos.

—Es de mala educación murmurar, Violet —la amonestó su tía mientras hacía señas a Eldbert de que tomara asiento—. Sentaos los dos. ¿Tu padre vive todavía, Eldbert?

Se acercó a ella, precedido por Violet.

—Sí, y se encuentra bien, gracias. Pero lord Ashfield, señora, yo...

—Murió hace casi dos años.

—Lo lamento mucho. No lo sabía. He estado fuera tanto tiempo...

—¿Cómo ibas a saberlo? He obligado a Violet a visitar todos los lugares que conocí en mi juventud. Hemos viajado sin descanso desde que dejamos Monk's Huntley.

Llegó el té y Violet se sentó, intentando dominar su impaciencia, mientras su tía hacía a Eldbert innumerables preguntas acerca del pueblo. Era su modo, se dijo, de revivir recuerdos felices, y sus preguntas le parecieron perfectamente inofensivas hasta que, de pronto, le preguntó a Eldbert qué recordaba del cementerio que había más allá de su vieja casona.

Eldbert miró a Violet, que dejó lentamente su taza de té sobre la mesa.

—El cementerio viejo —dijo—. ¿Las ruinas, quiere decir?

—Me pregunto si sigue tan desolado como siempre —dijo Francesca—. O si la parroquia ha llevado a cabo su amenaza de arrasar las ruinas y erigir una escuela en su lugar.

—Nadie se atreverá a edificar ahí mientras persistan los rumores.

—¿Qué rumores?

—Siempre se ha dicho que había tesoros enterrados en las tumbas abandonadas. Esas tierras seguirán siendo saqueadas por los siglos de los siglos.

Francesca lo miró intrigada.

—¿A qué clase de tesoros te refieres?

—A los de un conde ermitaño que amasó una fortuna durante la Restauración y juró que se la llevaría a la tumba cuando muriera. Sus parientes saquearon las criptas, pero creo que se equivocaron de sitio al buscar, como pretendía el difunto.

Francesca parecía fascinada.

—¿Qué tipo de riquezas crees que podrían encontrarse?

—Si uno supiera dónde mirar —respondió Eldbert—, podría desenterrar varios cálices con incrustaciones de rubíes y bandejas de oro de época jacobina. La condesa poseía un cofre de joyas que, según se cuenta, desapareció al morir ella.

—¿Por qué enterraban esas riquezas con la familia? —inquirió Francesca, poniéndose alerta.

Violet miró fijamente a Eldbert, implorándole en silencio que parara antes de revelar algo que podía poner al descubierto sus fechorías de antaño. Se levantó a medias para servir más té, pero tía Francesca levantó la mano, prohibiéndole que les interrumpiera.

—La familia del conde sufrió el azote de la peste, como muchas de las personas enterradas impropiamente en ese cementerio —agregó Eldbert—. Había miedo al contagio.

Francesca lo miró con horror.

—¿Y jugabais allí? Me estremezco al pensar en lo que podría haberos pasado a los tres. Excavando en tumbas, madre mía.

—Yo nunca excavé en ninguna tumba —dijo Violet antes de que, inducido por su tía, Eldbert pudiera desvelar la existencia de Kit y de los túneles por los que transitaba.

Eldbert pestañeó detrás de sus gafas.

—Explorábamos —dijo con cautela—. Seguíamos los mapas que había hecho yo, que seguían el curso de los riachuelos...

—Y Violet dibujaba —añadió tía Francesca arrugando el ceño pensativa—. Hacía bocetos de vuestras aventuras, y había también otro chico más.

—Sería Ambrose —repuso Eldbert mientras Violet, temiendo su respuesta, contenía la respiración—. Su padre también ha fallecido, lady Ashfield, y él ha heredado.

—Estoy al tanto de ello —respondió Francesca con voz queda—. Pronto asistiremos a esa fiesta en su casa y tendré que hacer las paces con su madre.

Eldbert miró el plato de tarta de queso que se apresuró a ofrecerle Violet. Negó con la cabeza.

—Lo siento. No era mi intención hablar de tumbas y de aquellos a los que hemos perdido mientras tomábamos el té.

Francesca le dedicó una sonrisa comprensiva y de pronto se levantó de su silla. Violet y Eldbert se pusieron en pie y ambos le tendieron un brazo. Francesca se dignó darle la mano a Eldbert.

—Tampoco era mi intención. No pasa nada, Eldbert. Me alegra verte tan bien. Ahora, ¿por qué no salís al jardín mientras todavía brilla el sol? Quizás incluso me reúna con vosotros, si encuentro mi chal de entretiempo.

Violet dejó escapar un suspiro.

Un minuto después, más o menos, ella y Eldbert habían llegado al fondo del pequeño jardín donde, más allá del estanque, había un banco bajo pegado a la pared, sofocado por una fronda de guisantes de olor.

—A mi padre le desagradaba Ambrose cuando éramos pequeños —comentó Eldbert, que permaneció en pie mientras Violet se sentaba.

—A mí tía tampoco le caía bien. Era un niño muy resentido.

—Creo que tal vez lo sea de mayor —repuso Eldbert—. No estoy seguro de qué pasará en su fiesta. Odiaría pensar que está planeando vengarse.

—¿Vengarse por qué? —preguntó Violet, ceñuda.

—Por no hacerle caso. Siempre nos guardó rencor por no hacer lo que nos decía.

—Eso fue hace diez años.

—Bueno, no creo que haya cambiado tanto.

—¿Eso es lo que has venido a decirme?

—En parte sí.

—¿Qué más hay, entonces?

¿O quién?

La pregunta tácita quedó suspendida entre ellos.

Nada, ningún tesoro escondido, ninguna persona en el cielo o bajo él, ni Ambrose ni el fantasma del conde, podían suscitar en ellos la preocupación o la curiosidad que suscitaba Kit. Era una creación única y sin precedentes, que un cementerio abandonado había arrojado de sí para presentarla ante el mundo.

Era la razón por la que Eldbert y Violet habían cruzado otro jardín, y la razón de que estuvieran allí hoy. Era de lo único que hablaban antaño.

Su aparición en la iglesia los había unido. Su marcha había roto la pandilla.

—¿Qué más podría hacer Ambrose para herirnos, Eldbert? ¿Jactarse de su título? ¿Desfilar ante nosotros con sus pantalones nuevos?

Eldbert se sentó a su lado. Aquel aire abstraído que de niño lo había hecho parecer extraño le confería ahora dignidad.

—Tengo algo más que decirte. Supongo que sigue siendo aceptable que compartamos una confidencia.

Ella miró sus gafas.

—Eso siempre, Eldbert. Hasta el fin de los tiempos.

—Yo mismo lo descubrí el mes pasado, cuando estuve unos días de visita en Londres. Fue poco después de recibir la última carta que me habías mandado. Sé que esto va a ser una fuerte impresión para ti, Violet, pero Kit está aquí, en Londres, y se ha convertido en un hombre nuevo.

Violet se volvió, apartándose de él.

—¿Te acuerdas del capitán retirado que compró sus servicios en el palacio de los pobres? —preguntó Eldbert.

El «palacio de los pobres»... Hizo una mueca al recordar lo ingenua que había sido al creer aquel eufemismo.

—¿Te acuerdas —prosiguió su amigo— de que temíamos que vendiera a Kit a unos piratas o le hiciera un daño inenarrable?

Violet se quedó mirando la tela que una araña había tejido entre las ramas de los guisantes de olor, cuyos zarcillos se curvaban como signos de interrogación al sol. El hilo de la telaraña parecía frágil a la vista, demasiado delicado para soportar el menor daño.

—Sí, lo recuerdo —contestó—, pero...

—Violet —continuó Eldbert en tono apremiante—, visité su academia. Dirige una escuela de esgrima, y no vi mejor espadachín que él en los años que estuve en la guerra. No reparó en mi presencia, en medio de su multitud de admiradores, pero sé que, si me hubiera mirado, me habría reconocido. Lo único que se me pasó por la cabeza fue felicitarlo a voces por lo que había conseguido.

Violet giró la cabeza.

—¿No lo harías?

Eldbert se quedó callado, visiblemente sorprendido por su vehemencia, que no había sido capaz de ocultar.

—No. Antes de abrirme paso entre el gentío, me di cuenta de que airearlo podía suscitar preguntas a las que ninguno de los dos querría responder.

Violet puso las manos sobre las suyas.

—Entiendo.

—¿Sí? —Meneó la cabeza—. Me marché cuando acabó su exhibición, pero más tarde, esa misma noche, regresé a la escuela para ver si podía encontrarlo a solas. Había gente incluso a esa hora. Y ya no volví, Violet.

Ella se quedó mirando más allá de Eldbert, hacia la parte de atrás de la casa. ¿Qué era esa sombra en la ventana de su cuarto? ¿Había alguien en su habitación? Sintió una punzada de preocupación. ¿Había dejado la tarjeta de Kit donde pudiera verla Delphine? Se dijo que no, que la había puesto a buen recaudo, bajo la Biblia, en su mesilla de noche. A nadie se le ocurriría mirar allí.

—Tuve la sensación de que lo había traicionado —prosiguió Eldbert, mirando incómodo su mano—. Pero pensé en ti, y en lo que podía pasar si por casualidad te encontrabas con él antes de tu boda. ¿Cómo le explicarías a tu prometido tu amistad con Kit? No sabía si Kit te delataría.

—¿Ése es tu secreto?

—Sí. He pensado que debía venir a verte inmediatamente y ponerte sobre aviso, por si acaso coincidías con él sin estar advertida. —Le lanzó una sonrisa amarga—. Imagino que, teniendo en cuenta su fama con la espada, es muy posible que tu prometido y tú os encontréis con él.

—Sí, Eldbert —dijo con sencillez, asintiendo con la cabeza mientras se mordía el labio para refrenar una sonrisa.

—Violet —repuso su amigo en tono de sospecha—, te lo estás tomando muy bien. ¿Crees que he hecho una montaña de un grano de arena?

Ella rompió a sonreír sin poder refrenarse.

—¡Ah, Eldbert!

—Ya lo sabías —dijo, asombrado—. Me has dejado hablar por los codos, y lo sabías desde el principio.

Violet soltó su mano y levantó de nuevo la mirada hacia la casa. Los visillos de su cuarto no se movían. Quizás hubiera imaginado aquella sombra furtiva.

—Es una situación peligrosa —dijo, bajando instintivamente la voz—. No sé qué hacer. Kit y yo nos hemos visto. Estamos... enamorados.

Esperaba que Eldbert contuviera la respiración, escandalizado, que sacudiera la cabeza lleno de pesar o que le soltara un sermón, como habría hecho el pequeño Eldbert. Pero se limitó a arrugar el entrecejo. La sorpresa había abandonado ya su semblante, reemplazada por la preocupación.

—Una situación peligrosa, en efecto —dijo—. Entonces, mis temores no eran infundados.

—Mi tía no lo sabe aún, Eldbert, y temo lo que ocurrirá cuando le diga la verdad.

—Yo temo lo que vaya a pasar cuando Ambrose vuelva a juntarnos. Es muy posible que, estando los cuatro en la fiesta, salga a relucir que ya conocíamos a Kit. Una cosa te digo: pase lo que pase, estaré de tu parte y de la de Kit.

Francesca convenció a Delphine de que necesitaba tomar prestado el chal de Violet. Le dolía invadir la intimidad de su sobrina. Nunca lo había hecho, aunque de cuando en cuando hubiera sentido tentaciones. Por desgracia, había sido el miedo a que la descubriera y no el respeto lo que la había detenido.

Siempre había temido lo que podía descubrir si indagaba demasiado en la vida de Violet. Incluso ahora, se armó de valor al entrar en la habitación. Como si fuera ayer, vio a su hermana tumbada en la cama, inmóvil en medio de un vívido charco de sangre. Y la comadrona con un bebé en brazos. Una criatura viva, con carita de mono, engendrada en el pecado sin tener ninguna responsabilidad en ello.

Desde ese instante, Francesca había sentido que debía proteger a su sobrina de cualquier posible peligro que se hubiera puesto en marcha el día de su nacimiento.

Había manipulado el mundo de Violet para apartarla de los pecados que podían tentarla. Creía haberlo conseguido. Su sobrina estaba prometida en matrimonio con un caballero respetable, y ella podría asistir a su boda con el corazón alegre. Su instinto, sin embargo, le decía lo contrario. Se acercó con cautela a la ventana y observó a las dos personas sentadas en el jardín. Violet parecía animada, tan animada como durante aquel falso concurso de esgrima en el parque.

Pero ¿por qué la había hecho feliz aquel duelo?

¿Por qué no se había sentido desgraciada al comparar los aparatosos mandobles de Godfrey con las exquisitas estocadas de su adversario, sabiendo que iba a casarse con un patán con buena planta cuando había hermosos caballeros en el mundo? ¿De veras había convencido a Violet de que la respetabilidad era más importante que una boda por amor? Tal vez ni siquiera ella misma lo creía ya.

Podía morir tranquila, sabiendo que había cumplido con su deber al convencer a Violet de que había encontrado a un hombre digno de ella y capaz de protegerla.

Pero primero tenía que saber por qué tenía la sensación de conocer ya a aquel joven espadachín, o al menos a quién se parecía.

Y tenía que averiguar por qué aquel hombre había hecho que Violet pareciera tan feliz como en su infancia, tan feliz como cuando habían vivido en Monk's Huntley.

La respuesta apareció ante sus ojos nada más apartarse de la ventana. No tuvo que buscarla. Estaba sobre el escritorio de Violet, en un viejo boceto, encima de un pulcro montón de cartas de agradecimiento destinadas al correo.

Violet no era una gran artista, pero había logrado plasmar el rostro del muchacho en toda su juvenil arrogancia. Francesca alargó el brazo hacia el dibujo. Si lo hacía trizas, nada cambiaría. Violet era idéntica a su madre, Anne-Marie: se dejaba llevar por el romanticismo, olvidándose de todo lo pragmático. Nada de lo que había hecho ella había logrado sofocar el verdadero temperamento de su sobrina.

Nada había destruido su espíritu apasionado. Y, de pronto, inesperadamente, aquella certeza le produjo un inmenso alivio.

Capítulo 22

Ambrose, tercer vizconde Charnwood, examinó su cara afeitada en el espejo, en busca de algún asomo de la papada que había heredado junto con su título y su riqueza. Pese a que su esposa, Clarinda, le aseguraba que aún no mostraba signo alguno de aquel rasgo de familia, él veía la piel fofa que colgaba bajo su mentón. Clarinda no veía defecto alguno ni en sus escandalosos perros falderos ni en los dos hijos varones que le había proporcionado y abandonado luego al cuidado de su agotada institutriz.

Perros.

Niños revoltosos.

¿Cuál de ellos había dejado un charquito en los pantalones de cachemira que Ambrose había descubierto esa mañana bajo la cama? Se le humedecieron los ojos al sentir su aroma persistente. Temía que el orín hubiera traspasado el papel de la pared. ¿Cómo iba a debutar en un club oliendo a orinal? O, al menos, con aquel olor metido en la cabeza. Las criadas no lo habían fregado bien. Ambrose se acercó a la nariz un pañuelo perfumado.

Oyó a los niños, de seis y siete años, alborotando en la terraza del jardín, bajo su alcoba. Se acercó a la ventana. Cada cosa que descubrían sus hijos, ya fuera una ramita o un cuchillo de carne, se convertía en un arma. ¿Se había comportado él con tan agreste desenfreno de pequeño? Prefería creer que no. A él habían tenido que obligarlo por la fuerza a apartarse del buen camino.

Era absurdo intentar olvidar su infancia. Los recuerdos de Monk's

Huntley lo asaltaban en los momentos más inoportunos. Cuando hacía trampas a las cartas con los niños, por ejemplo, oía a Eldbert regañándolo. Y cuando enseñaba a sus hijos el modo correcto de empuñar una espada, oía a Kit resoplando, burlón, o lo veía estirando el brazo para corregir la posición de su pulgar sobre la empuñadura.

Su semblante se ensombreció, lleno de resentimiento. Todavía le escocían las críticas pasadas. ¡Qué desfachatez! ¡Un pordiosero corrigiendo a un Charnwood! ¡Un hospiciano tocando sus guantes limpios, cuando sabía Dios qué enfermedades, además del sarampión, portaba su persona! Quizá fuera cierto que la influencia de Kit le había procurado algunas ventajas años después. Su maestro de esgrima en el colegio había comentado dos veces que mostraba talento para la espada.

Lo cual no era cierto. Kit le había enseñado algunos trucos con el florete, y él había sido lo bastante listo para servirse de ellos y confundir así a sus rivales. En su opinión, sin embargo, una espada seguía siendo un instrumento para infligir una lenta tortura. Sus hijos, sin ir más lejos: cicatrices, rodillas ensangrentadas, un busto decapitado en el vestíbulo. Los niños debían aprender a disparar a pequeños animales en las partidas de caza y convertirse en buenos tiradores. Tanto bullicio, tanta práctica, ¿y para qué? ¿Para ganar puntos en un salón? La elegancia estaba pasada de moda.

—Los caballeros todavía admiran el arte de la esgrima —le había dicho Eldbert la última vez que se habían visto.

Era un insulto sutil, Ambrose lo sabía. Como si la experiencia militar de Eldbert lo hubiera convertido en un experto en cuestión de hombría, mientras él, Ambrose, se dedicaba a atender escrupulosamente los asuntos de sus fincas.

Sí, sí, sí. Valoraba a quienes habían luchado por Inglaterra, pero ¿cómo iba a seguir su país conquistando el mundo si no se respetaba a la aristocracia? Las normas no estaban hechas para quienes gobernaban. La aristocracia entendía la singularidad de las cosas, el doble rasero que los otros se veían obligados a obedecer. O se aceptaba el orden correcto de las cosas, o perecía la urbanidad.

A veces, temía que hasta su esposa, que aseguraba que por sus venas corría, muy diluida, sangre real, traicionara su abolengo. Era Clarinda quien había sugerido que celebraran la fiesta en su finca de Kent, en vez de en Monk's Huntley. Era ella quien, después de que él accediera, se había puesto a escudriñar las gacetas de sociedad en busca de sugerencias acerca de cómo organizar una fiesta inolvidable y quien había llegado a la conclusión de que el baile benéfico del marqués de Sedgecroft era el modelo al que debían aspirar.

Clarinda veía la fiesta como el comienzo de su ascenso entre la flor y nata, un asidero para aquellos dos diablillos a los que había traído al mundo. Ambrose, por su parte, la veía como un descenso hacia la bancarrota, pero no cabía duda de que era un mal necesario. Si un lord quería guardar las apariencias, estaba obligado a recibir invitados en su casa.

Al final, se había visto obligado a intervenir para poner coto a los preparativos.

—Una cosa es una fiesta en casa —había informado a su esposa tras acceder dócilmente a su petición de celebrar el acontecimiento—. Pero, querida, no hace falta que superemos en derroche al baile del marqués de Sedgecroft. Una función de teatro *amateur*, una orquestita para el baile y una de las cazas del tesoro de Eldbert, con eso será suficiente.

Una fiesta sólo podía tener un anfitrión. Y una banda sólo necesitaba un líder. Nunca, en todo aquel tiempo, había sabido quién lo había apartado del buen camino, si Kit o Violet. Prefería creer que había caído bajo la influencia de un joven delincuente. Le resultaba insoportable pensar que un lord inglés había permitido que una muchacha mandara sobre él, o que Kit se hubiera labrado un nombre y hubiera ascendido hasta muy alto.

—¡Ambrose! ¡Ambrose!

Suspiró y, al darse la vuelta, vio que su esposa cruzaba la puerta. Como siempre, verla le levantó el ánimo. Era perfecta, con sus rizos cortos y rubios, sus grandes ojos marrones y su atractiva redondez envuelta en un vestido de paseo de seda de color marfil.

—Aquí estás —dijo Clarinda, acercándose a la ventana antes de que su marido pudiera decir una palabra.

Claro que Ambrose se quedaba a menudo sin palabras en su presencia. Clarinda apoyó la cabeza sobre su hombro. Ambrose se refrenó para no decirle que iba a dejarle marcas de colorete en la chaqueta.

—Ambrose —dijo en una voz susurrante que disolvió al instante el enojo de su marido—, siempre finges que no quieres a los niños. Y aquí estás, mirándolos con orgullo.

—Es verdad, los quiero —contestó con un suspiro.

—No sabes cuánto me alegro.

Ambrose miró la ventana y levantó la mano izquierda para cerrar la persiana. Pero antes de que pudiera tapar la vista del jardín, vio que su hijo mayor empujaba al pequeño a una jardinera rebosante de geranios y hiedra. La institutriz cruzó la terraza como una flecha, con las faldas ondeando, dispuesta a intervenir. Ambrose miró con adusta compasión a su hijo pequeño, que se había puesto a llorar a voz en cuello.

Su mujer había deslizado la mano bajo su ropa, hasta su vientre desnudo. Sus músculos se contrajeron, expectantes. Sintió que su miembro se engrosaba. ¡Si la institutriz consiguiera que Parker dejara de berrear de aquel modo...! Si el chico pudiera valerse solo... Si se tomara la revancha, en lugar de permitir que Landon lo maltratara continuamente...

—Ambrose —susurró Clarinda, y agarrándolo por el faldón del chaleco lo llevó hacia la cama, donde procedió a descolocarle la ropa y cubrirlo de besos—, dame pasión —dijo, arrojando su chaqueta al suelo con el pie—, dame...

Ambrose se tumbó de lado, dispuesto a poner reparos, pero su mujer era obstinada y él ansiaba demasiado sus atenciones para arriesgarse a provocar una pelea. Pero sus hijos seguían riñendo y él no podía concentrarse en hacer el amor con aquel alboroto en el jardín. O Parker o la institutriz habían castigado a Landon, porque él también se había puesto a berrear.

—Los niños —dijo, jadeante, entre los profundos y ardientes besos de su mujer—. Ese ruido infernal tiene que parar.

Clarinda se desabrochó el vestido por los hombros y sus blancos pechos temblaron por encima del corsé. Ambrose se había desabrochado los pantalones y estaba bajándoselos hasta las rodillas.

—¿Soy tu amo y señor? —preguntó mansamente.

Clarinda arqueó la espalda y se levantó lentamente las faldas hasta las caderas. Abajo se hizo por fin el silencio.

—Lo eres, en efecto —dijo con voz jadeante, y se deslizó para acogerlo dentro de sí—. Dame una hija, Ambrose —añadió con frenesí.

Cuando se dirigía a él con aquella voz susurrante, se sentía capaz de satisfacer todos y cada uno de sus deseos.

Pero en el momento crucial de la cópula, cuando acababa de penetrar a Clarinda, un recuerdo se introdujo subrepticiamente en su cabeza. Lo vio tan claramente como si hubiera sucedido el día anterior. Vio a dos chicos batiéndose en duelo en un cementerio abandonado: un acto profano que no sólo era una falta de respeto hacia los muertos, sino también hacia la aristocracia de los vivos. Vio la espada de Kit relumbrando en el aire, y se acobardó, encogiéndose lleno de asombro y de resentimiento. ¿Cómo podía moverse tan deprisa un ser humano? Era un pecado contra la naturaleza.

—¡Ambrose! —El grito de Clarinda le llegó como desde el fondo de un túnel, como un eco de la impaciencia de Kit—. ¡Ambrose, presta atención! No se funda una dinastía soñando despierto.

Una dinastía. Soñar despierto. Una hija. Pensó de pronto que su esposa parecía una muñeca. Si no hablara...

Así pues, el pobretón creía haberse sobrepuesto a su pasado. Kit picaba muy alto. Ambrose podía arruinarlo con un solo comentario. Podía arruinar a Violet en vísperas de su boda con un don nadie. Podía vengarse de los dos por las humillaciones pasadas. ¿Qué le importaba a él un estúpido pacto secreto? Si quería, podía darles a todos una lección. Aquélla sería la fiesta más memorable jamás celebrada. Incluso rivalizaría en escándalo con las de la familia Boscastle.

Los planes para restaurar su honor entre sus rivales de la infancia lo alegraron enormemente, y volvió a concentrarse en su esposa con renovado vigor.

Capítulo 23

*E*l tiempo no pasaba lo bastante rápido para Violet. Hacía dos días que no veía a Kit y faltaba apenas una semana para la fiesta en casa de Ambrose. Godfrey no se había puesto en contacto con ella, y Violet temía lo que podía pasar cuando lo hiciera. Pero incluso si Kit no intervenía para impedir que se casara, estaba decidida a salvarse a sí misma. Había reunido el coraje necesario para afrontar un escándalo y durante el desayuno le había dicho a su tía que quería hablar con ella largo y tendido cuando acabaran de comer. Curiosamente, tía Francesca no había parecido sorprendida ni disgustada por su declaración.

Comprender la situación quizá no cambiara el punto de vista de su tía, pero al menos podía aliviar la tensión que había entre ellas. Y Violet, de paso, se quitaría de encima el peso de la culpa que le oprimía el corazón. Necesitaba poner fin a aquella farsa.

Su tía estaba tomando un té en el saloncito de abajo cuando ella entró. Se miraron con confianza y nerviosismo la una a la otra. Violet vio el papel de dibujo que Francesca tenía en la mano y comprendió que había llegado el momento de la verdad.

Reconoció sus trazos de aficionada, recordó el día en que había intentado plasmar a Kit en papel. Él se había negado a quedarse quieto el tiempo suficiente para que hiciera un dibujo decente, y ella le había regañado por cooperar tan poco. Pero había hecho todo lo que había podido. Y, a juzgar por la expresión de su tía, lo había retratado bastante bien.

—¿Quieres hablarme de él, Violet?

—Sí. Lo estoy deseando.

—¿Cómo ha podido pasar esto?

—Nunca ha sido mi intención hacerte sufrir.

—Todos estos años... —dijo Francesca—. Todo lo que hice para impedir que siguieras los pasos de tu madre, no sirvió para nada.

—¿Qué fue lo que hizo mi madre que tanto miedo tienes por mí? —preguntó Violet con voz pastosa—. ¿Qué maldición he heredado que el tío Henry y tú dejabais de hablar cada vez que yo entraba en la habitación? ¿Era acaso mi madre un monstruo? ¿Cometió un pecado tan espantoso que me lo transmitió cuando nací?

—No puedes condenarme por los sacrificios que he hecho. ¿Quién es este chico del dibujo, Violet? ¿Qué significa para ti?

Godfrey había seleccionado media docena de cajas de rapé para exhibirlas en la fiesta en casa de los Charnwood. Violet detestaba que tomara rapé, y a él mismo le desagradaba notar la nariz mocosa, pero había numerosos aristócratas que coleccionaban cajas y no podía perder la ocasión de impresionar a posibles clientes.

Deseó tomar una pizca de algo más fuerte que rapé cuando entró sin que lo invitaran en la casa de lady Ashfield en Londres. Se preguntaba cómo iban a recibirlo. Había llamado a la puerta, pero nadie había salido a abrir. Había estado muy atareado en la tienda toda la semana, y hacía días que ni siquiera le enviaba un recado a Violet. Tampoco ella se había puesto en contacto con él.

Había arrumbado a un rincón de su mente la odiosa insinuación de Pierce Carroll, pero ahora afloró de nuevo, enfureciéndolo. ¿Cómo se atrevía aquel calavera a insinuar que Violet era otra cosa que la señorita virtuosa a la que había elegido para que fuera su esposa?

Había calado a Pierce desde el principio: aquel tipo no era trigo limpio. Así pensaba decírselo en cuanto volvieran a verse en el salón. Saltaba a la vista que Pierce buscaba causar problemas, sabía Dios por qué razón.

Se avergonzaba de sí mismo por haber prestado oídos a tales bobadas y... ¿Dónde estaba Twyford? ¿Y por qué no estaba cerrada con llave la puerta principal?

Se dirigió resueltamente hacia el salón, reconociendo las voces que se oían dentro. Era la primera vez que visitaba por sorpresa a Violet, y le pareció una grosería imperdonable presentarse sin avisar.

Se dijo que Fenton haría una entrada teatral y se le ocurrió que tal vez debiera emular su arrojo. Pero la casa estaba extrañamente silenciosa, y cuando llegó al salón se detuvo a escuchar los retazos de conversación que llegaban de dentro antes de entrar.

—Toda mi vida he tenido miedo de disgustarte —dijo Violet con más aplomo del que sentía.

—Hace mucho tiempo que quería hablarte de tu madre —repuso Francesca—. En vida, tu tío no quería ni oír pronunciar su nombre en casa. Henry la aborrecía, a pesar de que te adoraba y de que te aceptó como si fueras hija suya.

Violet acercó su silla a la de su tía.

—No llores, tía Francesca. El médico dijo que no debes alterarte.

—Necesito llorar. Toda mujer necesita darse una buena llantina de vez en cuando. —Se enjugó las mejillas con el pañuelo que había sacado de su puño de encaje—. Eres igual que Anne-Marie.

—¿Por qué dices eso? —preguntó Violet, deslizando la mirada hacia el retrato de Kit.

—Has heredado su obstinación, ese temperamento que conduce a una joven a la desgracia y el desamor. Debí imaginar que sólo estaba retrasando lo inevitable.

Violet apartó la mirada.

—Mi madre murió al darme a luz. Eso es así, ¿verdad?

—Sí, pero...

—Y mi padre sufrió tanto que me culpó a mí de su muerte y se marchó a la guerra. Después de perderla, no le importaba morir. Quería estar con su esposa. Eso fue lo que me dijiste cuando era pequeña.

Se había creído aquella historia y se la había contado a sí misma cada vez que pensaba en su madre.

La mala conciencia crispó el rostro de Francesca.

—Soy demasiado vieja para molestarme en contar mentiras. Poco importa que mi intención haya sido siempre protegerte. Te estoy obligando a casarte con un hombre detestable.

—Tú no me has obligado.

—Tu madre amaba tanto a tu padre que por él estuvo dispuesta a desafiar a nuestros padres y a la misma decencia —agregó Francesca con el semblante nublado por el dolor—. Lo amaba, pero él no la amaba a ella.

—¿No la amaba? —preguntó, sacudiendo la cabeza—. ¿Estás segura?

—Más que segura —contestó Francesca con una sonrisa amarga—. Era cualquier cosa menos un hombre honorable. Cuando lord Lambeth se enteró de que tu madre estaba encinta, no sólo negó que hubieran tenido una aventura, sino que pagó a otros tres hombres para que juraran que habían mantenido relaciones con ella.

—¡Qué canalla!

—Tu tío quiso retarlo en duelo, pero, por ti, no convenía que hubiera un escándalo.

—Pero ¿cómo...? —dijo Violet, incrédula—. ¿Cómo pudo ocultar su relación? Me dijiste que había cortejado a mi madre.

—En secreto, Violet, y yo fui su cómplice. Estaba prometido con otra mujer, pero ni Anne-Marie ni yo lo sabíamos. Nos engañó a las dos.

—¿Qué hizo mi madre? —preguntó Violet lentamente.

—¿Qué podía hacer? Mis padres la mandaron a casa de una prima mayor para que pasara allí el embarazo. Yo también fui, para que pareciera que habíamos ido juntas a cuidar de una pariente enferma. Mientras Anne-Marie engordaba, nuestra prima hizo los preparativos necesarios para buscarte otro hogar.

Violet la miró sin cuestionarla, con absoluta aceptación. ¿Lo había sospechado siempre? No podía ser.

—Podría haber sido una expósita —dijo.

—Tenías familia —repuso Francesca—. Yo era unos años mayor que Anne-Marie y no pensaba permitir que te entregaran a nadie. El barón estaba cortejándome por aquel entonces. Me casé con él dos meses antes de que nacieras y accedió a que te adoptáramos.

Violet exhaló un suspiro.

—Siempre he sabido que pasaba algo raro conmigo. Y ahora sé qué era. No me extraña que os preocuparais tanto por mí. No soy una dama. Soy una mentira, una bastarda.

—No hace falta que parezcas tan aliviada, Violet —dijo Francesca, riendo a pesar de sus lágrimas.

—Es que es un alivio. Ya no tengo que fingir que soy el colmo de la perfección femenina.

Su tía sorbió por la nariz.

—Eso suena de muy mal agüero. No creas que esto significa que puedes entregarte a una vida de desenfreno.

—No soy una dama —dijo Violet, pensativa, y en sus labios se dibujó una sonrisa—. Mi vida podría haber empezado en un orfanato. Podría haber acabado siendo una fulana.

—¡Violet!

Se mordió el labio.

—No te disgustes, por favor. Lo siento, no hablaba en serio. Pero... no me siento avergonzada. Mi pobre madre... ¡Cuánto debió de pesarle que naciera!

—Nada de eso. Te quería y hasta el día de su muerte le preocupó que tuvieras que cargar con el peso de sus pecados.

—Mi sitio no está entre la nobleza.

Francesca la miró arrugando el ceño.

—Nadie tiene que saberlo. Tu tío hizo falsificar varios documentos para certificar que tu madre estuvo casada con un caballero que en realidad nunca existió. Pagó un buen soborno para que te inscribieran con tu nombre en el registro al nacer.

Violet levantó la cabeza.

—Debiste decírmelo hace mucho tiempo.

—Debió decírmelo a mí —tronó una voz de hombre desde el otro lado de la habitación.

Sir Godfrey abrió de golpe la puerta, hecho una furia.

—Es la clase de secreto que un caballero ha de conocer antes de casarse con una mujerzuela.

—¡Cómo se atreve! —exclamó Francesca, luchando por levantarse de la silla.

Violet se puso en pie y la rodeó con el brazo para impedir que se moviera.

—No te levantes, tía Francesca. No quiero que te alteres.

—¿Y yo? —preguntó Godfrey con aspereza—. ¿Es que a nadie le importa que me hayan engañado?

—No especialmente —replicó Francesca al volver a sentarse.

Godfrey se acercó a Violet con la cara crispada por una mueca de desprecio.

—Debí imaginarlo la noche que te vi bailando en la fiesta. Eres una casquivana nata.

Violet levantó el mentón.

—Si vuelves a decir algo así, te pegaré. Lo digo en serio, Godfrey. Soy apasionada por naturaleza, y si me pinchas lo suficiente... En fin, más te vale no saber de lo que soy capaz.

Godfrey dio un paso atrás.

—Yo... yo creía que iba a casarme con una dama de verdad. ¿Qué voy a decir cuando me pregunten por qué he roto nuestro compromiso?

—No lo sé, Godfrey. —Sintió un asomo de piedad por él—. Pero conviene que lo averigües cuanto antes.

Él agarró su bastón de paseo.

—¡Y pensar que me gasté un dineral en flores para impresionarte!

—Las flores me impresionaron, Godfrey. Fue tu mezquindad lo que me repugnó.

Godfrey dio media vuelta y se dirigió a la puerta, donde aguardaba Twyford con las cejas arqueadas en una expresión de desdén.

—¿Se va el señor?

—Y a toda prisa.

—Godfrey...

Miró a Violet con ira.

—¿Qué?

—Ten. —Sacó del jarrón el ramillete medio marchito que había enviado a su tía y lo metió en el bolsillo de su chaqueta—. Llévate lo que vale tu dinero.

Godfrey se marchó.

—Eso ha sido muy malvado por tu parte, Violet —dijo su tía en medio del silencio que siguió a la destemplada salida de Godfrey—. Ojalá se me hubiera ocurrido a mí.

Capítulo 24

*E*ran las once de la noche. Los clientes de la taberna de la esquina se habían reunido frente al salón de esgrima para asistir a una actuación gratuita. En la calle, tras ellos, un público más pudiente disfrutaba del espectáculo desde el confort de sus carruajes. Siempre daba gusto ver al maestro entrenar a sus alumnos. Sus cordiales improperios se elevaban a menudo por encima del estrépito de las espadas o el estruendo de pasos en las escaleras cuando sacaba su reloj para cronometrar una carrera.

Su ánimo, sin embargo, se agrió al reconocer al hombre de cara pálida que, como si aquélla fuera su casa, se abría paso a empujones entre el gentío que se agolpaba en la puerta.

—Que Dios me asista —masculló.

El duque de Wynfield, expupilo y viejo amigo suyo, que había perdido a su padre el año anterior y a su esposa tres años antes, miró divertido a su alrededor.

—¡Ah, he aquí al tendero! Parece un poco pálido. Creo que necesita tu hombro para llorar, maestro.

—Silencio —dijo Kit, riendo de mala gana, y se volvió hacia la escalera mientras Godfrey daba tumbos como un sonámbulo entre el caos circundante. ¿Qué rayos le había pasado ahora? Parecía haber ingerido una dosis mortal de veneno.

—¡Mire por dónde va, sir Godfrey! —le gritó alguien—. Por poco lo decapito.

Godfrey llegó al lado de Kit enjugándose la cara con el pañuelo.

—Señor Fenton, necesito hablar con usted en privado.

—Ahora no.

—Sí, ahora.

—No...

—Es sobre Violet. Debo hablar con usted a solas.

Kit miró su reloj.

—En mi vestuario. Y ésta será la última vez, lo juro. —Levantó la mirada hacia la alta figura que aguardaba junto a la puerta examinando la punta de su florete—. Discúlpenos, Pierce.

—Faltaría más.

Pierce se volvió, abrió la puerta del vestuario y la cerró con un firme chasquido tan pronto como Godfrey entró detrás de Kit.

—¿Qué ocurre?

—He descubierto la verdad sobre mi prometida.

El duque de Wynfield miró al hombre de cabello negro apoyado contra la puerta del vestuario, al otro lado del salón.

Sus ojos se encontraron y chocaron en silencio. La mirada del duque dejaba claro que detestaba a Pierce. De hecho, se quedó mirándolo hasta que éste se apartó de la puerta y pasó a su lado, florete en mano.

—Creo que sir Godfrey se ha llevado un buen chasco —comentó como si Wynfield y él compartieran una broma privada.

—Eso no es asunto nuestro.

—No, desde luego. No diría una palabra si no fuera usted. Sé que Fenton puede fiarse de usted.

—Sí. —Wynfield se apartó de él—. Puede confiarme su vida, si es necesario.

Kit miró fijamente la daga que había sobre el tocador, detrás de Godfrey. Aunque fuera de atrezo, nunca, en toda su vida, se había sentido tan tentado de usar un arma.

—¿Por qué se puso a escuchar a escondidas, si puede saberse? —preguntó, asqueado.

Sir Godfrey se sacó del bolsillo de la levita el ramillete marchito.

—Tenga, tome esto. Es un símbolo de lo que sentía por ella.

—Sus sentimientos han cambiado muy deprisa.

—Soy la víctima en todo esto.

—Si uno escarba lo suficiente en cualquier sitio, seguro que acabará por encontrar un esqueleto. ¿Cómo se le ocurrió entrar en la casa sin anunciarse?

Godfrey desvió la mirada y Kit comprendió que se disponía a mentir.

—Me preocupé al ver que no contestaban a la puerta. Lady Ashfield no está bien de salud y Violet la había descuidado para dedicarse a sus obras de caridad.

—Qué vergüenza, sir Godfrey. Criticar a una dama de corazón generoso.

—¡Pero no es una dama! Ésa es la cuestión. Y no le ha importado partirme el corazón con sus engaños.

—Ha dicho usted que ella también desconocía su pasado.

—Un pasado inventado, en efecto. ¿Quién habría imaginado que un rostro tan encantador había nacido del vicio y no de la virtud que aparentaba?

Kit sintió que el fuego de la ira se agitaba dentro de él.

—¿Quién habría imaginado que era usted un sapo indigno de su confianza?

Godfrey tragó saliva.

—¿No esperará que me case con ella ahora que conozco su deshonroso origen?

—*Croac, croac* —dijo Kit quedamente—. Espero que nadie lo pise antes de que salga de esta habitación.

—Pero... —Sus ojos se desorbitaron—. No puedo romper el compromiso sin causar revuelo.

—¿Y qué espera que haga yo? —preguntó Kit en tono implacable—. Tengo una sugerencia.

Godfrey pestañeó frenético.

—¿Incluye esa sugerencia una espada?

—No, si prefiere usted una pistola.

—He venido a verlo buscando comprensión, Fenton.

Kit arrojó las flores a la papelera. ¿Había ocultado la baronesa el secreto a Violet? ¿Era cierto todo aquello?

—La única comprensión que puedo ofrecerle —repuso mientras acompañaba a Godfrey a la puerta— es una muerte lo más rápida y discreta posible. Para ahorrarle el escándalo, desde luego.

Godfrey cerró los ojos.

—Casi desearía que así fuera. Ojalá ella y usted...

Kit se quedó paralizado.

—Prosiga.

—Ojalá pudieran ahorrarse también escándalos innecesarios. —Su respiración sonó rasposa—. ¿Lo mantendrá en secreto, Fenton? ¿Quedará entre nosotros?

—¿Qué?

—No puedo permitirme que alguien averigüe por qué he roto el compromiso. Debo echar tierra sobre el asunto.

—¿Por qué cree que puede confiar en mí?

—Porque es usted un hombre honorable y yo un miserable cobarde.

Kit sonrió despacio.

—Con una condición.

—La que sea —dijo, apoyado contra la puerta con el rostro macilento.

Kit suspiró. Por grande que fuera la tentación, no podía olvidar que, a la postre, sólo importaban dos cosas: Violet y su honor. No podía jugar con Godfrey, por más que aquel cafre se lo mereciera.

—Le guardaré el secreto...

—Bendito sea —susurró Godfrey, juntando las manos bajo la barbilla.

—Separe las manos ahora mismo.

—¿Ésa es la condición?

—La condición —dijo Kit entre dientes— es que no vuelva a hablar de Violet en tono desdeñoso. De hecho, ha de olvidar que se han conocido. No vuelva a poner un pie en su casa. Si dice una sola palabra en su contra, hallaré el modo de matarlo.

Godfrey asintió con la cabeza.

—Sabía que lo entendería.

—Entiendo que es usted un necio. —Lo apartó de un empujón para abrir la puerta—. Ni una palabra a nadie. Y Godfrey...

—¿Señor?

—Desde este momento queda cancelada su suscripción. Sin reembolso del dinero.

Godfrey se apartó, acobardado, cuando estiró el brazo para abrir la puerta. Kit salió al salón y arrugó el ceño al advertir que su aparición era recibida con un hosco silencio. Todos los presentes siguieron con la mirada a Godfrey cuando se escabulló hacia la salida.

—¿Y bien? —preguntó Kit en tono desafiante—. ¿Qué hacen todos ahí parados como soldaditos de plomo? ¡Peleen!

—Fenton.

Se volvió al oír la voz de Wynfield.

—¿Qué sucede?

—¿Cuánto tiempo hace que conoces a Pierce Carroll? —preguntó su amigo cuando se reunieron junto a la escalera.

—Yo diría que seis o siete meses, como mucho. ¿Por qué? ¿Dónde está?

Recorrieron ambos el salón con la mirada, buscando la figura ágil de Carroll entre el tumulto reinante.

—Se ha marchado —dijo Wynfield.

—¿Y qué?

—No me gusta. No me fío de él. Creo que está tramando algo contra ti. ¿Sabías que era francés?

—Puede que le haya oído hablar en francés alguna vez, pero yo también hablo el idioma. Los términos de esgrima están en francés y todo estudiante serio ha de aprender a hablarlo tarde o temprano o...

—No se llama Pierce Carroll. Creo que hay algo en su pasado que está ocultando.

—Yo tampoco estoy orgulloso de mis orígenes, que se diga.

—Pero tú los has superado.

Kit negó con la cabeza.

—He sido un delincuente. He conocido a más pecadores de los que soy capaz de contar. De no ser por la gracia de Dios y por la intervención de mi padre, a estas horas estaría en prisión. ¿Quién crees que es Pierce?

—Vi el nombre De Soubise en una carta que se le cayó de la chaqueta la última vez que nos cambiamos para entrenar. No le habría dado ninguna importancia si no la hubiera cogido tan bruscamente...

—De Soubise. ¿Estás seguro?

—Sí.

Kit se quedó callado, con la vista fija en la espada que colgaba sobre la panoplia de floretes, en la pared.

—Mi padre —dijo por fin, bajando la mirada pensativo— sólo tenía un enemigo acérrimo, el *chevalier* De Soubise, que tenía un hijo varios años mayor que yo. El día que vi a Pierce arrojar los cuchillos debí sospechar que no era quien decía ser.

—¿Crees que volverá?

—Cuenta con ello —dijo Kit con convicción.

—¿Cuándo?

—Cuando menos lo espere.

—¿Qué puedo hacer para ayudarte? —preguntó Wynfield.

—Vigilar a mi mujer si yo me distraigo. Cuidar de ella cuando haga lo que tengo que hacer. Si el hijo del *chevalier* supone una amenaza, la afrontaré de una vez por todas.

Capítulo 25

*E*sa noche, Violet se había quedado dormida a los pies de la cama de su tía. Al abrir los ojos, vio a Francesca inclinada sobre ella, la cara arrugada en una sonrisa.

—Despierta. Tenemos que elegir tu ropa para la fiesta. Es hora de empezar.

Violet se desperezó. Sentía que se había quitado de encima un peso al que ya estaba acostumbrada y...

—¿De dónde han salido todas esas rosas? —preguntó, mirando los jarrones de flores de tallo largo que ocupaban todas las superficies imaginables y llenaban la alcoba con el perfume embriagador del amor—. Esto parece un invernadero —añadió, maravillada—. ¿Quién te las ha mandado? ¿No... no habrá sido Godfrey? Por favor, no me digas que quiere otra oportunidad.

—No ha sido Godfrey —repuso su tía con una sonrisa irónica—. Las ha mandado tu caballero secreto. Y tengo que reconocer que es una estrategia muy sagaz por su parte.

—¿Había alguna nota?

—Sí. Pregunta si podemos vernos en la fiesta de los Charnwood.

—¿Y?

—Y tendremos que vernos.

A pesar del drama de su compromiso roto, Violet esperaba con ilusión la fiesta en casa de Ambrose. Sería el reencuentro que se habían prometido ella y sus amigos, aunque la señorita Higgins sólo pudiera estar presente en espíritu. Antes de abandonar Londres, Violet había escrito a Winifred para preguntarle si podían tomar de veras el té juntas cuando regresara. Pero de momento estaba deseando pasar horas bailando y hallarse junto a Kit, cuya compañía anhelaba con un ansia feliz que ya no tenía que ocultar.

Lo buscó entre los invitados que pululaban entre las calesas, los carruajes y los coches de posta que abarrotaban la avenida que llevaba a la mansión. Buscó un atisbo de Kit entre las parejas que paseaban por el césped en busca de las veredas recoletas que se abrían entre los altos setos de alheña.

De cuando en cuando, un nuevo carruaje cruzaba traqueteando la verja de hierro forjado. Los lacayos se acercaban corriendo para atender a los recién llegados, y un mayordomo de casaca roja se erguía en la escalinata entre... Violet miró desde su coche al caballero de sombrero de copa y la dama con vestido de seda color turquesa que aguardaban junto al mayordomo.

—¿Está aquí? —preguntó Francesca cuando los lacayos abrieron la puerta del carruaje.

No tenía sentido fingir que no sabía de quién le hablaba su tía. Era maravilloso poder compartir por fin su secreto más querido.

—No. Pero creo que ése de la escalinata es Ambrose. El caballero del sombrero de copa. Kit no estará con los demás invitados. No ha sido invitado formalmente a la fiesta. —Se recostó en el asiento—. Y quizá sea ésta la última a la que yo asista.

Su tía cogió su mano.

—Pero tienes amigos como el señor Tomkinson, que ha venido detrás de nosotras desde Londres. Y si no vuelven a invitarte a una fiesta, qué más da.

—Tendremos nuestras propias fiestas —repuso Violet, sonriendo al pensarlo.

—Sí. Y yo bailaré con Twyford si consigo levantarme de la silla.

Violet volvió la cabeza cuando un lacayo abrió la puerta del carruaje.

Estaba dispuesta a dar la espalda al mundo elegante para formar parte de la vida de Kit. Además, si se hacía pública la verdad sobre sus orígenes, sería juzgada, considerada indigna y desterrada al instante de aquel mundo para el resto de sus días.

—¿Dónde está Delphine? —preguntó su tía cuando salió precavidamente del carruaje.

—Le diste orden de asegurarse de que en nuestras habitaciones estaríamos a salvo de las corrientes de aire y de los caballeros borrachos que puedan extraviarse en la oscuridad.

—Ah. Muy sensato por mi parte. ¿Esperamos a Eldbert?

—Ha aparcado media milla más atrás. Además, me muero por ver en qué clase de hombre se ha convertido Ambrose.

Ambrose se quedó mirando al hombre que había pasado tranquilamente de largo junto a la cola de recepción que empezaba en los escalones. Sin anunciarse aún, sin ningún adorno salvo la espada que colgaba de su cadera como una tarjeta de visita, atraía más miradas entre los invitados a la fiesta que los propios anfitriones.

Al fin levantó la mirada hacia Ambrose y éste sintió a medias la tentación se saludarlo. Notó por su mirada que Kit lo reconocía, pero no estaba seguro de que sus ojos reflejaran respeto alguno. ¿Acaso no había aprendido modales después de tantos años? ¿Quién creía que le había pagado para que actuara en la fiesta?

¿Era adecuado que un vizconde se tratara con un maestro de esgrima? Sus invitados parecían pensar que sí. ¿Era aquél el momento oportuno para saludarlo en público? De pronto no sabía si quería vengarse de Kit por sus pullas pasadas o darle las gracias por las lecciones que había aprendido de él.

—¿Quién es ése? —preguntó Clarinda con curiosidad.

Ambrose se encogió de hombros.

—Debe de ser alguien de la academia de esgrima.

—Pregúntale.

—¿Ahora?

—Por favor, querido. Es un hombre muy apuesto.

—Tenemos invitados importantes a los que saludar.

—Los niños están deseando conocerlo, Ambrose —susurró Clarinda—. Y es guapísimo, la verdad.

Alguien soltó un grito desde la cola de recepción.

—¡Es el maestro Fenton!

—Dios mío —dijo Ambrose—. Qué indecencia.

—Sí —repuso su esposa con voz soñadora—. Apuesto a que lo es.

Con una mueca agria, Ambrose masculló una disculpa dirigida a los invitados que esperaban haciendo cola en la escalinata y bajó a la avenida por el otro lado. Kit había echado a andar hacia el jardín, pero dudó al ver que Ambrose se le acercaba.

—Vizconde Charnwood —dijo en tono respetuoso.

Ambrose vaciló. Sentía los ojos de Clarinda, los de casi todo el mundo, en realidad, pendientes de la conversación.

—Buen hombre —dijo—, se engaña usted si cree que nos conocemos. ¿Cómo se llama?

Kit hizo una reverencia, el rostro impasible.

—Christopher Fenton.

—Creo que no nos conocemos.

—Debo haberme equivocado, excelencia —repuso Kit.

—¿Fenton, dice?

—Sí, milord.

—No conozco a nadie con ese nombre.

Kit no respondió. De hecho, no mostró reacción alguna. Pero al menos Ambrose tuvo la satisfacción de decir la última palabra, aunque cuando Kit volvió a hacer una reverencia y se alejó como si estuviera en su casa, sintió el impulso irracional de llamarlo y... En fin, no sabía qué haría. A Kit siempre se le había dado bien pillarlo con la guardia baja.

Capítulo 26

Violet! —dijo Ambrose, y sus ojos se iluminaron cuando la vio en la fila—. Casi no te reconozco. No te habría hecho esperar de haber sabido que eras tú.

Ella sonrió, un poco azorada, como si su cordialidad la sorprendiera.

—Me alegro mucho de verte. Qué casa tan bonita.

—Supongo que sí. Mejor que ese viejo caserón de Monk's Huntley. Ésta es mi... —Se volvió para presentarle a su esposa, pero Clarinda había trabado conversación con otro invitado. Miró a la mujer de cabello plateado que esperaba, adusta y silenciosa, detrás de Violet. Un sombrero adornado con plumas negras dejaba en sombras su rostro—. Lady Ashfield, a usted tampoco la he reconocido. Qué amable por su parte haber venido.

—No ha cambiado usted en absoluto —repuso Francesca, dignándose a darle la mano—. Es igual que su padre, sobre todo de barbilla para abajo.

—Está cansada, Ambrose —dijo Violet, y lanzó a su tía una mirada de enojo—. ¿Te importaría que subamos a descansar antes de nuestra llegada oficial?

Ambrose no podía dejar de mirarla. ¿Cuándo se había convertido Violet en una belleza? Al hacerse mayor se había desprendido de su torpeza y se había convertido en una mujer irresistible.

—En absoluto —contestó, y le hizo una seña a uno de los lacayos de la puerta—. Más tarde habrá una cena a la luz de la luna, si les apetece. Las fuentes estarán llenas de champán.

—No sé —dijo ella, tan distinta a la muchacha a la que recordaba Ambrose—. Ya veremos.

—Si no —continuó él mientras seguía con la mirada su entrada en la casa—, estoy deseando que llegue mañana, cuando nos presentaremos todos en el gran salón.

Ella se recogió las faldas y lanzó a Clarinda una mirada curiosa.

—Hasta entonces, Ambrose.

Violet acompañó a su tía a la alcoba que le habían asignado, donde la dejó en compañía de Delphine, su doncella, y cruzó el pasillo hasta su habitación. El lacayo le abrió la puerta y desapareció antes de que pudiera darle una propina. Entró despacio en la espaciosa estancia. La cálida luz del sol se filtraba por los cristales emplomados de las ventanas, rodeando de un nimbo dorado al hombre que se erguía en la habitación, aguardando a que ella reparara en él. Como si cualquier mujer pudiera ignorar su apuesta figura.

—Señor Fenton.

—Señorita Knowlton.

Respiró hondo y, antes de que pudiera exhalar, Kit la tomó entre sus brazos. Su cuerpo le pareció de acero templado y, traviesa como era, se rindió a él sin señal alguna de resistencia.

—Qué sorpresa —dijo al rodear su cuello con los brazos—. No creía que...

Kit la besó.

—Que fuera a verte hasta...

Su asalto sensual se intensificó.

—Hasta esta noche —susurró Violet entre sus besos embriagadores.

—No podía esperar —repuso Kit mientras deslizaba las manos por su espalda. Su aliento acariciaba su boca como una llama—. Tienes los labios más dulces que he besado nunca.

—Los tuyos son los más tentadores.

—¿Comparados con los de quién?

Violet suspiró y lo miró con sorna.

—Con nadie. Nunca. Tú eres el primero.

—El único —puntualizó él—. De aquí a la eternidad.

—Va a haber una cena a la luz de la luna en el parque.

—No me hace falta la luz de la luna —contestó mientras la llevaba hasta el sillón que había tras ellos—. Tengo tu amor para que me guíe en la oscuridad.

—También habrá champán —susurró Violet—. Ambrose va a tirar la casa por la ventana. Piensa llenar las fuentes con champán.

—No necesito champán. —Se dejó caer en el sillón y la hizo sentarse sobre su regazo—. Esta noche voy a emborracharme de ti.

—Me preguntaba cuándo llegarías —dijo ella con voz desigual—. Pasó los dedos por su pelo sedoso—. Eldbert nos ha seguido hasta aquí para servirnos de escolta por el camino.

—Lo sé. —Sus ojos brillaron—. Yo vine detrás de él, para escoltaros a ambos.

—Qué noble por tu parte, Kit. Y qué noble también por haberte escondido así en mi habitación.

Él deslizó las manos por su cintura y la apretó contra sí.

—Tengo un motivo para estar aquí. Varios, a decir verdad. La mayoría son agradables. Uno, no.

—Las malas noticias primero —repuso ella, apoyando la cabeza sobre su pecho.

Los finos dedos de Kit acariciaron distraídamente su cuello. Violet sintió un escalofrío delicioso.

—Por lo visto tengo un enemigo —dijo—. Una persona del pasado que desea vengar una antigua ofensa.

—¿Que cometiste tú? —susurró ella.

—No, mi padre —contestó con expresión impasible.

Violet apartó la cabeza de su hombro.

—¿Esa persona está aquí?

—No, que yo sepa. Se hace llamar Pierce Carroll. No es su verdadero nombre.

—Ah —dijo ella—, el que se mete en asuntos ajenos.

Kit escudriñó su cara.

—¿Lo conoces?

—Godfrey hizo un comentario sobre él en la fiesta del duque de Wenderfield. Si no recuerdo mal, dijo que no era de fiar.

La mano que había estado acariciándola se detuvo. Los ojos de Kit se oscurecieron, llenos de determinación.

—Debí hacer caso a mi instinto en aquel momento —dijo—. Hasta Godfrey se dio cuenta de que era un peligro.

—Godfrey me ha dejado —murmuró, y volvió a apoyarse en su hombro firme, entre los pliegues de su chaqueta de hilo irlandés.

—Lo sé. Me lo dijo él. ¿Estás triste? —preguntó mientras su mano retomaba su seductora exploración.

—¿Tienes peor opinión de mí porque mi madre no estuviera casada cuando nací?

—¿Tenías tú peor opinión de mí porque mi madre me dejara en un orfanato y yo llevara la misma camisa durante semanas cuando éramos pequeños?

—A mí nunca me pareciste sucio, Kit.

—Lavaba la camisa en el río y volvía con ella mojada al asilo cada vez que nos veíamos. No quería que supieras lo desgraciado que era. Quería parecer una persona digna de tu admiración.

—Kit —susurró, levantando la cabeza para mirarlo—, eres la persona más valiente que he conocido.

—¿Eso crees?

—Sí.

—Entonces cásate conmigo.

—Sí —dijo—. Y sí. Sí. Y por si no ha quedado claro las primeras tres veces, mi respuesta es sí. ¿Cuándo?

Él se echó a reír.

—Que me aspen si vuelvo a dejar las cosas al azar. ¿Puedes estar lista en una hora?

—Has perdido la cabeza —repuso ella, luchando por desasirse—. No podemos celebrar la ceremonia en casa de Ambrose, y no tengo vestido. Mi tía tendría que saberlo, Kit... —Se levantó y lo miró consternada—. ¿Cómo vamos a casarnos en medio de una fiesta? ¿Qué hay del noviazgo a la antigua usanza?

—Creo que una década de amistad cuenta para algo. Dudo que incluso en la Edad Media los noviazgos superaran ese plazo y, si lo superaban, eso explica todos esos sitios a castillos y esos robos de novias que, desde una perspectiva histórica, siempre me habían parecido absurdos. Ahora, en cambio, lo veo desde el punto de vista de un hombre locamente enamorado y lo entiendo perfectamente.

—¿Cómo?

—El cortejo ha terminado. Salvo por tu tía.

—No hablarás en serio. No tengo vestido.

—Mira dentro de tu armario.

Abrió la pesada puerta de palisandro del ropero y vio un vestido que parecía hecho de nubes y azúcar hilado, con perlas y finos bordados en las mangas y el amplio escote. Era el vestido de novia más hermoso que había visto nunca, pero...

—¿Es de Winifred?

—Bueno, yo no lo he hecho, desde luego.

—¿Crees que me quedará bien? —preguntó, mordiéndose el labio.

Kit sonrió.

—Debería. Fui yo quien le dio tus medidas.

—No puede ser.

—No.

—No puede haberlo hecho en tan poco tiempo. ¿Era suyo?

—Creo que sí. Deséame suerte para hablar con tu tía.

—Suerte —susurró mientras bajaba el vestido para admirarlo a la luz del sol.

Kit subió corriendo las escaleras hasta la larga galería, inclinándose ante los sorprendidos invitados con los que chocaba y mascullando un «disculpen». Se preguntaba por qué nadie respondía «Ni pensarlo». O bien Ambrose había invitado a personas de amabilidad excepcional, o bien el hecho de que llevara espada les hacía pensar que llegaba tarde a un duelo.

Viró al llegar a lo alto de la escalera y se dirigió a las dos señoras que lo miraban desde el descansillo.

—Les pido disculpas, señoras mías, pero voy a pedir la mano de una mujer en matrimonio.

—¿En matrimonio?

Las señoras se rieron, encantadas.

—¿A una de nosotras o a las dos? —inquirió la más joven.

—Tendrá que elegir, maestro —añadió la mayor con mirada pícara—. No puede casarse con las dos.

—Qué lástima —repuso Kit, bajando los ojos con fingido pesar.

El duque de Wynfield subió corriendo las escaleras.

—¿Necesitan ayuda, señoras?

Kit lo miró con sorna.

—No, a menos que quieras casarte con una de ellas.

Wynfield sonrió, intranquilo.

—Hoy no, gracias. —Comenzó a alejarse—. Y gracias también a ti por la advertencia, Fenton. Creo que voy a usar la otra escalera.

—No, quédate conmigo.

Wynfield miró la larga galería.

—¿Hay ahí arriba alguna doncella necesitada de consuelo?

—Lo dudo. Es probable que sus guardianes hayan echado el cerrojo al vernos subir por la escalera.

El duque echó a andar detrás de Kit hacia la galería repleta de retratos.

—En esta fiesta hay más lacayos que señoritas. ¿Dónde están las debutantes?

—Encerradas en la torre norte y custodiadas por sus dragonas —repuso Kit mientras observaba la pequeña figura que caminaba majestuosamente hacia la escalera desde el fondo de la galería, flanqueada por un par de sirvientes.

—¿Ésa que vuela hacia nosotros no es una dragona? —preguntó el duque.

Kit apoyó la mano en su espada.

—Sí, pero no te preocupes.

—¿Por qué?

—Porque es mi dragona, no la tuya, y es mi deber enfrentarme a ella.

Wynfield dio un respingo de asombro.

—Pero si es una mujer mayor.

—Su avanzada edad es un arma.

El duque aflojó el paso.

—Pero no puedes batirte con una mujer de su edad.

—¿Te he dado la impresión de que iba a desafiarla?

—Bueno, he visto que echabas mano de la espada al verla y...

—Para que me dé buena suerte, Wynfield. No tengo intención de pelearme con una baronesa.

El duque miró galería adelante.

—Por su mirada, puede que ella no piense lo mismo.

—Te agradezco tus muestras de apoyo —dijo Kit con decisión.

—Nunca he hecho de padrino en un duelo entre un hombre y una mujer.

Kit estiró el brazo para impedir que avanzara.

—Otro comentario alentador como ése y tú y yo vamos a tener unas palabras aquí mismo.

—¿Qué quieres que haga? —preguntó Wynfield distraídamente mientras miraba a una criada que acababa de aparecer con un cesto de pastillas de jabón y saquitos de olor colgando de la mano.

—Esto es como ir hacia el patíbulo —le dijo, bajando el brazo.

—No es un modo muy prometedor de encarar una proposición matrimonial —comentó el duque, siguiendo a la criada con los ojos—. ¿A dónde va esa criada?

Kit tuvo que reírse.

—Gracias por recordármelo. El matrimonio no tiene nada de horrible, suponiendo que llegue tan lejos. ¿Qué daño puede hacerme una señora mayor que no haya experimentado ya? He superado todo tipo de humillaciones. Lo peor que puede hacer es rechazarme. O ponerse histérica otra vez.

—¿Decías algo, Fenton?

—He dicho un montón de cosas que no pienso repetir. Pero gracias por fingir que me prestas atención.

Levantó los hombros y se armó mentalmente de valor para encarar la batalla. La baronesa lo tenía a la vista, y de pronto él se alegró de haberse puesto su levita negra y sus pantalones de vestir. Había actuado ante príncipes y duques, ante gitanos y maestros de esgrima cuya habilidad jamás podría emular, pero nunca se había sentido tan inseguro como al acercarse a la mujer de aspecto frágil y cabello cano cuyos gritos lo habían atormentado durante años.

La baronesa fue derecha hacia él, con paso lento pero seguro. Sabía quién era. No iba a esquivar el encuentro. Iba a darle una oportunidad. Su futuro dependía de aquel duelo. Viviría o moriría, dependiendo de lo bien que luchara por lo que quería.

—Ten. —Llevado por un impulso, desenvainó su espada y se la pasó al duque, que cada vez se quedaba más rezagado—. Aguántame esto.

Se volvió.

E hizo una reverencia ante la baronesa.

—Señora —dijo—, es para mí un honor volver a verla en estas circunstancias.

—Que son más favorables que la última vez —repuso la baronesa, cuyos ojos brillaron cuando él se incorporó—. Me disponía a tomar el té. ¿Le apetece acompañarme?

Kit sonrió.

—Con su permiso, yo voy camino de mi boda. ¿Cree usted que ese té puede esperar hasta mañana?

Pascal de Soubise había metido en su maleta varios pares de guantes, una muda de ropa y la caja de rapé que había robado en los grandes almacenes. Llevaría consigo la daga cuando escapara desde la mansión, camino de la costa. Le desagradaba la idea de tener que llevar peluca para disfrazarse al cruzar el Canal, pero estaba a punto de culminar su empresa y de cumplir la promesa que había hecho a su padre. Se moría de ganas de pasear por los bulevares de París. Quizás, un par de meses después, viajara a Luisiana o las Carolinas, donde hacía furor la esgrima.

No le atraía especialmente la idea de batirse con Fenton en una fiesta, en una mansión rural. Claro que la dificultad del asunto ponía una pizca de interés a un encuentro que hasta entonces le había parecido insulso. Detestaba las reglas de la esgrima formal, el uso del florete. Un espadachín se batía en duelo, y él siempre peleaba para hacer sangre.

Capítulo 27

*L*a baronesa había aceptado entregar a Kit la mano de Violet y había reconocido la necesidad de una boda relámpago. Los alumnos de la academia que estaban invitados a la fiesta montaron guardia al otro lado de las puertas de la mansión mientras Kit, Eldbert, el duque y Twyford introducían a hurtadillas a la novia y a su tía en el carruaje de Kit, salpicado de barro.

Kit tuvo la sensación de que conseguirían escabullirse sin que nadie se diera cuenta. La mayoría de los invitados estaban enfrascados en un partido vespertino de críquet en el césped. Dos de sus estudiantes estaban dando clases de esgrima gratis en la terraza. Y, en cuanto a las damas invitadas a la fiesta, hasta donde ellas sabían, Violet y la baronesa habían decidido no presentarse a tomar el té. Al señor Fenton lo habían visto fugazmente frente al salón de billar, y más allá de la puerta cerrada se había reunido un pequeño grupo con la esperanza de que no tardara en salir.

—No puedo creer que no nos haya visto nadie —susurró Violet con un destello en los ojos mientras el carruaje pasaba traqueteando por un recio puente de piedra, camino de la pequeña capilla que Eldbert había encontrado en uno de sus mapas.

Kit se asomó por la ventanilla. Ya no estaba seguro de que hubieran escapado limpiamente. Un caballero con sombrero de copa caminaba por la avenida, las manos enguantadas en la cadera.

—Me pregunto si no deberíamos haberlo invitado.

—¿A quién? —preguntó Violet en voz baja.

Kit se quedó mirándola mientras meneaba la cabeza. Estaba tan arrebatadora con el voluminoso vestido de tul de Winifred que por un instante se olvidó hasta de su nombre. Era un regalo de Navidad tan encantadoramente envuelto en capas de gasa y encaje que no veía el momento de abrirlo. Llevaba guantes blancos hasta el codo, daba una mano a Eldbert y otra a su tía, y pronto sería su esposa.

Kit giró la cabeza y miró al duque. Wynfield le caía bastante bien, pero por alguna razón le parecía mal que estuviera sentado a su lado en un momento así. ¿Debería haber invitado a Ambrose? ¿Por qué? ¿Por haberse escapado sin permiso de la fiesta? ¿Por qué tenía que ir Ambrose? ¿Para que les estropeara la boda como siempre les había estropeado sus aventuras?

Violet descruzó sus pies enfundados en raso.

—¿Quién iba por la avenida? —susurró—. ¿Nos hemos olvidado a alguien?

Eldbert miró a Kit desde el otro lado del carruaje.

—¿Era Ambrose? —inquirió Violet, inclinándose hacia la ventanilla como una flor veraniega empujada por la brisa—. ¿No deberíamos volver e invitarlo?

—¿Por qué? —preguntaron el duque y lady Ashfield al mismo tiempo.

—Es su fiesta —contestó Eldbert, apartándose para dejar espacio al vestido de Violet—. Seguramente deberíamos haberle dicho adónde íbamos y que vamos a volver.

Kit arrugó el ceño.

—Eras tú quien pensaba que estaba tramando alguna revancha.

—Eso pensaba, sí. Pero ahora me pregunto si sólo quería jactarse. Le ha ido mejor que a todos nosotros.

—Mejor que a mí, no —repuso el duque.

Eldbert asintió con la cabeza.

—Pero usted no es uno de los nuestros.

—¿Cómo dice?

—Es igual —dijo la baronesa—. Es una larga historia, un secreto. Se lo contaremos después de la boda.

Ambrose vio que el carruaje cruzaba la verja y viraba hacia la carretera del pueblo. La exhibición de esgrima que habían improvisado en la avenida no le había engañado ni por un momento. Kit se había escapado con Eldbert, Violet y sólo Dios sabía con quién más. Allá donde pensaran ir, estaba claro que pretendían excluirlo. Kit lo había mirado fijamente al sacar la cabeza por la ventanilla.

Debería haber hecho algún comentario certero acerca del pasado de Fenton. O sobre la juventud poco propia de una dama que había tenido Violet. Era un idiota por sentir lealtad alguna hacia Eldbert, o por imaginar que entre ellos había verdadera amistad. Igual que era un idiota por pensar que Kit podía enseñar unos cuantos trucos a sus hijos para impedir que les zurraran en el colegio.

¿Y dónde se había metido el prometido de Violet, aquel vendedor de botones? Cualquier caballero se sentiría avergonzado al ver que su novia se escapaba en un carruaje con tres hombres solteros. No le sorprendería lo más mínimo enterarse el lunes de que Violet andaba de nuevo a la búsqueda de marido, con su valor considerablemente mermado como resultado de aquella escapadita.

Amistad...

¿La necesitaba, de todas formas?

—¡Ambrose! —lo llamaron en tono petulante desde la escalinata—. ¿Qué haces aquí parado como un pasmarote habiendo invitados en casa?

Suspiró y al volverse vio primero a su madre, vestida como un espectro, toda de gris, y junto a ella a su esposa con un vestido de tafetán amarillo a rayas que hacía daño a la vista.

—¿Por qué estás solo, querido? —preguntó Clarinda, y se agarró a su manga para sostenerse al pisar la grava.

—Estaba viendo a los estudiantes ejercitarse con la espada. —Señaló al grupo de jóvenes disperso por la avenida—. Ya han terminado.

—¿Quién se ha ido en ese carruaje? —preguntó su madre ásperamente.

—Pues...

—Parecían Eldbert y Violet. ¿Otra vez se están burlando de ti, Ambrose?

—No, madre, no...

—¡Están volviendo! —exclamó Clarinda poniéndose de puntillas—. Están volviendo y haciéndote señas con la mano por la ventanilla, Ambrose. Creo que quieren que vayas con ellos.

Negó con la cabeza, las manos hundidas en los bolsillos.

—No. No. Es el recodo de la carretera. El carruaje acaba de tomarlo.

—No, no es eso, Rosie —le dijo su madre, señalando con el bastón—. Vienen derechos hacia aquí. Yo que tú daría media vuelta y haría como que no los ves. ¡Rápido! Ve a hablar con los invitados importantes. La verdad es que no sé por qué los has invitado. ¿Dónde se ha metido ese duque?

Lady Charnwood miró la cara de su marido.

—Ambrose, ¿qué quieres hacer? Esta mañana alguien me ha dicho que el año que viene por estas fechas Christopher Fenton será ya baronet gracias a la influencia de la familia Boscastle.

—No me sorprendería que llegara aún más alto —repuso su marido, sonriendo de mala gana al reconocer a Kit, que había vuelto a asomar la cabeza por la ventanilla del coche—. Tiene una confianza endiablada en sí mismo, Clarinda.

—¡Vizconde Charnwood! —gritó Kit desde el carruaje, que había aflojado el paso—. ¿Les apetece a usted y a la vizcondesa escaparse para asistir a una boda relámpago?

Ambrose agitó el brazo.

—¿Puedo llevar a mi madre?

—Las madres siempre son bienvenidas —repuso Kit, a pesar de que la baronesa puso mala cara y se negó a ceder su asiento cuando, medio minuto después, la anciana vizcondesa subió al carruaje.

—¡Esto es perfecto! —declaró Clarinda, embutida entre Kit y el duque, que la flanqueaban como dos sujetalibros—. Ojalá lo hubiera sabido antes, así habría traído champán.

—Ya lo he traído yo —informó el duque.

Ambrose se rió.

—¿Sólo una botella?

—Santo cielo, no.

Abrieron dos antes de llegar a la minúscula ermita del siglo XII donde les esperaba un simpático vicario para oficiar la ceremonia. Clarinda se empeñó en hacer de dama de honor y no paró de hablar, entusiasmada, hasta que llegó el momento de pronunciar los votos matrimoniales.

—Ahora la fiesta no será sólo eso, una fiesta en una casa de campo —comentó mientras estiraba la cola del vestido de Violet—. Será todo un acontecimiento. Dos de nuestros invitados ya se han escapado para celebrar una boda relámpago, y eso que sólo estamos a jueves. Esto es mucho más emocionante que la función de títeres que va a haber en la rotonda.

—Calla —le susurró Ambrose, palmeándole cariñosamente el trasero—. El sacerdote está a punto de empezar con la ceremonia.

—No hagas eso —contestó ella en voz baja—. Fenton te ha visto. Va a pensar que eres un maleducado.

—Ya sabe que lo soy.

Pero Fenton sólo tenía ojos para su novia, se dijo Ambrose. No podía negar que Violet y Kit formaban una pareja muy atractiva: el apuesto espadachín vestido con larga levita negra y elegantes pantalones de su propiedad, y su novia radiante como un ángel.

Y Eldbert... Estaba gordito, pero tenía un aire tan digno...

Sus amigos.

Ambrose comprendió entonces lo profundamente que habían influido en su vida. ¿Qué clase de persona habría sido sin ellos? Bien, fuera como fuese, aún podía esforzarse por ser mejor. Si Kit había sido capaz de salir de su infierno privado, tal vez él pudiera echar una mano para ayudar a otros a salir de una situación igual de desgraciada.

Su madre, que detestaba a la baronesa, se había derrumbado sobre el hombro de Francesca y lloraba a moco tendido. La baronesa, toda vestida de negro, la consolaba amablemente pese a que su cara arrugada reflejaba perplejidad. Su madre lloraba sin motivo alguno, en realidad, salvo quizá por haber bebido demasiado champán.

La ceremonia comenzó por fin y se hizo el silencio mientras Violet y Kit pronunciaban los votos matrimoniales. Se besaron, y su amor era tan evidente que hasta a Ambrose se le saltaron las lágrimas. Era maravilloso descubrir que sus viejos amigos se habían enamorado. Y al mismo tiempo resultaba turbador pensar que había sentido rencor por ellos todos esos años, que podría haberse mantenido en contacto con ellos en lugar de aguardar el momento de demostrarles que le había ido mejor en la vida de lo que jamás les iría a ellos.

Lo cual, naturalmente, no era cierto.

Kit y Violet serían felices y prósperos y en el futuro se embarcarían en nuevas aventuras, como habían hecho en el pasado. Ambrose consideraba un honor saberse parte de su círculo de amistades. Sus hijos habían declarado que Fenton era su héroe.

Hasta ese instante, Ambrose había negado que hubiera sido amigo de un hospiciano vulgar y corriente. Ahora, en cambio, era un honor.

Los criados de Charnwood House habían sido avisados de que iba a llegar un séquito nupcial. Pero por desgracia también se enteraron los invitados. Kit confiaba en mantener la boda en secreto hasta el día siguiente, pero se había corrido la voz y un grupo de señoras y caballeros los esperaba en el vestíbulo, frente al gran salón, para ver llegar a los novios y darles la enhorabuena.

A fin de cuentas, no todos los días una joven recatada se escapaba con un maestro de esgrima. ¿Y, se preguntaban los invitados entre susurros, acaso no estaba prometida con el propietario de los grandes almacenes donde compraban casi todos ellos? Pensándolo bien, ¿qué había sido de Godfrey Maitland?

Christopher Fenton podía ser endiabladamente guapo, pero tenía reputación de ser un hombre honorable. No se batía en duelo a la menor provocación. Era imposible que hubiera desafiado a sir Godfrey sin que el asunto hubiera salido en los periódicos.

—Tendremos que esperar al lunes para leer las noticias —le dijo una señora a su acompañante—. Quizás haya un duelo cuando volvamos a Londres.

—Fíjese en eso —contestó su interlocutora—. Creo que va a subir la escalera con ella en brazos. ¡Qué buena pareja hacen!

Capítulo 28

Kit hizo caso omiso de los mirones. Se limitó a sonreír y a aceptar sus felicitaciones mientras Violet se agarraba con firmeza a él para subir por la escalera. Sus faldas flotaron tras ellos.

—Gustas a todo el mundo —susurró ella—. Creo que estoy celosa.

Kit levantó la vista. Una sola cara atrajo su atención entre la multitud. Se le aceleró el pulso, furioso, al ver que Pierce se abría paso a empujones entre la gente para llegar a la escalera.

—A todo el mundo no, cariño.

—¿Qué ocurre?

Pierce se acercó y, apartando la mirada de Kit, la fijó en su esposa.

—Por mí no tiene que irse. Considérenlo ambos mi regalo de bodas.

Kit había depositado a Violet en el suelo, en la escalera principal, y se había colocado rápidamente ante ella.

—Busca a Wynfield o a cualquiera de mis alumnos —le ordenó—. Quédate con ellos. Al amanecer —le dijo a Pierce, y al ir a tocar su espada se dio cuenta de que no la había visto desde que se la había entregado al duque.

El hombre que se hacía llamar Pierce desenvainó la suya.

—No, maestro. Ahora.

Kit suspiró, se quitó la levita y se despojó del abrigo. Miró hacia la escalera y vio que Wynfield aguardaba con su espada al lado.

Hizo un gesto afirmativo con la cabeza.

Los otros invitados se apartaron, pegándose a la pared en silencio cuando el duque cruzó el vestíbulo. Una nube de incertidumbre y nerviosismo había empañado su cháchara entusiasta.

—No se alarmen, señoras y señores —dijo Wynfield sin apresurar el paso—. Su anfitrión les había prometido que ésta sería una fiesta campestre que nadie olvidaría. —Dirigiéndose a Kit, añadió en voz baja—: ¿Crees que puedo convencerles de que esto forma parte del entretenimiento?

—Puedes intentarlo —repuso Kit, reconfortado al sentir el peso familiar del arma en la mano.

Miró a su alrededor en busca de su esposa, que le sostuvo la mirada, llena de comprensión. Kit se alegró de haberla avisado de que no quería que asistiera a aquel encuentro.

—Ve con los otros, querida. Me reuniré contigo lo antes posible.

Ella asintió con visible reticencia.

—No tardes. Y... ten cuidado.

—Wynfield, ¿te importa trasladar al público al salón y cuidar de Violet hasta que yo acabe aquí?

—En absoluto.

El duque volvió a cruzar el vestíbulo con Violet a su lado y, tan pronto se perdieron de vista, Kit concentró todas sus energías en el hombre dispuesto a desafiarlo en duelo. Una venganza largamente planeada, desde luego. Él lucharía para defender el honor de su padre. Al menos no iba a enfrentarse a un fantoche que, empeñado en demostrar su hombría, acabaría convirtiendo el arte de la esgrima en una parodia.

Pierce se había quedado en mangas de camisa. Su expectación era palpable. Se erguía en medio del vestíbulo como un conquistador.

—¿Y bien? —preguntó, sus ojos oscuros rebosantes de desprecio—. ¿El maestro va a defender su reputación o va a retirarse?

Se alzaron voces al otro lado del vestíbulo. Kit podría haberse echado a reír por su mala suerte. De entre las sombras salió otro grupo de invitados encabezado por Eldbert y Ambrose, que se habían enzarzado en una disputa nada más terminar la boda y seguían discutiendo por encima de la cabeza de Clarinda.

—Te lo repito, Ambrose —dijo Eldbert—, los vapores de las cañerías sin ventilación acabarán por matarte.

—Esto es una fiesta, por el amor de Dios. Habla de algo más agradable que las cañerías.

Se interrumpieron de golpe y miraron boquiabiertos a Kit.

Él comprendió lo que estaban pensando. Vio que Eldbert subía y bajaba los brazos como un director de orquesta para detener el avance de los invitados. Por si no bastara con aquella distracción, vio que la baronesa y la madre de Ambrose iban en la retaguardia del grupo. Se le pasó por la cabeza que si hubiera podido elegir qué mujer asistiría al combate más importante de su vida, habría preferido que fuera Violet y no su tía.

Un siseo de acero en el aire captó su atención. La hoja de su oponente susurró por debajo de su oreja izquierda, no tan cerca como para hacerle daño pero sí lo suficiente para que se inflamara su ira y, dejándose llevar por su instinto, asestó una estocada que abrió un rojo desgarrón en la muñeca de Pierce.

Éste parpadeó.

—Vaya, eso está mejor. Tienes brío.

—Sí. Y confiaba en guardarlos para mi noche de bodas.

—Me llamo Pascal de Soubise.

—¿Ese nombre tendría que decirme algo? ¿O me lo dices para que sepa qué nombre poner en el epitafio de tu tumba?

El sabor acre de la sangre.

El chirrido del metal.

Era preferible pensar en ello como en un juego. Fingir que una muchacha cautiva lo miraba desde su ventana. O que estaba luchando para demostrarle su valía al capitán Fenton. Pascal le asestó una estocada tras otra, la boca crispada en una tensa línea mientras él esquivaba cada uno de sus golpes.

Kit giró sobre sí mismo y saltó por encima de una bandeja que un lacayo asustado había dejado caer al iniciarse el duelo. Podría haber sido una lápida. Podría haber estado intentando impresionar a sus amigos con su bravura y su temeridad, como había hecho en el pasado. Danzó describiendo un semicírculo mientras recordaba lo mucho que le había enseñado su padre cuando era aún un jovenzuelo arrogante que creía saberlo todo.

Teje una tela de acero a su alrededor, Kit. Economía de movimientos.

Voy a escaparme, viejo.

Las puertas están cerradas con llave.

Las puertas cerradas nunca me han detenido. Podría escalar la tapia del jardín y estar en mitad del bosque antes de que te dieras cuenta.

Puede que sí, Kit.

¿Por qué tengo que estudiar? Tú mismo has dicho que soy un espadachín nato, el mejor que has visto nunca.

En Monk's Huntley. Lo que no es mucho decir.

—¿Repasando el código? —preguntó Pascal con sorna, y siguió atacando a Kit hasta que los tacones de sus botas tocaron el escalón de la chimenea de mármol blanco—. Estocada al pecho —añadió, y le lanzó a la cara de una patada la cesta que adornaba la chimenea—. Algunas habilidades no pueden enseñarse en la escuela, maestro.

—Lo sé —repuso Kit con toda sinceridad, deteniendo la cesta con el brazo libre.

—¿Cómo lo sabes, tú que sigues todas las normas y que nunca sacas los pies del tiesto?

—Permíteme enseñártelo —le dijo el maestro a su oponente—. Estira la maldita pata y ríndete.

Pascal se rió.

—Déjate matar elegantemente y acabemos de una vez.

—Eres más lento que el reloj de un abuelo.

—Y tú eres más lento que la picha de mi abuelo —replicó Pascal, y el público dejó escapar un gemido de asombro cuando agarró con la mano izquierda el atizador que había en el hogar.

Lo arrojó a la cabeza de Kit.

Pero éste se agachó y frunció el ceño, irritado. Acababa de casarse con la mujer de sus sueños y no tenía intención de que lo llevaran incapacitado a su lecho nupcial. Aun así, tenía una reputación que mantener y los invitados a la fiesta, que creían, o eso esperaba, que se trataba de un duelo de exhibición, querían ver la lucha hasta el final.

—¡Nada de chalecos guateados! —exclamó Pierce, burlón—. ¡Nada de normas! ¡Nada de exhibiciones para los débiles de corazón!

Lanzó una estocada a las rodillas de Kit, y el susurro del acero turbó el silencio.

Kit ejecutó un regate, un medio giro para escapar de la hoja antes de acometer en cuarta. Pascal lanzó otra estocada. ¿Cuáles eran sus puntos flacos?

Espera otro ataque. Contrólate. Provoca una respuesta.

Pascal hizo una finta. Kit respondió con un semicírculo en primera.

—Debí haberlo imaginado —dijo con una sonrisa desdeñosa—. Eres demasiado impaciente para ejecutar un ataque perfecto.

—La perfección no importará gran cosa cuando estés muerto.

—Cierto. —Kit lanzó una mirada a los asombrados espectadores—. Señoras, mis disculpas. Alumnos de la academia, presten atención. No verán una lección como ésta en mucho tiempo.

El sudor brillaba en la frente de Pascal.

—Al menos mi padre murió luchando, a pesar de que el tuyo lo dejó tullido.

—Fue tu padre quien provocó el duelo. No dejaba en paz a la sirvienta que trabajaba para mi padre. La ultrajó delante de testigos.

—Y delante de testigos voy a cobrarme la venganza que le prometí.

—Escupió a los pies de Kit—. Fenton era un borracho medio loco.

—Que murió con honor.

Inalcanzable, Kit comenzó a marcar tantos, moviéndose en círculos y acometiendo con la espada, manteniéndose fuera del alcance del acero de su oponente hasta que veía el momento propicio para atacar. Ahí. Un hueco.

Se lanzó delante y cruzó la espada con fuerza, velozmente, contra la empuñadura del arma de Pascal. Dio un fuerte tirón. La otra espada salió volando. Kit la agarró con la empuñadura con la otra mano e hizo retroceder a Pascal hacia la chimenea.

—Ataca como el rayo —dijo mientras pasaba ambas espadas al primer caballero que se le acercó, y que, cómo no, era Eldbert—. El honor está cumplido.

Pascal, muy pálido, exhaló un suspiro y se inclinó ante él.

—Hubiera preferido que me mataras.

—Bueno, es el día de mi boda y quiero que mi esposa sólo guarde buenos recuerdos de él.

Miró a su alrededor. Los alumnos de su academia habían formado un prieto semicírculo alrededor del hombre que había traicionado su código de honor.

—Que las autoridades se ocupen de él —dijo Kit mientras se bajaba las mangas de la camisa.

Violet se había escabullido del gran salón cuando el duque no miraba, había salido al jardín y había vuelto a entrar en la casa. Sabía que Wynfield iría tras ella, pero para cuando lograra abrirse paso entre el cúmulo de espectadores y llegar junto a su tía, el duque ya no podría hacer gran cosa por detenerla sin montar otra escena. Aunque de todos modos, nadie les habría prestado atención.

El vestíbulo estaba tan atestado de gente como el zoológico de tigres de la Torre de Londres, sólo que una de las bestias que se exhibían allí era su marido, y si Kit tenía que seguir el dictado de su instinto, ella también.

De niña lo había visto luchar a menudo, a veces por ella y a veces por nada. Esto, sin embargo, era distinto. Era peligroso. Las espadas se cruzaban, el acero centelleaba y no era un juego. El honor lo era todo para el hombre con el que se había casado.

—Detenlos —oyó que le decía Clarinda a Ambrose—. Haz algo para que paren o salgan, antes de que abran un agujero en la pared. Creía que habíamos quedado en que actuarían en la terraza o en el salón de baile cuando estuviera despejado.

Ambrose meneó la cabeza lentamente.

—Déjalos. Y cállate de una vez, cariño. Él jamás nos lo perdonaría si interfiriéramos.

—Lord Charnwood tiene razón —comentó la baronesa sin dirigirse a nadie en particular, pero en voz más baja le dijo a Violet—: Ya te dije que el señor Fenton tenía un talento especial para la espada.

También tenía un talento especial para seducirla a ella, y estaría seduciéndola en ese instante si su alumno vengativo no hubiera escogido aquel momento tan inoportuno para desafiarlo. Comprendía, sin embargo, lo que debía hacer Kit.

Agarró a su tía del brazo para sostenerla, o quizá se sostuvieron la una a la otra, aliadas por fin en la verdad y en el apoyo al hombre que se había convertido en su honorable protector.

Capítulo 29

*E*speraba junto a la ventana, con su vestido de novia todavía puesto. Tenía la impresión de llevar toda la vida esperando a Kit y, sin embargo, cuando entró en la habitación, la pilló desprevenida. Y cuando comenzó a quitarse tranquilamente la corbata, la camisa y, por último, los pantalones, Violet ya se había quedado sin habla. Se estaba poniendo el sol y la luz mortecina que se colaba por las ventanas emplomadas prestaba un matiz dorado al contorno de su cara y su figura. Era suyo, sin embargo, y por las miradas que le lanzó a hurtadillas llegó a la conclusión de que no había ni un ápice de docilidad en su bello cuerpo. Estaba ansiosa por poner a prueba su ferocidad.

—Los niños y sus espadas —dijo con un suspiro cansino, saliendo de su trance para acercarse a él—. ¿Estás bien?

—¿Y tú? —preguntó Kit con una sonrisa tan explícita que a Violet comenzó a acelerársele el corazón.

Asintió con la cabeza y un instante después estaba atrapada entre sus brazos. Deslizó la mano alrededor de su cuello. El miembro de Kit se alzó, grueso y enhiesto, entre los pliegues de su vestido.

—No podía dejarte.

—Lo sé.

—¿Te he distraído mucho?

—No tanto como ahora.

Kit se retiró un poco y arrojó su ropa a la alfombra.

—Deja que te ayude a quitarte ese vestido.

—¿Por qué has tardado tanto?

—Quería asegurarme de que esta noche no me necesitaba nadie más. No quiero que nos interrumpan.

Violet se estremeció al sentir que deslizaba las manos por su espalda con ansia evidente.

—Te necesito —susurró—. Es la primera vez que no nos encontramos en secreto y... que te estás quieto el tiempo suficiente para que te vea del todo bien.

—Me parece justo —contestó Kit, y dio otro paso atrás, levantando las manos en aparente gesto de rendición.

Sin embargo, volvió a tenderle los brazos antes de que Violet pudiera asimilar la impresión que le produjo su perfecta desnudez.

Le desabrochó los botones de la parte de atrás del vestido. Desató los lacitos de los hombros y el gran lazo de seda de su espalda. Las faldas de raso y tul cayeron abiertas como pétalos. Un instante después le quitó el corsé y la camisa de muselina, las ligas, las medias y los zapatos, hasta que su belleza quedó por fin desvelada y expuesta únicamente para su placer.

Deslizó la mirada desde su cara a sus pies descalzos.

—No creo que vayamos a pasar mucho tiempo en la fiesta.

—Nos echarán de menos —susurró ella—. Hay planeada una búsqueda del tesoro para mañana.

Kit la observó posesivo.

—Preferiría jugar contigo.

Veía tersura por todas partes. Contempló sus hombros redondeados y sus pechos grandes y erguidos, de pezones sonrosados. Deslizó la mano por su cintura y la atrajo lentamente hacia sí. Piel con piel. Hombre y mujer. Sintió a Violet tan vulnerable y virginal como parecía ser.

Él se sentía ansioso y feroz, y sin duda lo parecía.

Ella lo miró a los ojos. Se sentía indecente y deseada, pero se negaba a ocultarse a los ojos de su marido. Notó en los pechos un cálido hormigueo que fue extendiéndose hasta sus tobillos. Un rubor de excitación inundó todo su cuerpo. Su sonrisa lo invitaba a mirarla a placer.

Kit la condujo hasta el otro lado de la habitación y la hizo tumbarse a su lado en la cama. Su marido era un hombre que se dejaba guiar por su instinto. Hacía mucho tiempo que la conocía. Sabía lo que necesitaba en ese instante.

—Te quiero —dijo Violet con un nudo en la garganta. Le sonrió—. Te quiero muchísimo.

—Lo sé —contestó, y la besó marcando su boca con ardor mientras sus brazos musculosos la apresaban por ambos costados—. Yo también te quiero, pero tu boca es demasiado tentadora. Deberías sonreírme así sólo a mí.

Violet dejó escapar un gemido. La presión del cuerpo de Kit aumentó su excitación. Sus besos le inflamaron la sangre. Kit se acomodó a su lado, sujetando sus muñecas con una mano a la almohada. Violet se sintió cada vez más húmeda y acalorada por el deseo. La boca de Kit se deslizó por su garganta, por su hombro y se entretuvo en sus pechos. Ella arqueó la espalda cuando tomó uno de sus pezones entre los dientes.

—Kit...

Su cuerpo se contrajo cuando el placer la atenazó sin previo aviso. Como si lo notara y quisiera aumentar su deseo, él hundió los dedos dentro de su sexo al mismo tiempo que chupaba con más fuerza la tierna areola. Mientras la chupaba, el impúdico gozo que sentía Violet se intensificó.

Aturdida, se hizo añicos y sollozó al entregarse a la fuerza esencial y primitiva que había desatado Kit. Pero antes incluso de que pudiera recuperarse, él quiso más.

—Te he esperado tanto tiempo... No puedo esperar más.

—Yo tampoco —susurró ella—. Hazme tuya. Poséeme por completo. Y... deja que me mueva. Deja que te toque.

—Rodéame con las piernas, cariño. Yo seré tu espada y tu escudo.

Le soltó las muñecas y tensó la boca cuando ella pasó los dedos por su espalda. El cuerpo desnudo de Violet era la sensualidad misma sobre la colcha de la cama, cuyo color rojo hacía juego con el tono profundo de su boca y de los pezones que había besado hasta dejarlos hinchados y tiernos. Era suya.

Bajó la mirada hasta la tentadora hendidura de entre sus muslos. Acarició con los nudillos su piel, provocándola. Siguiendo su intuición, ella levantó una rodilla. Fijó sus ojos en los de Kit y pareció urgirlo a entregarse a su propia satisfacción. Era Kit, y era algo más, infinitamente capaz de hacerla prisionera con cualquier juego al que quisiera jugar.

Él también lo sabía.

Puso las manos bajo sus caderas, la levantó y la penetró con veloz determinación, clavándola a la cama.

—Qué dulzura —murmuró con ternura.

Después se retiró y volvió a hundirse en ella antes de que tuviera tiempo de respirar.

Violet arqueó la espalda, su himen se rompió y se estiró para acoger su gruesa verga.

Siguió penetrándola sin freno, poseído por un único deseo: el de hacerla suya, el de sellar su pacto. Se hundió en ella tan profundamente como pudo y luego empujó más aún. Se movió sobre ella mientras el placer crecía y crecía, insaciable.

Violet gimió, pero Kit no pudo refrenarse. Empujó más fuerte, penetrándola con las embestidas imparables y perfectas con las que había soñado. La llenó hasta rebosar para que quedara eternamente unida a él.

Kit yacía satisfecho en medio de las sombras cada vez más densas, con su esposa entre los brazos. Se suponía que iba a haber una cena con champán a medianoche, en el parque, para abrir de manera informal la fiesta. En ese momento, sin embargo, oía risas procedentes del jardín, niños que se peleaban y eran regañados por su institutriz. Tal vez unos años después él también estaría corriendo detrás de sus hijos en Monk's Huntley.

Todo era posible, se dijo.

Ni siquiera era viernes, el día en que empezaba oficialmente la fiesta, y ya se había casado con el amor de su vida, solventado una rencilla con un viejo amigo y ganado un duelo contra un necio.

¿Quién podía predecir qué les deparaba el futuro?

—¿Kit? —susurró Violet mientras la luz de la luna se vertía dentro de la habitación.

El fuego se había consumido hasta quedar reducido a ascuas. Violet deslizó la mano por su costado y entre sus muslos. Después de un par de horas de placer, se sentía ya más cómoda comunicándose de aquel modo.

Kit metió la rodilla entre las suyas y hundió su verga dura en la hinchada profundidad de su sexo.

—Esta vez tendré que ser delicado —dijo en voz baja mientras comenzaba a mover las caderas—. Mañana por la noche, en el baile, tendrás agujetas.

A ella le gustó la idea. Pero aún más le gustaba la idea de volver a tenerlo dentro de sí.

—Recibí clases de baile durante años de un maestro muy exigente. Puedo arreglármelas.

—Puede ser. —Se retiró y le sonrió antes de clavarla a la cama—. Pero yo soy otro tipo de maestro. Y este entrenamiento es un poco más intensivo.

Capítulo 30

Winifred no había querido llevar consigo a su hija a ver a la baronesa. Una invitación de lady Ashfield podía equivaler a otra reprimenda, y su hija no tenía por qué escuchar palabras hirientes. En el último momento, sin embargo, su hermana había tenido que ausentarse de su tienda, en cuyo cuartito del fondo iba a esperar Elsie, y Winnie no podía dejar a la pequeña en la academia de esgrima.

—Ahora pórtate bien, Elsie —le susurró a su hija mientras esperaban en el umbral de la casa. Apretó la mano enguantada de su hija e inspeccionó su barbilla en busca de migas—. La baronesa tiene muy mal genio a veces —añadió, levantando la mano para agarrar la aldaba—. Y puede ser temible. Tú juega con tus muñecas en el jardín o en la cocina si te da permiso para...

La puerta se abrió.

Winifred miró sorprendida la cara del viejo mayordomo, cuyas arrugas se habían ahondado una década. Tenía una expresión tan afectuosa que se quedó sin palabras.

—Señorita Higgins —dijo con una profunda reverencia—. Por favor, pase al salón. La baronesa la está esperando. —Señaló una puerta abierta en el primero de los dos pasillos—. Y a usted, señorita Higgins —dijo haciéndole una reverencia galante a la pequeña—, la esperan en la cocina para merendar.

Elsie se volvió hacia su madre.

—¿Puedo?

Winifred asintió con la cabeza. En el otro pasillo apareció una sirvienta que la saludó con una sonrisa amistosa. Winifred miró el rostro de Twyford y sintió flaquear su valor.

—Supongo que estoy a punto de recibir lo que me merezco —dijo con voz queda.

—Sin duda, señorita.

Llegó un lacayo para llevarse sus guantes, su chaqueta y su bolso de cuentas. El afecto que creía haber visto en el rostro de Twyford debía de ser producto de su imaginación. No pudo advertir una sola chispa de emoción en sus ojos cuando la condujo ante la baronesa.

¿Temible?

No. Lady Ashfield parecía muy pequeña y frágil en su sillón tapizado, junto a la ventana. Winifred se preguntó de nuevo si estaba imaginando cosas. Le pareció que una sonrisa cruzaba el rostro de la señora antes de que adoptara aquella expresión solemne que tan bien conocía. No se imaginó, sin embargo, la voz de lady Ashfield, que resonó tan digna como siempre en la habitación.

—Santo cielo, señorita Higgins, ¿ésa que acaba de pasar como una exhalación era su hija?

—Sí, señora —contestó con una reverencia.

—¿Cuántos años tiene?

Winifred se irguió y tragó saliva.

—Nueve, señora —respondió, y esperó a que la señora le preguntara por el marido que no tenía y probablemente no tendría nunca. Luego se recordó que lady Ashfield había perdido hacía poco a su marido.

—Tendrá curiosidad por saber por qué la he invitado a venir. Siéntese.

Winifred pensó un instante en echar a correr hacia la puerta. Pero algo la retuvo. No era curiosidad, sino tal vez la necesidad de desprenderse de antiguos resquemores.

—Me lo he preguntado, sí.

—Como ya sabrá, mi sobrina se casó hace muy poco con el amor de su infancia.

Winifred alargó el brazo hacia atrás para alcanzar una silla, temiendo derrumbarse indecorosamente sobre la alfombra. Twyford se acercó como un rayo desde la puerta para acercarle la silla. Antes de que ella pudiera darle las gracias, el mayordomo volvió a su puesto, ella enderezó la espalda y la baronesa retomó la conversación.

—Pienso volver a Monk's Huntley dentro de un mes o dos, señorita Higgins, y necesito una dama de compañía.

—¿Una dama de compañía?

—Si está usted disponible. Tengo sitio de sobra en aquella casa para usted y para su niña.

Había transcurrido casi un mes desde la fiesta en casa de lord Charnwood. Godfrey seguía soltero, un estado lamentable para un hombre de su edad. Su negocio, en cambio, iba mejor que nunca. Su relación con la familia Boscastle, aunque tenue, había mejorado enormemente el flujo de clientes que entraba por sus puertas. Quizás alguno de ellos fuera una dama acomodada que pudiera llegar a ser una esposa conveniente.

En realidad, más de una señora se había pasado por su tienda para expresarle sus condolencias por la ruptura de su compromiso matrimonial y afirmar que Fenton tenía que ser un sinvergüenza si le había quitado la novia con tanto descaro. Pero Godfrey sospechaba que no era así.

Sospechaba que Fenton se había casado con Violet para salvarla de la deshonra, por lo cual se había ganado su respeto. ¿Y si estaban hechos el uno para el otro desde el principio?

En fin, la vida continuaba. Godfrey se tomó muy a pecho el consejo de una clienta según la cual debía mantenerse firme en aquellas circunstancias y pensar que, a largo plazo, el destino solía recompensar a los caballeros como él.

En realidad, eso era lo único que contaba, se dijo. Que lo consideraran un caballero. Seguir escalando en sociedad. Y por perder a Violet no había retrocedido en la escala: al contrario, había subido un poco más, y sus aspiraciones parecían ilimitadas. Pero si hasta la señorita Charlotte Boscastle, la directora de la Academia Scarfield para Señoritas de Londres, se había pasado por los grandes almacenes ese día con su mentora, la duquesa de Scarfield, para hacer unas compras. Lo malo era que, tan pronto como él se había acercado a ellas para atenderlas, aquel joven crápula de la academia de esgrima, el duque de Wynfield, había entrado en la tienda como si estuviera en su casa.

Godfrey apenas tenía tiempo de lamentarse por lo que había perdido.

La nobleza compraba allí.

Violet paseaba con Jane por los cuidados jardines de la mansión de la marquesa en Park Lane. Acababa de pasar junto a su marido, que estaba practicando la esgrima con su alumno particular en la casita de verano mientras Weed, el lacayo jefe, jaleaba a su joven amo. El marqués estaba de pie en los escalones, observando a su hijo con una mezcla de orgullo y ansiedad.

El olor penetrante de las hierbas se elevaba del sendero soleado por el que caminaban las dos mujeres.

—¿Hueles el romero? —preguntó Jane, levantándose las faldas—. El olor se te pega para siempre a los zapatos. ¿Qué es lo que dijo Shakespeare? Algo así como que el romero era para el recuerdo. —Se detuvo y dedicó a Violet una sonrisa cómplice—. La semana pasada leí una historia de lo más escandalosa. Decía que tu talentoso marido y tú os habíais enamorado en una fiesta matinal del duque de Wenderfield.

—Es completamente falso.

—Y —continuó Jane— que habíais mantenido una cita clandestina en el pabellón, arreglada por una marquesa cuyo nombre no se mencionaba.

—¿Qué inventará la gente a continuación?

Jane puso cara de completa inocencia.

—De lo que sin duda hablarán, y lo que yo no debería decirte hasta que se anuncie oficialmente, es que el marqués ha solicitado una baronía para tu marido y su petición ha sido aceptada. Con el prestigio llegará la prosperidad. Pero no puedes decirle a nadie aún que te lo he dicho. A mí nunca se me ha dado bien guardar secretos, en cambio tú ¿no dijiste que era una de tus mayores virtudes?

Violet se mordió el labio para disimular una sonrisa culpable.

—He guardado unos cuantos —contestó al cabo de un momento.

Jane meneó la cabeza.

—Secretos interesantes, supongo. Ah, creo que los señores han terminado. Grayson iba a darle la buena noticia a tu marido después de la clase. No lo olvides: yo no te he dicho nada. Os dejaré a solas para que habléis.

Violet se quedó parada un momento.

—Jane...

—¿Sí?

—Puede que no se te dé muy bien guardar secretos, pero eres una casamentera muy hábil.

—¿Sí?

—Ajá.

—Mi marido me acusa de lo mismo. No me explico por qué.

Poco después de que Jane regresara a la casa con el marqués y Weed se llevara al joven heredero de la mano, Kit cruzó tranquilamente el jardín para reunirse con Violet.

Ella se refrenó para no correr a echarse en sus brazos y tomar el florete como rehén, como había hecho él con su corazón.

—Me alegro de verte —dijo Kit, y bajó la cabeza para besarla a la vista de cualquiera que pudiera estar mirándolos desde la casa—. Creo que nos las estamos arreglando bastante bien.

—¿Ah, sí? —preguntó ella, recordando la promesa que le había hecho a Jane—. ¿Qué quieres decir?

Kit la cogió de la mano.

—En primer lugar, vamos a mudarnos a un barrio más elegante de la ciudad. Y después, no van a llamarnos mucho más tiempo señor y señora Fenton.

—¿No? —preguntó ella, y sus ojos brillaron al ver la sonrisa satisfecha de Kit.

—¿Qué tal te suena sir Christopher Fenton y lady Fenton?

Violet lo miró, incapaz de ocultar la felicidad al saber que al fin iba a reconocerse su valía.

—No se me ocurre nadie en el mundo que lo merezca más que tú, Kit. Pero la verdad es que supe que eras un caballero desde el momento en que te vi persiguiendo dragones en el cementerio.

Él le sonrió. A su alrededor, la brisa arrastraba el aroma sutil del romero, el perfume del recuerdo.

—Y tú eras la damisela por la que luchaba y que ansiaba conquistar.

—Con ayuda de nuestros amigos.

Kit entrelazó sus dedos con los suyos.

—A veces me inventaba finales para mi vida. Me imaginaba que tenía una familia que me encontraba. Pero nada podría haber sido mejor que esto.

—Puede que te encuentren, Kit.

Él se rió.

—Para entonces, si me encuentran, ya tendremos nuestra propia familia.

Epílogo

A casa por Navidad en Monk's Huntley. Kit nunca hubiera pensado, años antes, que vería aquel día. Jamás había imaginado que regresaría convertido en sir Christopher Fenton al escenario de sus recuerdos más vívidos. Se hallaba en la puerta del jardín a través de la cual había llevado a Violet en brazos y la había entregado, temiendo que fuera para siempre.

Escuchó tras él las voces de sus amigos y su familia, *su* familia, y sintió que las ataduras del pasado se disolvían.

—He perdido el regalo que tenía para Eldbert —dijo Violet. Estaba preciosa con la nieve al fondo, su vestido de seda de color arándano y su manto a juego—. Estaba junto a la puerta, estoy segura, y ha desaparecido.

—No, qué va —repuso Kit, y se metió las manos en los bolsillos para no tocarla. Aunque era su esposa, debía dominar ciertos impulsos en presencia de otros—. Ayudé a Twyford a cargarlo todo en el carruaje antes de que lleváramos los pasteles y los regalos al asilo.

Y se había asegurado de que los niños fueran los primeros en recibir su parte.

La hija de Winifred cruzó corriendo el jardín desde la parte de atrás de la casa. Un momento después la baronesa y Winifred aparecieron en la puerta delantera, bien abrigadas para el trayecto en coche a la cena de Navidad de lord Charnwood.

—¡Elsie, para! —gritó Winifred, exasperada—. ¡No te atrevas a salir del jardín sin mí!

—Sólo quería acercarme a la cuesta para ver cómo está el cementerio con tanta nieve.

—¡Sola no, señorita! —gritó su madre, alarmada—. ¿Y dónde están tus guantes?

Elsie se alejó brincando hacia la puerta del jardín y comenzó a girar alrededor de Kit y Violet.

—Está nevando. —Levantó la cara y sacó la lengua al aire—. Me encanta el invierno. Me encanta la nieve.

—No te gustará enfriarte el trasero si resbalas en el hielo —le dijo la baronesa—. Mira por dónde pisas, niña. ¿Dónde está mi bastón?

—Aquí, señora.

Kit dio media vuelta, se acercó a ella y le dio el brazo.

—Es usted muy amable, sir Christopher. Pero ¿y Violet?

—Tengo otro brazo —repuso él, mirando a su esposa.

Francesca lo miró con aprobación.

—¿Y qué harás cuando llegue el niño que espera Violet?

Kit sonrió.

—Tengo hombros, señora.

—Hombros fuertes —dijo Violet, y le dio el brazo—. A juego con su carácter.

Kit no dijo nada, pero la mirada que cruzaron podría haber derretido todos los copos de nieve que caían del cielo. Él oyó el tintineo de los arneses en medio de la quietud invernal y el canto de Eldbert desde el pescante de su pesado carruaje.

¡Oh, venid, venid, gentes!
¡Venid alegres y gozosos!
¡Venid, venid todos
a la carroza de Eldbert!

Siguió cantando cuando se metieron todos a duras penas en el carruaje de su padre, el doctor Tomkinson. Twyford y el lacayo, bien abrigados, se agarraron a la parte de atrás para recorrer el corto trayecto. Cuando el conductor los depositó frente a las puertas engalanadas con guirnaldas de la mansión del vizconde Charnwood, se habían puesto a cantar todos.

Kit dudó antes de seguir a los demás al interior de la casa. Violet se detuvo en los escalones de la entrada para esperarlo con expresión preocupada.

—¿Se te ha olvidado algo?

Él negó con la cabeza.

—No, nada. Es que me he acordado de algo. Entra, aquí hace frío.

—Pero... Ah. —Se rió y su semblante pareció iluminarse—. ¿Los pantalones?

—Sí. El escenario de un antiguo pecado. No he estado aquí desde entonces.

—Bueno, Ambrose te está esperando en el vestíbulo, y por si te sirve de consuelo, parece estar completamente vestido.

Kit subió los escalones y la agarró de la mano.

—Ésta es la primera verdadera Navidad que he tenido. Una Navidad en familia.

—Piensa en el año que viene —susurró ella cuando penetraron en el alegre bullicio de perros, niños y viejos amigos reunidos para fabricar una nueva década de recuerdos.

Kit absorbió todo aquello mientras ayudaba a Violet y a su tía a sentarse junto al fuego que chisporroteaba en la chimenea. Un criado le llevó una jarra de vino aderezado con especias y mantequilla. Se la bebió al cálido fulgor de las velas y las risas.

—Eldbert ha entrado en el patronato del asilo —dijo Ambrose, acercando su jarra a la de Kit—. A su salud, sir Christopher.

—Y a la suya, milord.

—El caso es —dijo el doctor Tomkinson a Eldbert y a otro invitado mientras iban hacia la chimenea— que a nadie le gusta la idea de construir una escuela junto a un cementerio o, Dios no lo quiera, encima de uno.

—¿Cuándo vamos a cenar? —preguntó uno de los hijos de lord Charnwood desde la puerta.

Su madre, lady Charnwood, se levantó de la silla, enojada.

—No dejes entrar aquí a esos perros tan babosos, Parker. ¿Dónde está vuestra institutriz?

—La hemos encerrado en la cochera. ¿Podemos salir?

—Por supuesto que no —contestó lady Charnwood—. Tenéis que quedaros en la cocina. Allí estaréis calentitos.

Winifred apareció en la puerta, detrás de los pequeños.

—Yo puedo vigilarlos un rato en el jardín.

Eldbert se apartó del fuego.

—¿Quieres que vaya contigo? Parker, ¿alguna vez habéis buscado un tesoro?

—La cena se servirá dentro de dos horas —dijo lady Charnwood, visiblemente aliviada por su ofrecimiento—. Quiero a todo el mundo sentado a la mesa puntualmente. ¿Me has oído, Eldbert?

—Voy a ver si vuestro padre tiene una brújula en su despacho —dijo Eldbert, que obviamente no la estaba escuchando.

—Que alguien le abra la puerta a la institutriz —dijo el doctor Tomkinson.

—¿Seguro que no quieres un poco de vino, Violet? —preguntó Ambrose—. Tenemos ponche de ron y limonada, si quieres.

—Tomaré una limonada, gracias.

—¿Eso que huelo es pastel de carne? —preguntó Kit—. ¡Qué aroma tan divino!

—Hay pavo y venado asados, y pudín de ciruelas —dijo lady Charnwood.

—¿Qué son esos golpes que se oyen fuera? —preguntó el doctor Tomkinson.

El calor, la alegría, invadió a Kit como una oleada. Se acercó a la ventana y vio a Eldbert atravesando el jardín con la señorita Higgins, Elsie, Landon y Parker, que corrían delante. Se rió y al volverse vio que Violet se levantaba de su silla. Estaba radiante, bañada por el resplandor de innumerables velas que proyectaban sombras sobre las paredes de un rojo profundo. Estuvieron mirándoles hasta que desaparecieron los cinco en el blanco paisaje y la nieve cayó suavemente, como un velo, para ocultarlos a su vista.

—¿Crees que alguna vez encontrarán el tesoro? —preguntó Violet.

—¿Por qué no? —Kit acercó la cabeza a la suya—. Yo lo encontré —añadió—. Te encontré a ti.

—Mira ahí arriba —susurró ella.

—¿Hay una rama de muérdago sobre nosotros? Espero que sí, porque me muero por besarte, y sé que no debo hacerlo.

Ella sonrió con ojos brillantes.

—No te atrevas. Mira encima de la chimenea. ¿Te acuerdas...?

—No, no me acuerdo de nada cuando me sonríes así.

—Kit...

Levantó la vista y reconoció las dos espadas cortas que ocupaban un sitio de honor en la pared.

—Muy bonito —dijo, mirándola a los ojos—. Pero sigo queriendo besar a mi mujer.

Llegó otra familia de visita y pronto la casa estuvo a rebosar. Alguien comenzó un juego de adivinanzas que acabó bruscamente cuando al fin se anunció que la cena estaba servida.

—Pero no está Eldbert —dijo Ambrose, mirando a sus invitados—. Ni tampoco...

La puerta del pasillo se abrió de golpe. Una ráfaga de viento sopló sobre la concurrencia. El lacayo corrió a atender a los recién llegados, que venían tiritando.

—¡Mamá! —exclamó Landon, irrumpiendo entre los invitados como una bola de cañón—. ¡Mira lo que hemos encontrado! ¡Un tesoro enterrado! No era una mentira idiota como dice papá. ¡Es de verdad! ¡Toma! ¡Míralo si no me crees!

Levantó un cáliz de plata con incrustaciones de rubíes y barro. Kit parpadeó. Aquellas gemas parecían auténticas.

Ambrose se acercó a su hijo.

—¿Qué demonios...? Es el cáliz que pertenecía a la colección de...

—Del difunto conde —concluyó Eldbert, retando con la voz a Ambrose a que le contradijera—. Es increíble que los niños hayan encontrado lo que nosotros buscamos tanto cuando teníamos su edad.

—Imagínate —dijo Violet con una de esas sonrisas que Kit adoraba infinitamente.

Tras tomar una cena opulenta servida con cubertería de plata y una enorme tarta de Navidad decorada con ramitas de acebo en el centro de la mesa, Kit se acercó de nuevo a Violet mientras los demás se iban a seguir jugando y a abrir regalos junto al fuego.

—Tengo un regalo para ti, Kit.

—¿Es un beso?

—En el salón, no.

—Mire hacia arriba, lady Fenton. Eso que hay sobre nuestras cabezas es muérdago.

La besó delante de la baronesa, de Eldbert, de Ambrose y de los demás. La enlazó por la cintura y la besó, tan concentrado que ni siquiera notó que los demás pasaban junto a ellos para entrar en el comedor a comer un trozo de pastel de Navidad.

—Sir Christopher —dijo Ambrose desde la puerta—, ¿le importaría dejar de besar a su mujer el tiempo suficiente para hacernos el honor de cortar la tarta?

—¡Con su espada! —sugirió uno de sus hijos desde la escalera, mirando entre los postes de la barandilla como un prisionero entre rejas.

Violet agarró la mano de Kit.

—Es lo más adecuado, que seas tú quien la corte.

Kit recorrió con la mirada el comedor, donde se habían reunido todos los invitados. Era un reencuentro que cinco jóvenes amigos se habían prometido hacía largo tiempo. Una promesa cumplida. Lanzando una mirada llena de amor a su esposa, Kit se sacudió las ataduras del pasado y avanzó, dispuesto a abrazar el futuro.

www.titania.org

Visite nuestro sitio web y descubra cómo ganar
premios leyendo fabulosas historias.

Además, sin salir de su casa, podrá conocer
las últimas novedades de
Susan King, Jo Beverley o Mary Jo Putney,
entre otras excelentes escritoras.

Escoja, sin compromiso y con tranquilidad,
la historia que más le seduzca
leyendo el primer capítulo de cualquier libro
de Titania.

Vote por su libro preferido y envíe su opinión
para informar a otros lectores.

Y mucho más...